漱石深読《そうせきしんどく》

小森陽一

翰林書房

漱石深読　目　次

はじめに

一九九〇年代の夏目漱石ブームの中で、漱石研究者と見做されるようになってから、作家自身についても、小説についても多くのことを書いてきた。小説に関して言えば、『こゝろ』をめぐる論争の当事者の一人ともなったし、論争の中で「深読みにすぎる」という批判も受けた。

しかし、批判された当人としては、まだまだ深読みが足りないという不満を抱いてもいた。二〇〇〇年代に入り、とくに「九・一一」以後の〝新しい戦争〟の時代を生きながら、漱石の小説テクストの言葉は、過剰なまでに私に働きかけてくるようになった。

私という一人の読者が置かれた、小説テクストを読む状況の根本的な変化が、集中的に漱石を読み直してみたいという思いとなった。

論じるにあたって一つの制約をかけることにした。すぐれた小説の冒頭部には、その全体像が刻み込まれているはずだ、というのが私の以前からの持論なのだが、そのことを証明するために、とりあげる小説テクストの冒頭部を四百字前後引用し、その分析から全体を一万二千字で論じるという方法をとることにした。これは二〇〇九年一月から二〇一〇年一月にかけての雑誌連載（「すばる」集英社）の際の統一をとるためでもあったが、夏目漱石の代表作を対等に論じるという思いの結果でもある。

付記　漱石作品はすべて『漱石全集』（岩波書店）より引用した。
また、ルビに関しては適宜、取捨選択を行った。

漱石深読

一

吾輩は猫である

吾輩は猫である。名前はまだ無い。

どこで生れたか頓と見当がつかぬ。何でも薄暗いじめじめした所でニャー〳〵泣いて居た事丈は記憶して居る。吾輩はこゝで始めて人間といふものを見た。然《しか》もあとで聞くとそれは書生といふ人間中で一番獰悪《どうあく》な種族であつたさうだ。此書生といふのは時々我々を捕へて煮て食ふといふ話である。然し其当時は何といふ考もなかつたから別段恐しいとも思はなかつた。但彼の掌に載せられてスーと持ち上げられた時何だかフハフハした感じがあつた許《ばか》りである。掌の上で少し落ち付いて書生の顔を見たのが所謂《いわゆる》人間といふものゝ見始《みはじめ》であらう。

「吾輩は猫である」という題名そのものが小説の第一文となっている。全体と部分が相同的であることがまず明示され、小説を構成する言葉が提喩（シネクドキ）的関係におかれていることが示されている。

第一文は、読者に対する自己紹介になっており、この文によって読者は、「吾輩」という尊大な自称を使用する語り手に対する、聴き手の位置を選ばされることになる。この聴き手の位置を選択することは、ただちに虚構の世界の住人になることを選びとることにもなる。なぜならこの一文を読み切った瞬間、読者は猫の言葉を理解する者になってしまうからだ。この一文によって、現実の読者は猫世界を「吾輩」と共に生きる虚構世界の住人（猫）に転換させられるのである。それはまた読者自身が選びとっての虚構世界への参入でもある。

事実、「吾輩」は「車屋の黒」に対しても、「吾輩は猫である。名前はまだ無い」と自己紹介をし、「何猫だ？　猫が聞いてあきれらあ。全てえ何こに住んでるんだ」と切り返されている。この言葉が自己紹介の役割を果たしていないことがことさらに明らかにされている。「吾輩は猫である」を自己紹介の言葉として受け入れた読者と、拒絶する「車屋の黒」。その意味でこの一文自体がいくつもの境界を設定する言葉であることが見えてくる。

現実と虚構、人間の世界と猫の世界、自己と他者といった複数の境界それ自体である「吾輩は猫である」という一文は、同時に言葉による境界設定の無効性を示してもいる。後に迷亭という名を与えられる第一章ではまだ無名の「美学者」は、自分の冗談を人が真に受ける話を紹介して、「先達てある学生にニ・コ・ラ・ス、ニ・ツ・クルベ・ーがギ・ボ・ンに忠告して彼の一世の大著述なる仏国革命史を仏語で書くのをやめにして英文で出版させたと言つたら其学生が又馬鹿に記憶の善い男で日本文学会の演説会で真面目に僕の話した通りを繰り返したのは滑稽であつた」と語っている。この発言自体がこの小説の基本構造に自己言及しているとも言える。ディケンズの小説の主人公が、実在の一八世紀の歴史家、『ローマ帝国衰亡史』の著者ギボンに接続され、そのギボンの著作がカーライルの『仏国革命史』であるという虚と実をめぐる境界の無効化を、また境界設定し直すという同じ言葉の運動でもあるのだ。

そして「吾輩は猫である」という一文は翻訳の不可能性をもつきつけてくる。第一章と二章では単なる「教師」として紹介されていた「吾輩」の飼い主は、第三章で金満家金田の口から「英語の教師」であることが明らかにされ、「生徒から先生番茶は英語で何と云ひますと聞かれて、番茶は savage tea であると真面目に答へたんで、教員間の物笑ひとなつて居ます」という噂話が語られる。

では「吾輩は猫である」は「英語で何と」言うのか。漱石自身は英語訳の「I AM A CAT」（安藤貫一訳、服部書店、一九〇六・一〇）を認めつつ、ヤングというアメリカ人への献辞には「a cat speaks in the first person plural, we」という説明をしている。[注1]「吾輩」は確かに、われわれ、われらという複数形の自称であり、それが転じて尊大な自称として用いられるようになった。「吾輩」は「I」と「we」に分裂している。そして日本語には、英語のような文法上の人称代名詞は存在せず、人称代名詞的に使用されている言葉はすべて、その代用でしかないこと、さらには、そもそもbe動詞構文が日本語には存在せず、「○○は××である」という助詞と助動詞でごまかしているだけだということまで見えてしまう。

同時に、先のヤングへの献辞で漱石は、この「we」が「regal or editional」と説明している。つまり君主か主筆の用いる言葉だというのだ。つまり「regal」な「we」とは、普通「royal we」と呼ばれるもので、君主が国家を代表する立場から公式の場で用いる人称である。また「「editional」な「we」とは、編集者、著者、講演者などが用いる人称で、それぞれ編集部、読者、聴衆などを含めた表現を指す」[注2]ことになる。

「吾輩」という一人称的表現が、その二人称として「諸君」を呼び出すとすれば、「吾輩は猫である」という一文は、それまでの日常会話では用いられることのなかったbe動詞構文の翻訳語調の尊大な語りかけとして、演説会や大学の講義での語り口を連想させる機能を持っていたとも言えよう。福沢諭吉が開発した「演説《スピーチ》」という、文明開化と富国強兵を煽りたてる明治的言説空間、全体を「代表」していることを装う、尊大な一人称が可能であるかのように幻想させる言説の在り方そのものをパロディ化しているとも言えよう。

はたして「吾輩」が「猫族を代表」[注3]することができるのかどうか、代表（representation）すること、あるいは代理（agency）することの可能性と不可能性が、この小説の基本構造として組みこまれていることがわかる。

そして「吾輩」には「名前はまだ無い」のだ。この「吾輩」の「無名性」については、数多くの議論がなされてきた。なぜなら、当初一話完結で構想されていた『吾輩は猫である』の第一章の末尾では、「名前はまだつけて呉れないが欲をいつても際限がないから生涯此教師の家で無名の猫で終る積りだ」という、「無名性」における首尾一貫性が強調されていたからだ。

「名のない猫は、まさにその点において、社会に帰属しない。自由なのである」[注4]と評価する読み方がある。たしかに、猫に名前がつけられるのは飼い猫の場合であって、名前がついているということは、主人と飼い猫、すなわち主人と下僕、あるいは主人と奴隷という帰属関係が結ばれているということに他ならない。

したがって、固有名としての名前を「吾輩」についにつけることのない「教師」は、決して「吾輩」にとっての「主人」ではない。しかし、「吾輩」はこの「教師」のことを「主人」としてもいる。主人持ちであって主人持ちでない、対義結合（オクシモロン）的な位置に「吾輩」は身を置いている。

「第二文の「名前はまだ無い」は、いったん猫という普通名詞で限定された「吾輩」を、固有名詞をもたない無限定な存在にひきもどす。猫は喋ることによってのみ、また喋っている間にかぎって存在を許される純粋だが不安定な語り手なのである」という立場に立つなら、「猫の無名性は、何ものにも拘束されない自由な語り手の表徴ではなく、取るに足りない「宿なしの小猫」としてのそれなのだ」[注5]、ということになる。

この「無名性」に対する、対立するかのような二つの立場は、結果的に日本語では、用いられる文脈によって、「主体」、「主観」、「主語」、「主題」などと翻訳し分けられる、「subject」という概念をめぐる論理的問題の表と裏を語っていることになるだろう。

「吾輩」という一人称的言葉を使用して、自らのことを言語化することができるのは、明治の日本語という言語システムの奴隷となることによってはじめて可能になるわけである。同時に、「吾輩」は、「吾輩は猫である」という一文の主語として機能するのであり、そのような題名を持つ小説の主題をも表象しうるのである。

そこまで考えを進めるならば、「吾輩」にとっては「主人」である「教師」も、彼が中学校に勤務して英語を教えているから「教師」なのであり、大日本帝国憲法第一条において大日本帝国の「統治」者となった、「万世一系ノ天皇」によって発せられた「教育勅語」体制における、学校教育システムに従属していることが見えてくる。「朕」という一人称によって呼びかけられる二人称としての「汝ら臣民」の位置こそ、「吾輩」と「猫族」以外の、この小説の登場人物たちすべてに与えられている属性でもあるのだ。

ならば「個別性をあらわす特定の名前を与えられないで、無名のまま終始した語り手としての「猫」

は、無名＝超個別性としての自由を発揮するための装置であったのだ[注6]」と、手放しで「自由」を強調することは差しひかえるべきではないか。なぜなら、続篇である第二章になると、この「無名性」は「有名性」との対関係におかれることになるからだ。

「吾輩は新年来多少有名になつたので、猫ながら一寸鼻《ちよつと》が高く感ぜらるゝのは難有い」という第二章の冒頭の一文の意味は、「吾輩」という一人称的言葉に対応する二人称が、高浜虚子が主宰する俳句雑誌「ホトトギス」の読者でなければ成立しない。つまり、一九〇五（明治三八）年一月号の「ホトトギス」に、『吾輩は猫である』が発表されたからこそ、「吾輩は新年来多少有名」になることができたのである。

同時に「有名になつた」という言葉と対関係におかれることによって、「名前はまだ無い」という固有名の不在としての「無名性」が、固有名の社会的流通性の度合としての「無名」と「有名」という対比の中での意味に転換されてしまうことになる。

名前を有することを示す「有名」という漢字二字熟語が転義して、社会に広く固有名が知られていることを意味する言葉になると、「無名」の意味も、社会に広く知られていないということになる。そしてその瞬間、「無名」でありながら「有名」になるという、究極の対義結合がここで生じてしまうのである。

つまり「名前はまだ無い」、「吾輩」という「猫」について、世間の多くの人が知ることになったということになるのである。この表現それ自体としては『吾輩は猫である』という「ホトトギス」に掲載された小説が、多くの読者を獲得して広く世間に知られたということにおいて、実際に現実に起きた出来事を正確に表現してもいる。

けれども、通常の意味における「有名になった」は、特定の固有名が社会に広く知られるようになること、すなわち固有名があたかも普通名詞のように、その言語圏の中で流通することを意味するのだから、正確に表現しながら究極の語義矛盾にもなっていることが見えてくる。

そして、同時代の読者であれば、まったく誰も知らなかった、「無名」としての固有名が、一夜のうちに大日本帝国臣民の誰もが知るようになる「有名」性を獲得するのだという事実は、日露戦争二年目の年としての一九〇五年二月の時点において、きわめて生々しい一つの事件の記憶と結びついていたはずだ。

実際に『吾輩は猫である』という小説自体においても、第三章以後の長篇化の過程において、読者の日露戦争についての記憶を呼び起こすための意識的な働きかけが「吾輩」によって行われていくことになる。限定された記憶は、冒頭部の「ニャー〳〵泣いて居た事丈は記憶して居る」という表現で喚起されている。想い出せることと想い出せないこと。精神的外傷《トラウマ》をめぐる葛藤こそ、この小説の主題の一つなのである。

たとえば第五章の次のようなくだり。「先達《せんだつ》て中《じゅう》から日本は露西亜《ロシア》と大戦争をして居るさうだ。吾輩は日本の猫だから無論日本贔負《びいき》である。出来得べくんば混成猫旅団を組織して露西亜兵を引っ掻いてやりたいと思ふ位である。かく迄に元気旺盛な吾輩の事であるから鼠の一疋や二疋はとらうとする意志さへあれば、寝て居ても訳なく捕れる」、「今迄捕らんのは、捕り度《たく》ないからの事さ」と、突然鼠を捕る決断をするときに、それが日露戦争と重ねあわされていくのである。「吾輩」にとってのはじめての鼠捕りの経験が、日露戦争の比喩で語られていくことになる。

「是から作戦計画だ。どこで鼠と戦争するかと云へば無論鼠の出る所でなければならぬ。如何に此方に便宜な地形だからと云つて一人で待ち構へて居てはてんで戦争にならん。是に於てか鼠の出口を研究する必要が生ずる。どの方面から来るかなと台所の真中に立つて四方を見廻はす。何だか東郷大将の様な心持がする」「東郷大将はバルチツク艦隊が対馬海峡を通るか、津軽海峡へ出るか、或は遠く宗谷海峡を廻るかに就いて大に心配されたさうだが、今吾輩が吾輩自身の境遇から想像して見て、御困却の段実に御察し申す」ついに「吾輩」は自らを連合艦隊司令長官東郷平八郎に重ねてしまうのだ。

東郷平八郎が日本海海戦に勝利したのは一九〇五年五月二七日から二八日にかけて。第五章が「ホトトギス」に発表されたのが七月一〇日、同時代の読者としては、一ヶ月半前の劇的な戦勝の記憶を呼びおこせばよい。この日本海海戦の戦勝によって、大日本帝国は日露戦争そのものに勝利することになる。このときの新聞の戦争報道によって、東郷平八郎は国民的英雄となったのである。

新聞の戦争報道こそが「有名」な者を創り出す言葉の装置なのだ。しかし、東郷大将は決して一夜にして「有名」になったのではない。戦争が始まる時点で彼は、すでに十分「有名」な軍人であった。では、日露戦争をめぐる戦争報道の中で、それまでまったく「無名」だった軍人で、一夜にして「有名」になる、「吾輩」と同じ「無名」から「有名」への道筋をたどった者はいるのか。

それは広瀬武夫。「軍神広瀬中佐」にほかならない。広瀬武夫の発案で、日本海軍は、日露戦争の初期段階で「旅順港閉塞作戦」を行う。日露戦争は、一九〇四年二月八日、日本海軍の主力艦隊による旅順港のロシア艦隊包囲によって始まった。旅順港は袋状になった旅順湾に位置している。「旅順港閉塞作戦」とは、この袋状の湾の入口に、古くなった貨物船を沈めて、ロシア艦隊の「出口」を塞いで補給路を断つという「作戦計画」である。ロシア艦隊を〝袋の鼠〟にしてしまう「作戦計画」だったからこそ、「鼠」がロシア艦隊の比喩として用いられているのだ。まさに広瀬武夫こそが、「鼠の出口を研究」して、「旅順港閉塞作戦」という「作戦計画」を立てたのだ。

この「作戦」は、夜陰に乗じて貨物船を旅順港口に近づけて、一番狭いところで沈没させるという「計画」であった。一回目はロシア軍のサーチライトによって自沈船が発見され失敗に終った。第二回の「作戦」が行われたのが一九〇四年三月二七日。広瀬武夫は自沈船「福井丸」の指揮官であった。このときも「作戦計画」は失敗に終る。しかし、三日間報道をおさえていた、大本営と海軍当局は、三月三〇日から、すべての新聞で「軍神広瀬中佐」大キャンペーンを繰り広げることになる。

事実経過は次のとおり。「福井丸」は自沈予定地近くまで航行し、爆破係の杉野孫七兵曹長が爆破装置を作動させに行くが、予定時間になっても帰ってこない。広瀬少佐は三度にわたって杉野兵曹長を探しに行くが見つからない。他の乗組員は全員撤退用のボートに乗り移って、指揮官の帰りを待っている。広瀬少佐がボートに戻ったところで撤退を始めるが、ロシア軍に発見され砲撃を受け、広瀬の頭に砲弾があたり、そのまま海に落ちてしまう。

もちろんこのような情報を帰艦して上部にもたらしたのは、指揮官の遺体を引き上げることができずに戻ってきた部下たちである。彼ら自身の弁明や自己正当化もあったであろうことは十分想像できる。

けれども大本営と海軍当局は、この完全に失敗した、高価な船を無駄にして犠牲者だけを出した無益な「作戦」を、部下思いの指揮官の美談にしたてあげ、三度まで部下を探しに行って命を失った広瀬を「軍神」にまつりあげたのである。

広瀬は戦死することによって中佐に昇進し、遺体の代わりに彼の「脳」から飛び散った「二銭銅貨大の肉片」が旅順から帰還すると、東京の青山墓地に到着するまで、新聞は毎日、何時何分にその「二銭銅貨大の肉片」がどこの駅に到着するかをめぐって大報道を行い、動員された学生や庶民が熱狂的にそれを出迎えたのだった。

広瀬武夫という、まったく「無名」だった一人の軍人が一夜にして一躍「有名」になった、戦争の初期段階のこの事件の社会的集合記憶に、「吾輩」の発する一言ひとことは働きかけてくる。けれども、「吾輩」にとって、ロシア艦隊と比喩的な関係を結んでいる「鼠を捕る」ことは、実は重大な思想的転向とでも言うべき変節だったのである。なぜなら「無名の猫で終る積りだ。」と結んだ第一章の末尾の一文の直前で、「吾輩」は「鼠は決して取らない」という決意を語っているからだ。長篇小説として『吾輩は猫である』をとらえた場合、この思想的転向は重大な意味を持つ。なにが「吾輩」をして、「鼠は決して取らない」という決意を覆させることになったのか。

その理由は、苦沙弥の家を訪れた「多々良三平」と苦沙弥の「細君」との、次のような会話に起因する。前の晩苦沙弥家に泥棒が入り、多々良が土産に持ってきた「山の芋」が盗まれたという話題に及んだときのことだ。

「山の芋許りなら困りやしませんが、不断着をみんな取つて行きました」

「早速困りますか。又借金をしなければならんですか。此猫が犬ならよかつたに――惜しい事をしたなあ。奥さん犬の大《ふと》か奴を是非一丁飼ひなさい。――猫は駄目ですばい。飯を食ふ許りで――ちつとは鼠でも捕りますか」

「一匹もとつた事はありません。本当に横着な図々〳〵敷い猫ですよ」

「いやそりや、どうもかうもならん。早々棄てなさい。私が貰つて行つて煮て食はうか知らん」

「あら、多々良さんは猫を食べるの」

「食ひました。猫は旨う御座ります」
「随分豪傑ね」
下等な書生のうちには猫を食ふ様な野蛮人がある由はかねて伝聞したが、吾輩が平生眷顧《けんこ》を辱《かたじけの》うする多々良君其人も又此同類ならんとは今が今迄夢にも知らなかつた。況んや同君は既に書生ではない、卒業の日は浅きにも係はらず堂々たる一個の法学士で、六っ井物産会社の役員であるのだから吾輩の驚愕も亦一と通りではない。

飼い猫は、鼠を捕ってはじめて飼い主の役に立つ。役に立つがゆえに餌が与えられているのだ。鼠を捕らないのであれば、単なる「飯を食ふ許り」の無駄飯食いでしかない。そのような「横着」で「図々〳〵敷い猫」は「煮て食」べてしまうべきだ、という意見を「多々良三平」は「細君」に対して言っているのだ。猫である「吾輩」の生殺与奪の権は飼い主である人間に握られているという現実の権力関係が、あからさまにつきつけられたのである。

重要なのは、「下等な書生」が「猫を食ふ様な野蛮人」であることを、「かねて伝聞した」という形で、第一章の冒頭部との首尾一貫性がことさらに言及されていることだ。この「吾輩」の転向の軌跡の中に、『吾輩は猫である』が、一作読み切りの短篇から、続篇を生み出し、長篇化していく際の内的論理が刻み込まれているのである。

「かねて伝聞した」という言葉と首尾照応するのは、「然もあとで聞くとそれは書生といふ人間中で一番獰悪な種族であつたさうだ」という冒頭近くの一文である。「種族」（tribe）という概念は、世界を「文明」と「野蛮」の二項対立で分類し、「文明」の名において「野蛮」に対する生殺与奪の権、無制限の暴力の行使を正当化した、西欧キリスト教文化圏の奴隷貿易に象徴される人種差別主義を支えた中心的思考の一つであった。

この「吾輩」の記憶が、その断絶と共に冒頭部で語られていたことを想起しなければならない。「どこで生れたか頓と見当がつかぬ」。出発点は記憶喪失なのだ。自分の生まれた所から拉致され、気がつけば他者の領域で奴隷として使役されている。自らの出自の記憶を、暴力的に奪い去られている者の記憶の奪われ方それ自体を、この小説は主題化しているのだ。

そのように考えるなら、この一文に続く「此書生といふのは時々我々を捕へて煮て食ふといふ話である」という「伝聞」こそ、「吾輩」の転向をもたらした恐怖の中心であることも明確になる。そうであるなら、ここには〝新大陸を発見〟した後の、西欧キリスト教文化圏の権力者と武装略奪集団が、無制限の暴力を行使するための、自己正当化の論理として使用しつづけてきた、カニバリズムの問題が鮮明に浮かびあがってくる。

カニバリズムという言葉自体、西インド諸島のカリブ人のスペイン語なまりに由来すると言われている。スペイン女王イサベル一世に後援されたコロンブスが、西回りの航路でインドに到達しようという計画を立て、西インド諸島なる地域を〝発見〟し、アメリゴ・ベスプッチの名を冠して〝新大陸〟が「アメリカ」と名づけられて後の、この地域先住民の受難は、彼らが食人習俗を持つ「野蛮人」として位置づけられることで正当化され、無差別の殺戮が容認されてきたのである。

第五章の「猫を食ふ様な野蛮人」としての「書生」が、冒頭部分の「書生といふのは時々我々を捕へて煮て食ふといふ話」に接合されることで、全体を部分で表し、部分を全体で表す提喩の機能が、『吾輩は猫である』という長篇小説全体に作用しはじめ、今まで何気なく読んでいた言葉から、人間という生きものが、人種差別主義に基づいて他の「種族」に対して行使してきた暴力の歴史が、血しぶきを上げて顕在化してくるのだ。

「吾輩」が属する「猫族」は、「人間」に血みどろの、一方的な暴力を行使されつづけてきたことがあらためて第一章から見えてくる。「我輩の尊敬する筋向《すじむこう》の白君抔《など》は逢ふ度毎に人間程不人情なものはないと言つて居らるゝ。白君は先日玉の様な猫子を八疋産まれたのである。所がそこの家《うち》の書生が三日目にそいつを裏の池へ持つて行つて八疋ながら棄てゝ来たさうだ。白君は涙を流して其一部始終を話した上どうしても我等猫族が親子の愛を完《まつた》くして美しい家族的生活をするには人間と戦つて之を剿《そう》滅《めつ》せねばならぬといはれた」。

「猫族」が生き延びるためには「人間と戦つて之を剿滅せねばならぬ」と主張する「白君」は、「軍人の家」に飼われている。その家の「書生」に「猫子」を殺されたのだ。天皇の代理人として敵と

「戦つて之を剿滅」する「軍人」の、そのまた代理人としての「書生」による「八疋」の「猫子」の殺戮。ここに帝国主義的植民地主義の構図がくっきりと表象されている。

思えば「軍人の家」の「白君」も、「車屋の黒」も、厳密な意味で飼い猫としての固有名を与えられているわけではない。固有名らしき言葉は、身体を覆う毛の色を表しているに過ぎない。それは、肌の色で人間を差別化した、人種差別主義の比喩として機能する。

「我々を捕へて煮て食ふ」「一番獰悪な種族」である「書生」が、「人間といふもの」を「始めて」「見た」相手であるという冒頭部分の設定は、「猫族」から「人間」の「種族」の理不尽と不条理を暴きつくし、告発しつくすという、『吾輩は猫である』という小説の基本的な対抗の構図である。この対抗の構図を貫いているのが戦争の比喩にほかならない。欧米列強と同じように「国権の発動たる戦争」を、大日本帝国が行いうるようになったのが日露戦争であった。欧米列強から危く植民地化されそうになった極東の島国が、その一翼である「露西亜」と対等に戦争をする。その熱狂にとらわれた「人間」たちの、「文明開化」「富国強兵」が「脱亜入欧」に接合された大日本帝国の現状を、「吾輩」は批判しつくそうとする。

たとえば第七章で風呂屋を覗き見する際の、カーライルの『衣装哲学』をパロディ化した「礼服」批判では、「現に此不合理極まる礼服を着て威張つて帝国ホテル抔へ出懸るではないか。其因縁を尋ねると何にもない。只西洋人がきるから、着ると云ふ迄の事だらう。西洋人は強いから無理でも馬鹿気て居ても真似なければ遣り切れないのだらう。長いものには捲かれろ、強いものには折れろ、重いものには圧されろと、さうれろ尽しでは気が利かんではないか」。この礼服批判をもう一歩進めて大礼服にまで及べば、それはただちに近代天皇制批判となるだろう。その意味で『吾輩は猫である』は、不敬罪の直前で寸止めされた言説なのである。

またこの第七章が「吾輩は近頃運動を始めた」という「運動」論、すなわちスポーツ論で始まることも見逃せない。なぜなら、「吾輩」が行う「運動」の「第二」は、「蟷螂《かまきり》狩り」だからである。要するに「運動」すなわちスポーツとは、戦争という人殺しの予行演習であり、戦争の代理表象行為であることが暴露されていく。

「振り上げた鎌首を右の前足で一寸参る。振り上げた首は軟かいからぐにやり横へ曲る。此時の蟷螂君の表情が頗る興味を添へる。おやと云ふ思ひ入れが充分ある。所を一足飛びに君の後ろへ廻つて今度は背面から君の羽根を軽く引き掻く。あの羽根は平生大事に畳んであるが、引き掻き方が烈しいと、ぱつと乱れて中から吉野紙の様な薄色の下着があらはれる。君は夏でも御苦労千万に二枚重ねで乙《おつ》に極まつて居る」。なぶり殺しの快楽と、その欲望が強姦《レイプ》につながっていくことが、鮮明に書き記されている。剝き出しの暴力は、必ず強い者から弱い者へ、そしてさらにより弱い者へとむかっていく。人間から猫へ、猫から蟷螂へ。

このあけすけなサディズムの快楽の語りを、ぎりぎりの所で押し返す力は、いたぶられる相手が「蟷螂」として設定されているところにある。漢字文化圏の言語使用者であれば、ただちにとは言わないまでも、『韓詩外伝』を出典とする「蟷螂之斧」を記憶から想起することができるだろう。斉《せい》の王荘公が猟に出かけようとして戦車に乗って外に出ると、一匹の蟷螂がその戦車の車輪にむかって、前足の斧をふりかざしている。荘公が家来に尋ねると、家来は蟷螂はどんな相手に対しても、前足の斧を振り上げてむかっていくのだと説明する。転じて、自分の弱さをかえりみずに強敵に反抗することを意味する四字熟語として使われてきた。

思えば「庸人と相互《あいご》する以上は下つて庸猫と化せざるべからず。庸猫たらんとすれば鼠を捕らざるべからず。——吾輩はとうとう鼠をとる事に極めた」後、「吾輩」は捕ろうとした鼠に自分の「尻尾」を、「死ぬとも離るまじき勢で喰ひ下」がられていたのだ。文字通りに「窮鼠猫を嚙む」状態に追い込まれていたのだ。

それ自体としては残酷で、陰惨で、悲惨でしかない出来事が、なぜ笑いを生じさせるヒューモアとして『吾輩は猫である』において語られているかといえば、この弱い者のぎりぎりのところにおける「死物狂」の抵抗が持続しているからだ。楯突き、手向かい、素手で刃向かう、弱者の強者への反逆、反撃、反抗、反発、そこに「吾輩」が苦沙弥先生と共有する「逆上」の哲学がある。

「事件は大概逆上から出るものだ」「尤も逆上を重んずるのは詩人である」「逆上は気違の異名で、気違にならないと家業が立ち行かんとあつては世間体がわるいから、彼等の仲間では逆上を呼ぶに逆上の名を以てしない。申し合せてインスピレーション、インスピレーションと左も勿体さうに称へて居る」「インスピレーションも実は逆上である。逆上であつて見れば臨時の気違である」。苦沙弥の家の近くの「落雲館」という学校の生徒が、「ベースボール」のボールを打ち込んでくる「事件」を語る直前の「逆上」論である。

ここにも戦争の比喩が用いられる。「落雲館に群がる敵軍は近日に至つて一種のダムダム弾を発明して、十分の休暇、若しくは放課後に至つて熾《さかん》に北側の空地に向つて砲火を浴びせかける」。「ダムダム弾」とはイギリスが、植民地反乱の鎮圧のために、植民地インドのカルカッタ近郊のダムダム造兵廠で作った、人体に命中した際に裂けて傷を大きくする残虐な銃弾で、一八九九年の第一回ハーグ会議で使用禁止となったものだ。日露戦争のために大日本帝国が一九〇二年に同盟を結んだジェントルマンの帝国の、戦争による世界支配の一つの象徴だ。落雲館の生徒たちへの苦沙弥の「逆上」は、しかし、まったく功を奏することはない。

同時代の読者の社会的集合記憶に働きかけながら戦争をめぐる暴力の連鎖に言及しつづける「吾輩」の言葉は、自ら水甕に落ちて溺死することで途切れてしまう。その直前、やがて人間は、皆「自殺」で死ぬことになるだろうと語る苦沙弥に、迷亭は次のように答える。

「其時分になると落雲館の倫理の先生はかう云ふね。諸君公徳抔と云ふ野蛮の遺風を墨守してはなりません。世界の青年として諸君が第一に注意すべき義務は自殺である。しかして己れの好む所は之を人に施こして可なる訳だから、自殺を一歩展開して他殺にしてもよろしい。ことに表の窮《きゅう》措《そ》大珍野苦沙弥氏の如きものは生きて御座るのが大分苦痛の様に見受けらるゝから、一刻も早く殺して進ぜるのが諸君の義務である」「あてっこすりの高尚なる技術によつて、からかひ殺すのが本人の為め功徳にもなり、又諸君の名誉にもなるのであります」。年間三万人をこえる自殺者を出している現在の日本を、この迷亭の言葉はみごとに言いあてているのである。

注1◆安藤文人「吾輩は“we”である――『猫』に於ける語り手と読者」(「比較文学年誌」第二九号　一九九三)
注2◆同前
注3◆荒正人「『吾輩は猫である』の一人称について」(「言語生活」一九七三・七)
注4◆越智治雄「猫の笑い、猫の狂気」(『漱石私論』角川書店　一九七一)
注5◆前田愛「猫の言葉、猫の論理」(「國文學」一九八六・一一)
注6◆竹盛天雄『漱石　文学の端緒』(筑摩書房　一九九一)

漱石深読

二

坊っちゃん

親譲りの無鉄砲で小供の時から損ばかりして居る。小学校に居る時分学校の二階から飛び降りて一週間程腰を抜かした事がある。なぜそんな無闇をしたと聞く人があるかも知れぬ。別段深い理由でもない。新築の二階から首を出して居たら、同級生の一人が冗談に、いくら威張つても、そこから飛び降りる事は出来まい。弱虫やーい。と囃したからである。小使に負ぶさつて帰つて来た時、おやぢが大きな眼をして二階位から飛び降りて腰を抜かす奴があるかと云つたから、此次は抜かさずに飛んで見せますと答へた。

親類のものから西洋製のナイフを貰つて奇麗な刃を日に翳して、友達に見せて居たら、一人が光る事は光るが切れさうもないと云つた。切れぬ事があるか、何でも切つて見せると受け合つた。そんなら君の指を切つて見ろと注文したから、何だ指位此通りだと右の手の親指の甲をはすに切り込んだ。幸ナイフが小さいのと、親指の骨が堅かつたので、今だに親指は手に付いて居る。しかし創痕《きずあと》は死ぬ迄消えぬ。

読者に対する、語り手からの自己紹介なのだが、十をこえる文が四百字以上連ねられているのに、その語り手の自称はあらわれることはない。述語に対する主語を明示しなくとも文が成立するという日本語の文法上の特質が、きわめて意識的に使われているのだ。

明示されていない主語を代入していくのは、読者の読む意識にほかならない。その分、読者は、語り手との親密な応答関係に自ら踏み込んでいくのだが、必ずしもその親密さを語り手は受け入れているわけではない。第三文の「なぜそんな無闇をしたと聞く人があるかも知れぬ」は、読者が二人称単数ではなく、つまりたった一人の「あなた」ではなく、不特定多数の「あなたたち」であることが含意されているのである。

しかも語り手は、読者に対して初めからある種の防御の姿勢を取っている。読者は「なぜ」と、語り手の語った、語り手の過去の行為に対して、その理由や原因を問い質す「聞く人」として位置付けられてもいるのである。自分のしたことを語ると、それは必ずしもそのまま受け入れられることはなく、常にその「理由」や原因が、「聞く人」から「なぜ」と問い質されるという、強迫観念に脅かされながら、語り手は言葉を発しているのかもしれない。[注1]

「なぜそんな無闇をした」という「聞く人」からの問いは、直接的には直前の、「小学校」のときに「学校の二階から飛び降り」て「腰を抜かした」という事件に向けられている。表向きに語り手が示す「理由」の説明も、「同級生の一人」が「そこから飛び降りる事は出来まい。弱虫やーい」と言ったからという形になっている。

　しかし「なぜ」という問いは、裏では「親譲りの無鉄砲で小供の時から損ばかりして居る」という第一文の理由や原因を質す働きをしていることがわかる。それが「おやぢ」の「二階位から飛び降りて腰を抜かす奴があるか」という反応と、それに対する語り手の「此次は抜かさずに飛んで見せます」という応答によって示されている。そして想起された二つの出来事は、いずれも自分で自分の身体を傷つけた大きな痛みの記憶である。

「親譲りの無鉄砲」という自己認識は、語り手が「聞く人」に対して、自己弁明を行う際の基本的枠組になっている。[注2] 父の死後、兄が東京の「家を売つて財産を片付けて」「任地」である「九州」へ「出立する」際、「六百円」を渡して「商買をするなり、学資にして勉強をするなり、どうでも随意に使ふがいゝ、其代りあとは構はない」と言い渡す。父親の残した遺産の「六百円」だけが、実は語り手にとっての「親譲り」のすべてであった。この時、家長としての兄から、次男である語り手は縁を切られたのだ。

　この「六百円」をどのように使うのか。「幸ひ物理学校の前を通り掛つたら生徒募集の広告が出て居たから、何も縁だと思つて規則書をもらつてすぐ入学の手続をして仕舞つた。今考へると是も親譲りの無鉄砲から起つた失策だ」と語り手は、明治学歴社会に参入した「物理学校」への入学を否定的な枠組で捉えている。

そして「物理学校」を卒業して「八日目」に、語り手は校長から「四国辺のある中学校で数学の教師が入《い》る。月給は四十円だが、行つてはどうだと云ふ相談」をされることになる。これに対して「行きませうと即席に返事」をしてしまう。このことに対しても「是も親譲りの無鉄砲が祟ったのである」とやはり否定的な枠組で捉えているのだ。

ここでわかるのは、明治の学歴社会とのかかわりで、「四国辺のある中学」の「数学の教師」になってしまったという、『坊っちゃん』という小説の「四国」における物語の前提と、語り手自身の社会的位置そのものが「無鉄砲」の帰結という枠組で捉えられていることである。そして、それはすべて金銭がらみの選択とかかわっているため、「損ばかりして居る」という損得の問題として意味づけられてもいるのだ。

しかし、実際に「四国辺」の「中学」に赴任し、校長から「教育の精神について長い御談義」を聞かされたときに、語り手はこう考える。「校長の云ふ様にはとても出来ない。おれ見た様な無鉄砲なものをつらまへて、生徒の模範になれの、一校の師表と仰がれなくては行かんの、学問以外に個人の徳化を及ぼさなくては教育者になれないの、と無暗に法外な注文をする。そんなえらい人が月給四十円で遥々こんな田舎へくるもんか」。

「無鉄砲」のために、「物理学校」に入り、そこを出た後「中学校」の「数学の教師」になったのだが、その「無鉄砲」ゆえに、校長が要求するような模範的な教師にはなれないと語り手は考えている。

一章と二章とでは「無鉄砲」という言葉の意味の方向性が逆になっているのだ。

それにしても、なぜ「無鉄砲」という宛字なのか。「無鉄砲」は「無手法」とも書き、何事かをする際に理非や前後を考えずに、あとさきを顧みず「無闇」に事をすることを意味する。「無手法」は「無点法」が転じたやはり宛字で、漢文に返り点や送り仮名が付けられてないことを言う。そこから転義して、事の理非がはっきりしないことを指すようになった。

そのように言葉の来歴を辿るなら、「無鉄砲」という三文字は、きわめて歴史的な限定を受けていることになる。まずこの列島に「鉄砲」が伝来していなければ、この宛字それ自体が成立しない。したがって、「無鉄砲」という言葉は、種子島にポルトガル人によって鉄砲がもたらされた一五四三(天文一二)年以前には存在することはない。

それだけではない。「無鉄砲」があとさきを顧みずに事をすることの比喩になるためには、戦いをするにあたって、「鉄砲」を持っていないということが「無闇」(「無暗」)である、という社会的集合記憶が成立していなければならない。そうだとすれば、織田信長と徳川家康の連合軍が、新兵器である鉄砲を使用することによって、最強の騎馬軍団を持つとされていた武田勝頼を破った、一五七五(天正三)年の長篠の戦い以後にしか、「無鉄砲」という言葉は、『坊っちゃん』で用いられるような意味はもたないということになろう。

ここに語り手にとっての、遺産だけではない、もう一つの「親譲り」の問題領域が見えてくる。それは血筋の問題である。「四国辺のある中学」に赴任して、しばらく経った後、語り手は「宿直」を命じられる。そのとき「宿直部屋」の寝床の中に「生徒たちによつてイナゴ」を入れられ、その後「二階が落つこちる程どん、どん、どん、と拍子を取つて床板を踏みなら」され「大きな鬨《とき》の声」を上げられる。このとき二階に上がって生徒たちをつかまえようとする語り手は、次のような決意をする。

「此儘に済ましてはおれの顔にかゝはる。江戸つ子は意気地がないと云はれるのは残念だ。宿直をして鼻垂れ小僧にからかはれて、手のつけ様がなくつて、仕方がないから泣寐入りにしたと思はれちや一生の名折だ。是でも元は旗本だ。旗本の元は清和源氏で、多田の満仲《まんじゆう》の後裔だ。こんな土百姓とは生れからして違ふんだ」。

ここで「聞く人」である読者には、はじめて、「おれ」の父親が「元は旗本」であったことが明らかにされる。「旗本」とは、徳川将軍直属の家臣団で、一万石未満で将軍に御目見えできる家柄のことだ。御家人とあわせて徳川将軍の下での常備軍の役割を担っていた。ここに「おれ」という自称で「聞く人」としての読者に語りかける語り手の、屈折した矜持が浮かびあがってくる。

「おれ」の父親は明治維新の敗者だったのだ。戊辰戦争（一八六八〜六九）において、薩長の藩兵を中心とする二〇藩以上の倒幕軍に対し、徳川慶喜は勝海舟を交渉者として、江戸城を無血開城した。徳川将軍家は静岡に移封され、旗本の多くはそれに従った。主戦派の幕臣たちは彰義隊を結成して上野で徹底抗戦したが、大村益次郎の指揮する東征軍に敗れ、多くが市中で捕えられ、敗走した者らは奥州に逃れた。奥羽諸藩は賊軍とされた会津藩の赦免を東征軍に申し入れたが受け入れられなかった。会津戦争で会津藩は降伏した。「おれ」といっしょに「赤シヤツ」に「天誅」を下そうとする「山嵐」が会津出身であることは偶然ではない。[注3]

しかし、「おれ」の父親は、徳川慶喜と行動を共にしなかったようだし、主戦派でもなかったのだろう。そうでなければ、明治維新以後も、東京で「真中に栗の木が一本立つて居る」「菜園」付きの「旗本」屋敷の敷地に住みつづけることはできなかったろう。「おれ」にとって「是は命より大事な栗」なのだ。江戸の「旗本」の屋敷は山の手にあり、戦が始まったらそのまま山城の役割を果たすように、徳川将軍の居る江戸城を取り囲むように配置されていた。戦になれば籠城し、食糧の供給ができなくなる場合もある。そうした戦時の備えとして緊急の食糧になるように、栗の木が「旗本」屋敷の庭には必ず植えられていたという。

「菜園の西側が山城屋と云ふ質屋の庭続きで」、「此質屋」の「勘太郎といふ十三四の忰」が「栗を盗みにくる」ので、「おれ」は撃退しようとする。「鉢の開いた頭を、こつちの胸へ宛てゝぐい〳〵押した拍子に、勘太郎の頭がすべつて、おれの袷の袖の中に這入つた」（傍点引用者）。この「勘太郎」との乱闘場面で、はじめて「おれ」という語り手の読者に対する自称が現れる。「おれ」という自称は、他者への暴力の行使と不可分に結びつきながら、『坊っちやん』というテクストにその姿を現すのである。

なぜ東京山の手の、かつての「旗本」の屋敷に隣接して、桓武天皇が奈良から京都に遷都した際に

「山城」と改められた、五畿の一つの地名を屋号として持つ質屋があるのか。「山城屋」という同じ屋号は、「おれ」が「四国辺のある中学」に赴任した際に、最初に泊まる宿屋の屋号でもある。勘太郎の家、すなわち「山城屋の地面は菜園より六尺がた低い」のである。山の手の上と下という地形、すなわち江戸の地政学がこの乱闘場面に持ち込まれている。

京都から江戸城に入城し、その城を皇居とした明治天皇による東京遷都後、薩長土肥をはじめとする明治新政府の官僚たちが、かつて「旗本」屋敷などがあった敷地を分割して東京の山の手に移り住んでいった。「山城屋」は、そうした明治天皇や明治新政府の官僚たちと結びついた質屋であったのかもしれない。そうだとすれば、「おれ」と「勘太郎」の乱闘は、戊辰戦争の縮小再生産であると同時に、源氏と平家の合戦の縮小再生産でもあったのだ。

「おやぢは何にもせぬ男」として、「おれ」は父親を「聞く人」としての読者に紹介している。「元は旗本」であった家の家督を相続する兄は、武士階級が最も軽蔑していた金儲けをする「実業家」になるために、現在の一橋大学の前身である「商業学校」(高等商業学校)を卒業して「九州」に赴任していった。家の在り方としては、父の転向に次ぐ、兄の転向であったと言っても過言ではない。

だから「おれ」は兄のことを、「元来女の様な性分で、ずるい」と批判しているのであり、「ある時将棋をさしたら卑怯な待駒をして、人が困ると嬉しさうに冷やかした」ことに激怒して、「手に在つた飛車を眉間へ擲《たた》きつけて」けがをさせたのだ。そのとき父親から「勘当」を言い渡され、その父親の

「怒り」を「解」いたのが「清と云ふ下女」なのである。

「元は旗本だ」という「おれ」の矜恃を、ぎりぎりのところで支えていたのが「清」であったことがわかる。「清」が繰り返し言う「あなたは真つ直でよい御気性だ」という言葉こそが、「おれ」が「元は旗本だ」と言える同一性の根拠だったのだ。

自らを「旗本の元は清和源氏で、多田の満仲の後裔だ」と、父親からの「親譲り」の血筋に同一化させようとする「おれ」の言葉の中で、この系譜は「正直」と位置づけられていく。「正直だから、どうしてい丶か分らないんだ。世の中に正直が勝たないで、外に勝つものがあるか、考へて見ろ」と、きわめて強い調子で読者に呼びかけている。

同じ怒りは、日露戦争の祝勝会における、中学校と師範学校との間の大乱闘事件に、山嵐と共に巻き込まれた翌朝、「両人は現場にあつて生徒を指揮したる上、漫《みだ》りに師範生に向つて暴行を擅《ほしいまま》にしたり」と報道した「四国新聞」にぶつけられる。

「新聞なんて無暗な嘘を吐くもんだ。世の中に何が一番法螺《ほら》を吹くと云つて、新聞程の法螺吹きはあるまい。おれの云つて然る可き事をみんな向ふで並べて居やがる。それに近頃東京から赴任した生意気な某とは何だ。天下に某と云ふ名前の人があるか考へて見ろ。是でも歴然《れつき》とした姓もあり名もあるんだ。系図が見たけりや、多田満仲以来の先祖を一人残らず拝ましてやらあ」。再び「おれ」は自分を「多田満仲」の系譜に位置づけようとしている。

しかし、「多田満仲」、すなわち源満仲の系譜につらなることは、はたしてそれほど名誉なことなのか。[注4]源満仲ほど「無暗な嘘を吐」いた「法螺吹き」の男はいないのではないか。同じ源姓の高明《たかあきら》が、冷泉天皇の皇太子守平親王を廃して、自分の娘を嫁した為平親王を擁立しようという陰謀をたくらんでいると密告したのが満仲にほかならない。藤原氏が他の氏族を中央政界から追放するために仕組んだ最後の大謀略である安和《あんな》の変（九六九）に加担したのが源満仲だったのではないか。それ以後、藤原摂関政治が確立したのである。

そして「系図」ほど信用できないものはない。徳川家康が江戸に幕府を開くにあたって、自らが清和源氏の系譜に属すると証明するために「系図」を書き替えたのは有名な話である。それは、平氏と源氏が交代しながら天皇を支えるという、『平家物語』から『太平記』に受け継がれていった「名分論」によってのことであった。源氏である足利幕府に代わって戦国の世を「鉄砲」を使った戦術で統一した織田信長が、平氏の系譜であることを意識してのことであり、もとより天皇から現在にいたるまでの「系図」など持っているはずのなかった豊臣秀吉の存在を、天皇の臣としての位置から歴史的に抹消するためでもあった。

もし徳川家康が清和源氏であったのなら、源義家の弟義光の子義清を祖とする正統清和源氏の武田氏を、平氏の系譜の織田信長と組んで長篠の戦いで滅亡させたことは、根源的な裏切りと転向になるのではないか。

講談などの口承文芸によって形成された、この列島の歴史的出来事をめぐる社会的集合記憶を辿ってみるならば、「表と裏とは違つた男」で「曲者だと」「おれ」が「極めてしまつた」、「赤シヤツ」を非難する「おれ」の言葉自体が、「おれ自身」を「表と裏とは違つた男」として表象してしまうという、根源的なアイロニーの網の目が、『坊っちやん』というテクストには張りめぐらされていることが見えてくる。それはこの列島の権力闘争の歴史を転倒させる。

権力闘争の現場には紛うかたなき正当性や正統性など、どこにも存在しないのだという痛烈な認識が、『坊っちやん』という小説テクストを貫いている。そして自らの「無鉄砲」さが、すべて「学校」にまつわる出来事であるところに、歴史をめぐる社会的集合記憶を媒介にした、漱石の同時代批判がこめられているのでもある。

日露戦争の「祝勝会」が行われる一九〇五(明治三八)年秋、「おれ」は自分の年齢を「二十三年四ヶ月です」と「赤シヤツ」に説明している。それは「履歴書にもかい」た、満年齢である。つまり「おれ」が生まれたのは、一八八二(明治一五)年、明治天皇が「軍人勅諭」を発布した年である。天皇の臣下が軍事力を操っていた時代はまちがっていたのであり、天皇が直接「兵馬の大権」、すなわち統帥権を握ることを、「朕は汝等軍人の大元帥なるぞ」と宣言した、はじめての「勅諭」である。

そして小学校への入学が六、七歳だとすれば、一八八九(明治二二)年の大日本帝国憲法の発布と、翌年の「教育勅語」の発布は、「おれ」の学校生活の出発点の枠組を形成していることになる。

御雇画家キヨソネの描いた明治天皇の肖像画を写真に撮って、「御真影」と称して全国の学校に下付したのも同じ時期である。[注5] 府県立学校として最初に沖縄県尋常小学校に「御真影」が下付されたのが一八八七（明治二〇）年九月。紀元節、天長節といった天皇崇拝の儀式を、学校で必ず行うように、文部省が内命を出したのが一八八八（明治二一）年。一八八九（明治二二）年一二月には「御真影」を高等小学校にも下付する通知が出されている。一八九〇（明治二三）年一〇月三〇日に「教育勅語」が発布され、翌日文部省は「勅語」の謄本を全国の学校へ頒布し、その趣旨を貫徹する訓示を出した。この年の「天長節」の一一月三日、帝国大学などで最初の勅語捧読式が行われた。

そして一八九一（明治二四）年六月一七日、小学校祝日儀式規定が公布され、紀元節や天長節などの祝祭日に、教師と生徒が行うべき儀式の内容が定められたのである。全国一律に、天皇と皇后の「御真影」に対する拝礼、万歳奉祝、「教育勅語」の捧読、校長訓示、祝祭日唱歌の斉唱という式次第で小学校の儀式が行われるようになる。「おれ」の小学校時代は、まさにこうした「教育勅語」体制に日本中の学校が中央集権的に編成されていく時期だったのである。つまり帝国大学を頂点としたピラミッド型の学歴社会の序列の中に、すべての教育機関が位置づけられていくと同時に、近代天皇制のイデオロギーと共に、社会編成それ自体が、天皇を頂点とする「国体」として整備されていったのである。

この小説において帝大出の「赤シヤツ」が「帝国文学」を読んでいるという設定から始まって、「地方税の癖に」というののしりの言葉で中学校と師範学校の大乱闘が発生することにいたるまで、「教育勅語」体制下における、日露戦争講和条約締結期の大日本帝国の教育の在り方が、徹底した批判意識のもとにとらえられているのだ。

何よりも、『坊っちゃん』という小説における、「おれ」の宿直の夜の、生徒たちとの乱闘事件を要にして、すべての登場人物の人間関係が「裏表」のあることとして意識されるようになるという設定が重要なのだ。当時の学校における「宿直」という任務は、教師が火災等の事故から、各学校に下付された天皇の「御真影」と、頒布された「教育勅語」の謄本を命をかけて守ることであったからだ。[注6]「四国辺のある中学校」の生徒たちが、天皇の「御真影」と「教育勅語」の謄本が保管されている「宿直」室に、「イナゴ」を放り込み、その上で「どん、どん、どん、と拍子を取つて床板を踏みならす」ことだけでも、この小説テクストは「不敬文学」[注7]たる資格を有している。

天皇と臣民との間にまなざし、まなざされる、見る、見られる関係を双方向的に組織する、権威による支配と監視の図像メディアとしての「御真影」。天皇が臣民へ呼びかけた言説、天皇のために臣民が自らの命を捧げることを求めた言説を記した文字の写しである、「教育勅語」の謄本をささげ持って、かつつつしんで臣民が自らの声で読み上げる捧読。これも臣民が天皇の権威を内面化し、「朕」という奇妙な一人称に常に呼びかけられ、その死への呼びかけに服従し恭順することを誓う関係を再生産する、双方向的な言説メディアである。

「教育勅語」という天皇の言説の要は、「一旦緩急アレハ義勇公ニ奉シ以テ天壌無窮ノ皇運ヲ扶翼スヘシ」という部分にある。「一旦緩急アレハ」、すなわち戦争になったら、臣民は自らの「義勇」すなわち命を、「公」すなわち国体としての天皇に「奉シ」なければならないのだ。この論理に基づき、一〇八万人余りの兵力が直接戦闘に投入され、二三万七千人の死傷者（うち戦死者八万四千人）を出したのが日露戦争であった。

日露戦争へのショーヴィニズム（偏狭な民族主義と排外主義的な愛国主義）を煽り立てたのが、「一番法螺を吹く」と「おれ」が怒りをぶつけていた「新聞」というメディアだった。日本軍が勝利する度に「提灯行列、旗行列をはじめ、装飾電車が走り紅白の幔幕が張られ、球灯やイルミネーションがつけられ、折おりに発行された号外が飛ぶように売れた[注8]」のである。

熱狂した群衆が練り歩いたのは、「路面電車が走る大通り」であり、「東京では馬車鉄道が敷かれていたが」、「日露開戦による馬匹徴発」、すなわち軍による馬の徴収によって「一九〇四年には馬車鉄道がなくなっていた[注9]」のであり、その結果として「路面電車」に切り換えられたのだ。「街鉄の技手」が「数学の教師」をやめた後の「おれ」の職業となるのは偶然ではない。

自らは戦場に行かず、銃後で「新聞」の戦況報道に熱狂し続けた、天皇の臣民としての「国民」である男たちは、賠償金が一切とれないポーツマス講和条約に怒りを爆発させ、一九〇五（明治三八）年九月五日、講和反対の国民大会を開こうとするが、警視庁に禁止され、会場の日比谷公園は封鎖されてしまう。集結した群衆は警官隊と衝突し乱衆《モップ》化して暴動となる。これが「日比谷焼打事件」だ。そして国民新聞社、内務大臣官邸、警察署や派出所が焼き払われ、「街鉄」の電車十数台が焼かれた。六日と七日にも警察施設と「街鉄」の電車が焼き打ちされた。警察は乱衆《モップ》にとって直接の敵かもしれないが、「街鉄」の電車はどう考えても御門違いだ。

同一の仮想敵を想定し、その仮想敵への憎悪と怒りという感情で一致し、幼児的な情緒性に基づいて攻撃行動に出る乱衆《モップ》の心性と行動形態。それを支えているのは、大国ロシアに軍事的に勝利し、一等国となり、自分はその大日本帝国の臣民（国民）であるという、他人より自分がすぐれていると過大評価し、そのことによって、戦場で死んだ兵士たちに対する生き残っている者としての罪障感を、過剰な自己正当化によって払拭しようとする乱衆《モップ》の誇大妄想的《メガロマニアック》な欲望。

中学校の生徒たちによる「宿直」の夜の、「おれ」に対するいやがらせ攻撃としての「騒動」は、まさに乱衆《モップ》の心性に裏付けられた行動だったことがわかる。職員会議で山嵐は、「五十名の寄宿生が新来の教師某氏を軽侮して之を翻弄し様とした所為とより外には認められんのであります」と断言している。「新来の教師」を「軽侮」するという自分への過大評価と、それに基づく攻撃性を「翻弄し様とした」という行為で表したのだ。

この発言に続けて山嵐は、「教育の精神は単に学問を授ける許りではない、高尚な、正直な、武士的な元気を鼓吹すると同時に、野卑な、軽躁な、暴慢な悪風を掃蕩するにあると思ひます」と立前論を語っている。しかし表向きは「高尚な、正直な、武士的な元気を鼓吹する」ための「教育勅語」体制下の、近代天皇制的学校教育は、武士階級を解体し没落させ、その代りに徴兵制によって、すべての男性臣民を帝国軍人として、大元帥天皇と「朕ハ汝等ヲ股肱ト頼ミ、汝等ハ朕ヲ頭首ト仰ギテ」という関係に入ることを刷り込むのである。そこで「武士的な元気」が「鼓吹」されることはありえない。したがって裏では「野卑な、軽躁な、暴慢な悪風」が男たちの心身に満ちあふれ、「乱暴」をふるう都市騒擾、都市暴動の時代が、日露戦争という戦争を遂行した大日本帝国の社会全体を覆うことになったのだ。日比谷焼き打ち事件を担ったのは、戦場に行かないで済んでいた男たちだった。「おれ」も「物理学校」へ行ったから戦場に行かずに済んだのだ。そして中学生も師範学校生も。

　しかし立前論を主張する山嵐だけあって、「当夜の宿直員は宿直中外出して温泉に行かれた」ことを批判するのをおこたらない。「一校の留守番」としての「宿直」は、繰り返すが、天皇の「御真影」と「教育勅語」の謄本を、命にかえても守り抜かなければならない任務だからだ。

　宿直事件が日比谷焼き打ち事件の縮小再生産であるなら、日露戦争の「祝勝会」における師範学校生と中学生の大乱闘も、都市騒擾や都市暴動における構造と同じ側面を持っていることが見えてくる。日露戦争中の個々の戦闘の祝勝会で度々会場内の名士と、会場外の見物客との間で争いがおきた。会場内に入れる「有志者」は社会の上層階級であり、それに対して会場に入れない「都市下層」が「社会的不平等」を感じ「矛盾緊張関係が内包」[注10]され、それが突然暴発することがあったのだ。「祝勝会」

の大乱闘の発端は、中学校と師範学校とが、会場への入場の「先を争つた衝突」だった。このときは「中学校が一歩を譲つた」のだが、その意趣返しを中学生の側がかけたのである。師範学校生は卒業して地元の小学校の教師になる。しかし中学生は高等学校に進学し大学を卒業すれば、上層階級に立身出世する可能性がある。学校自体が生徒たちのその後の人生の、階級格差を表象しているのだ。

「赤シャツ」は同じ会議で「元来中学の教師なぞは社会の上流に位するものだからして」、「精神的娯楽を求めなくつてはいけない」と暗に「おれ」を批判する。学校自体が階級上昇競争の場なのだ。この言葉に「あんまり腹が立った」「おれ」は、「マドンナに逢ふのも精神的娯楽ですか」と聞き返す。誰も笑わず、「互に眼と眼を見合せてゐる」だけだ。そして「赤シャツ自身は苦しさうに下を向いた」のである。

「うらなり」が結婚を約束していた、「遠山の御嬢」さんこと「マドンナ」を「赤シャツ」が奪おうとしている。「うらなり」の家は、父が生きていた頃は「御金もあるし、銀行の株も持つて」いたのだが、その死後「急に暮し向きが思はしくなくな」るのだ。日露戦需景気の株式投資に失敗した中産階級没落の典型ともいえよう。おそらく父の死によってはじめて負債総額が明らかになり、借金の返済で財産は無くなり、「うらなり」の給与だけで生活しなければならなくなったことが推測できる。だから給与増額のためには故郷を離れて、宮崎の延岡に転任することを受け入れたのだ。しかしそれが「マドンナ」との結婚を難しくしてしまい、「赤シャツ」のつけ入るすきを与えてしまった。そのたくらみを阻止しようとしていたのが山嵐であった。

「おれ」と「山嵐」を師範学校と中学生の乱闘に誘い込んだのは「赤シャツの弟」だ。「山嵐」を排斥するための陰謀だという解釈の下に、「おれ」と「山嵐」の最後の意趣返しが行われる。

自分の数学の授業の生徒でもあるこの「赤シャツの弟」のことを「おれ」は「渡りものだから生れ付いての田舎者よりも人が悪るい」と評している。弟が「渡りもの」なら兄の「赤シャツ」もそうである。「赤シャツ」は「文学士」で「文学士と云へば大学の卒業生」だと「おれ」は判断している。大学卒業後、中学の教頭となった「赤シャツ」は長兄として弟に対する扶養の義務を遂行していることになる。両親はすでに死んでいるのであり、かつての土地や家屋を売り払ったからこそ、今は「田舎へ来て九円五十銭払」って「立派な玄関を構へて居る」のである。「おれ」は兄から、父親の土地や財産を処分した後の「六百円」だけ渡されて縁を切られたのだが、「赤シャツ」はそれに比べれば弟に対する戸主としての扶養義務を果たしていることがわかる。このとき「おれ」が「おれも一つ奮発して、東京から清を呼び寄せて喜ばしてやらう」と思ったことが、「赤シャツ」から持ちかけられた増給話を受け入れる原因となるのだが、被扶養者を同居させられるかどうか、その生活が安定するか否かは、給与の額で決まるのだ。結婚できるかどうか、結婚後の生活が安定するか否か、それが給与の額で決まるのなら、「マドンナ」の選択を責めることはできない。

その意味で、『坊っちゃん』という小説テクストのエピローグは重い。「街鉄の技手になつた」「おれ」の「月給は二十五円で、屋賃は六円」だからだ。「清は玄関付きの家でなくつても至極満足の様子であつた」とあるから月額一九円の生活費で二人が暮らしていたことになる。「六百円」で三年間暮らし、「学資の余りを三十円程懐に入れて東京を出て来た」のだから、年間一九〇円、月額一五円強で生活していたことになる。そのときよりはるかに苦しい貧困生活になったのではないか。学歴社会を上がって階級上昇をしようとした「坊っちゃんは死んだのである」[注11]と確かに言うことができる。

思えば「四国辺の中学校」における「おれ」の日々は、剝き出しの他者への暴力に満ちていた。「おれ」もまた没落中間層と下層の人々によって構成される乱衆《モップ》の一人であったのかもしれない。

『坊っちゃん』という小説テクストが執筆されていた一九〇六（明治三九）年三月一五日、東京市街鉄道、東京電車鉄道、東京電気鉄道三社が、電車賃を三銭から五銭に値上げすることに反対する「東京市民大会」が開催され、集結した乱衆《モップ》は、「街鉄」の会社と電車に投石をし、「ついに夜間運転休止に至った」のだ。私の眼間《まなかい》には、投石によって破損した電車を黙々と修理しつづける「街鉄の技手」の姿が浮かんでくる。「おれ」は暴力を封印したのだ。それは「今年の二月肺炎に罹って死んで仕舞った」「清」の死に対し「小日向の養源寺」の「清の墓」に足を運びながら弔いつづけているからだ。

街鉄暴動の翌日の三月一六日、日露戦争合葬碑の建設の申請に対して陸軍省は「「申請之通認可す」との指令を出し承認した」[注12]のだ。もちろんすでに死んだ兵士たちの魂は、招魂社としての靖国神社で「英霊」となっていた。一人ひとりの兵士の人としての死を、遺族として弔うことが国家によって奪われていった。
自分を無条件で受け入れてくれた、たった一人の女性の死に対し、喪に服しつづけようとする「おれ」は、死の欲動に取り憑かれた社会の排他的暴力性に、全身で抗議をしているように思えてならない。[注13] その「街鉄の技手」の「清の墓」の前に額衝《ぬかず》く背中は、格差固定社会を壊せるなら戦争になった方がましだと公言する、現在の日本の若者への、静かな戒めになっているのではないか。

注1◆拙稿「裏表のある言葉――『坊っちゃん』における〈語り〉の構造――」(「日本文学」一九八三・三～四)
注2◆亀井秀雄氏は、「「親譲りの無鉄砲」とは、右のように原因と結果とが交換可能な循環論法を蔽うために外部から挿入されて、にもかかわらず最も根源的な内在的原因であるかのごとく装われた、観念的虚構にほかならない」(「『坊っちゃん』――「おれ」の位置・「おれ」への欲望」「國文學」一九九二・五)と指摘している。
注3◆平岡敏夫氏は、「坊っちゃん、山嵐、清は、士族階級という概括ではふじゅうぶんで、佐幕派士族という一点で彼らはひとしい」(「「坊っちゃん」試論――小日向の養源寺――」「文学」一九七一・一)と指摘している。同じ問題意識の下に拙稿と応答している『漱石　ある佐幕派子女の物語』(おうふう　二〇〇〇・一)もある。
注4◆村瀬士朗氏は、「源満仲は」「その場の権力者を主人としてそれに同化するような生き方の人間だったのである」(「「世の中」の実験――「坊つちゃん」論」「国語国文研究」一九八七・九)と、また小谷野敦氏は、「近世に入ってからの清和源氏とその祖満仲の神格化は、源氏の棟梁としての徳川政権の成立と関係があり」「『前太平記』において、文学伝統における満仲の理想化は完成している」(「『坊つちゃん』の系譜学

――江戸っ子・金平・維新」「文学」一九九三・七）と指摘している。

注5◆多木浩二『天皇の肖像』（岩波書店　一九八八・八）

注6◆副田義也『教育勅語の社会史――ナショナリズムの創出と挫折』（有信堂高文社　一九九七・一〇）

注7◆渡部直己『不敬文学論序説』（太田出版　一九九九・七）

注8◆成田龍一「「国民」の跛行的形成――日露戦争と民衆運動――」（『日露戦争スタディーズ』紀伊國屋書店　二〇〇四・二）

注9◆同前

注10◆能川泰治「日露戦時期の都市社会――日比谷焼打事件再考」（「歴史評論」一九九七・三）

注11◆平岡敏夫『「坊っちゃん」の世界』（塙書房　一九九二・一）

注12◆原田敬一「慰霊の政治学」（『日露戦争スタディーズ』）

注13◆亀井秀雄氏は前掲論文で、「「おれ」と自称する街鉄の技手が清との関係の記憶を大切に守ろうとするかぎりそれは残る。この語りの供養、鎮魂のモチーフをそこに認めなければならない」と指摘している。

漱石深読

三

草枕

山路《やまみち》を登りながら、かう考へた。

智に働けば角《かど》が立つ。情に棹させば流される。意地を通せば窮屈だ。兎角に人の世は住みにくい。

住みにくさが高じると、安い所へ引き越したくなる。どこへ越しても住みにくいと悟った時、詩が生れて、画が出来る。

人の世を作つたものは神でもなければ鬼でもない。矢張り向ふ三軒両隣りにちら〳〵する唯の人である。唯の人が作つた人の世が住みにくいからとて、越す国はあるまい。あれば人でなしの国へ行く許りだ。人でなしの国は人の世よりも猶住みにくからう。

越す事のならぬ世が住みにくければ、住みにくい所をどれほどか、寛容《くつろげ》て、束の間の命《いのち》を、束の間でも住みよくせねばならぬ。こゝに詩人といふ天職が出来て、こゝに画家といふ使命が降《くだ》る。あらゆる芸術の士は人の世を長閑《のどか》にし、人の心を豊かにするが故に尊とい。

想念の写生文とでもいうべき出だしである。語り手は、殆んど実況中継でもするかのように、自らの考え思うこと、すなわち思念の流れに浮かび上がってくる言葉を、一つひとつ掬い上げ、それらの言葉によって新たな流れを創っていく。その意味で『草枕』は、文字どおりの意識の流れ小説だと言えよう。すべては「山路を登りながら」、「かう考へた」ことの報告なのだ。

なぜ冒頭の一文を読点によって二つに分けたかといえば、自らの身体の在り方を写生する言葉と、意識の流れを写生する言葉が書き分けられているからだ。第二文以後は、すべて意識の流れについての実況報告になっている。人間の心的要素を三分割し、知性と感情と意志の相互関係についての思索を報告する文は、七五調でリズミカルだ。この文の形それ自体が、歩きながら「考へ」ている、語り手の身体の在り方を、表象していると受け取ることもできる。快調に歩いている七五調のリズムに合わせて浮かんでくるのは、しかし「人の世は住みにくい」という生きづらさの思いだ。その思いが足取りを鈍らせる。七五調が崩れていく。

崩れ乱れた歩みの中から沸き上がってくるのが「引越し」の思想。「住みにく」い所から、住み「安い所へ」の「引越し」。「住みにくさが高じる」限界領域に達して「引越し」を決行した者たちが、亡命者であり難民だ。

「住みにくさが高じる」極限が戦争。そして宗教的、思想的、政治的迫害。あるいは人種差別、民族差別による弾圧や殺戮。「人の世」の歴史は、権力を持たない弱者の側から振り返れば、戦争と迫害と、そして弾圧と殺戮の強度を高めつづけた連鎖であった。

古代ギリシアやローマには難民があふれていたと歴史は記録している。どこの都市国家にも帰属しない難民たちは公民権を持っていない。だから法に支えられていない。したがって生きること自体が不法居住となる。中国大陸における歴史書も、戦争と共に大量の難民が発生したことを繰り返し書き残している。

イギリスで一六世紀後半に宗教改革を要求した、ピューリタン（清教徒）たちは、国教会と国家の弾圧が強まる中、一六二〇年に亡命者としてアメリカに移住した。そしてフランスなどヨーロッパ各国から、移民者が北アメリカに移住し、その結果植民地居住者となった。それ以前に南アメリカは、スペインやポルトガルの植民地となっていた。

ヨーロッパの人々が勝手に「発見」したと称した、「新大陸」としてのアメリカにも、「唯の人が作った人の世」はあった。しかし、同じ「唯の人」であるはずの「新大陸」の先住者たちを、ヨーロッパの人々は「人でなし」と位置づけた。「人でなしの国へ行」ったから、先住者をいくら殺戮しても罪にはならない。すべての植民地で、植民者となったヨーロッパ列強の人々は、その結果すべて「人でなし」になっていったのだ。

「人の世を作ったものは神でもなければ鬼でもない」と言い切るためには、ダーウィニズムを継由していなければならない。ハナ・アーレントは、こう述べている。「ダーウィニズムは何にでも利用できる二つの重要な観念を提供した。第一は、あらゆる生存物の自然的生存競争の観念で、この生存競争においては自動的に最適者の選択がなされるという楽観的予測に立っている。第二は、動物から人間への進化の観念に内在する無限の可能性の観念であり、これは優生学という新しい「科学」まで生んでいる」、そしてこの観念によって「十七世紀以来の〈力は正義なり〉の古い理論に新たなきわめて効果的な論拠を与えた」[注1]のである。「人でなしの国」としての植民地についても、やはりアーレントは正確に規定している。

「海外に進出したヨーロッパ諸民族の植民事業は、前世紀の終りまでに植民地支配と植民地利用の二つの際立った形式をつくり上げていた。遠国を征服し、原住民の大半あるいは全部を虐殺して自分たちがそこに入植・定住し、母国と本質的には同じ形態の新しい国家を建設したのがその一つである。もう一つは、異国の異民族のただ中に海洋基地を設け貿易会社の支店をつくって貿易の促進を計る方法で、昔ながらの「戦争、貿易、海賊行為の三位一体」（ゲーテ）に基づいており、世界の富の平和的交換とは決して言えないものだった」[注2]。前者がアメリカ大陸とオーストラリア大陸であり、後者がアジア大陸である。

　そして列強によるアフリカ争奪戦によって、世界はすべて分割され、二〇世紀は「越す事のならぬ世」となったのである。残るのは列強同士の戦争しかない。帝国主義戦争としての日露戦争のただ中で、このような思いをめぐらしている『草枕』の語り手は、「どこへ越しても住みにくいと悟つた時」

に、「詩」と「画」、すなわち芸術が生まれると主張し、「越す事のならぬ世」の「住みにく」さを、一瞬でも「住みよく」する「使命」をおびて、「詩人」と「画家」が生まれるという。このような芸術論を述べる語り手は何者なのか。
語り手が自分自身を指す「余」という言葉を初めて発するとき、同時に彼が何者であるかが明らかになる。それは語り手が躓いて歩みが中断される瞬間であった。[注3]

余の考がこゝ迄漂流して来た時に、余の右足は突然坐りのわるい角石の端《はし》を踏み損くなつた。平衡を保つ為めに、すはやと前に飛び出した左足が、仕損じの埋め合せをすると共に、余の腰は具合よく方三尺程な岩の上に卸りた。肩にかけた絵の具箱が腋の下から躍り出した丈で、幸ひと何の事もなかつた。

「絵の具箱」を「肩にかけ」ているのだから、語り手は「画工《ゑかき》」であることがわかる。さらに「三脚几を担いで」いるので、屋外で写生画に彩色までする印象派以後の西洋画家なのである。

この「画工」の展開する芸術論の要は「非人情」。「人の世につきもの」の「苦しんだり、怒つたり、騒いだり、泣いたり」といった「俗念を放棄して」、「出世間的の詩味」を追い求める旅に出ている「画工」なのだ。すべての亡命者と難民は旅の途中にある。旅の枕詞が草枕。その旅の実況中継的写生文、外界からの身体への刺激と内界の想念を交互に写生するのが『草枕』というテクストである。

旅が身体の連続的な移動だとすれば、それに伴って想念も推移する。それを一瞬のそして突然の外界からの刺激が挫き躓かせるとき、「画工」の知覚感覚は、驚愕がもたらす注意力によって、あらゆる細部を、齣送りのように五感を駆使して把持しようとする。

事実、先に引用した躓きの記述の直後に、初めて「画工」は、山路から眺望できる視覚的光景、「雲雀の声」などの聴覚的刺激、「蒲公英を踏みつける」触覚、「人の臭ひ」といった臭覚などが一斉に覚醒して行き、やがて天気が崩れ出して、「四方は只雲の海かと怪しまれる中から、しと〳〵と春の雨が降り出し」、「雨が動くのか、木が動くのか夢が動くのか、何となく不思議な心持ち」になりながら、遂に雨に降り込められて峠の茶屋に辿り着く。

この茶屋の「御婆さん」から、「画工」はこれから向かう温泉場の宿の「那古井の嬢さま」の話を聞かされることになり、「御婆さん」と馬子の「源さん」の会話を通じて、二人が想起する「御嫁入りのときの姿」を提示されるのだ。そのとき「画工」の想念は「衣装も髪も馬も桜もはつきりと目に映じたが、花嫁の顔だけは、どうしても思ひつけなかつた」と動く。そして「ミレーのかいた、オフェリヤの面影が忽然と出て来て」しまったのである。

しかし「画工」の想念に想起されたジャン・エヴァレット・ミレーのオフィーリア像は、微妙でありながら決定的な錯誤を孕んでいた。「ミレーの「オフィーリア」は、合掌しているのではなくて、何かに驚いた子どものように両手を開いている。もっと正確にいえば握る力も失せてしまった両の手首が水面につきだされている」[注4]のに対し、「画工」が想起したのは「オフェリアの合掌して水の上を流れて行く姿」なのだ。

現在時における外界からの知覚感覚的刺激によって、内界に蓄積されていた記憶が変形し、想起されることで、引用されている典拠からずれてしまうという、ある種の攪乱が『草枕』というテクスト全体に波及していく。

このあと「御婆さん」が、「嬢様と長良の乙女とはよく似て居ります」と言って、「淵川へ身を投げ」る前の歌として「画工」に紹介する「あきづけばをばなが上に置く露の　けぬべくもわは　おもほゆるかも」が、実際に「万葉集」第八巻に存在しながら、「長良乙女」ではなく「日置長枝娘子《ヘキノナガエヲトメ》歌」であるように。

「画工」の「非人情」の芸術論をめぐる思念の流れを塞き止め、歩みを止めさせるのが「雲」と「雨」であり、その「雲」と「雨」に誘われるように、「那古井の嬢様」をめぐる情報がもたらされ、「画工」の言葉と記憶の枠組を「夢」のように掻き乱していくのである。

「画工」の「非人情」の芸術論においては、文字どおりに古今東西の芸術が葛藤の様相《コンフリクトモダリティー》を呈しながらせめぎ合っている。第一章では、王維と陶淵明が、「不如帰」（徳富蘆花）や「金色夜叉」（尾崎紅葉）の上位におかれ、「ファウストよりも、ハムレツトよりも難有く考へられる」とされる。第三章では、

「ターナー」と「応挙」（円山）が等価に扱われ、「希臘の彫刻」と「運慶の仁王」「北斎の漫画」が対比されている。そして六章では「レッシング」の「ラオコーン」論を軸に、時間芸術と空間芸術が対比され、九章ではメレディスの『ビーチャムの生涯』を媒介に、「小説のなかの小説の批評[注5]」が展開されていく。

さらに「二十世紀に睡眠が必要ならば、二十世紀に此出世間的の詩味は大切である。惜しい事に今の詩を作る人も、詩を読む人も、みんな西洋人にかぶれて居るから、わざ〳〵呑気な扁舟を泛べて此桃源に溯るものはない様だ」と、陶淵明の『桃花源記』に言及しながら、実際はその舟の動きを逆行させ、山の上から川を下り、日露戦争に出征する兵士を汽車の「停車場《ステーション》」で見送る場面が末尾に付されている。『草枕』のテクストは、日露戦争の戦後文学であることを繰り返し自己主張する。

「画工」の内界に蓄積された、彼が芸術家たりうるための文化資本としての記憶は、『草枕』というテクストの運動が進めば進むほど、葛藤《コンフリクト》が激化していくのである。「画工」の言葉と記憶の枠組に葛藤《コンフリクト》をもたらすのが、「那古井の嬢様」、すなわち那美なのだ。

「那古井の嬢様」としての那美は、「画工」の前にあらかじめ伝説化された女として現れる。そして那美自身も、自らが伝説化されていることを自覚しているのだ。「人の世」に住む人々が、いかに自分を「人でなし」として表象しているのかを熟知して生きているのが、志保田那美という女である。そして「人の世」において伝説化された自己像を引き受けつつ、「画工」の前でそれを演じながら否定するのが那美という人間なのだ。
第一の伝説は「長良の乙女」伝承。「さゝだ男」と「さゝべ男」の二人から愛されて、どちらを選ぶこともできず入水自殺をする女。典型的な葛藤《コンフリクト》の中で、生きる上での二者択一不能となり、死を選択する物語だ。「然しあの歌は憐れな歌ですね」と言う「画工」に那美はこう答えている。

「憐れでせうか。私ならあんな歌は詠みませんね。第一、淵川へ身を投げるなんて、つまらないぢやありませんか」

後に「画工」にとって、那美の肖像画をめぐる中心概念となる「憐れ」を、彼女は真向から拒絶する。「成程つまらないですね。あなたなら如何《どう》しますか」という「画工」の問いかけに、那美は、「どうするつて、訳ないぢやありませんか。さゝだ男《をとこ》もさゝべ男《をとこ》も、男妾《をとこめかけ》にする許りですわ」と切り返す。何故二者択一を迫られた女は自ら命を絶たねばならないのか。男たちはどれだけ一夫多妻制を「人の世」で合法化してきたのか。もし婚姻という法制度があるなら「男妾」でいいではないか。二者択一的言語の分別知から離脱する禅問答の基本を那美の言葉はふまえている。
「画工」との間で問題化されている茶屋の「御婆さん」の紹介した歌についても、那美は自覚的だった。「私がまだ若い時分でしたが、あれが来るたびに長良の話をして聞かせてやりました。うた丈は中々覚えなかつたのですが、何遍も聴くうちに、とう〲何も蚊も暗誦して仕舞ひました」（傍点引用者、以下同様）という那美の述懐は先の「画工」との歌論争の直前に語られている。那美は周囲の者たちへの感情教育の実践者なのである。

しかし、それは「まだ若い時分」のことだった。すなわち「御婆さん」の語った「那古井の嬢様にも二人の男が祟りました。一人は嬢様が京都へ修行に出て御出での頃御逢ひなさつたので、一人はこゝの城下で随一の物持ちで御座んす」という事件があった頃の事。「御自身は是非京都の方へと御望みなさつた」のだが、「親《おや》ご様が無理にこちらへ取り極めて……」と「御婆さん」は述懐する。那美は父親の政略結婚の道具にされた娘だったのである。

「城下で随一の物持ち」といえば旧藩主か旧藩に取り入っていた政商の息子であろう。父親が明治という新しい時代を生き抜いていくうえで、不可欠な政治的かつ経済的な縁故を築くために、那美は「修行」に出た「京都」で出会った恋人と引き裂かれたのだ。結婚相手としての「先方」は、「器量望みで御貰ひなさつた」のだから那美の女性としての性的魅力だけが評価され、人間としての人格は無視されていたのだ。[注6]「どうも折合がわるくて」と「御婆さん」が言う以上、地元の名士の結婚生活は、周囲の人々にとって格好のスキャンダル情報であったにちがいない。

「所へ今度の戦争で、旦那様の勤めて御出《いで》の銀行がつぶれました。それから嬢様は又那古井の方へ御帰りになります。世間では嬢様の事を不人情だとか、薄情だとか色々申します」という「御婆さん」

の述懐からは、日露戦争下の「人の世」としての「世間」が、「不人情」や「薄情」といった紋切り型の枠組で、那美を地元スキャンダルの欲望の餌食にしてきたことがうかがわれる。

茶屋の「御婆さん」について、那美は「あれはもと私のうちへ奉公したもので、私がまだ嫁に……」と、「画工」にその来歴を語っている。父親の政略のために、意に反した結婚をせざるを得なかった煩悶を、那美は「長良乙女」の伝説に託して、自分の家に「奉公」していた「御婆さん」に語っていたのであろう。

しかし那美は二者択一をめぐる葛藤《コンフリクト》のために、自ら命を絶つことはしなかった。「長良乙女」の伝説の、自ら命を絶つような女主人公になることを拒み、生き抜いた人間が那美なのだ。そのような彼女が、オフィーリア・コンプレックスに取り憑かれた「画工」の思い描いた構図を肯うはずがない。那美は日露戦争下の「人の世」の、伝説の物語類型が女に強いる死の欲動を拒絶した人間なのだ。[注7]

第二の伝説は、「出返り」女と若い男との恋という、きわめて類型的なスキャンダルの話型である。この伝説の語り手は、那美の父親が「東京に居た時分」に、「近所」の神田に居り、彼を頼って那古井へやってきた床屋の「親方」だ。一見長閑に見える山の中の田舎の温泉場ではあるが、そこに生きている人々は、明治維新の際の戊辰戦争、あるいは西南戦争という内戦によって、それまで住んでいたところで「住みにくさが高じ」て「引き越し」てきた者たち、すなわち日露戦争下の「渡りもの」たちなのだ。

そして「渡りもの」という一言こそ、那美の自己認識を第四章で「画工」につきつけた言葉だったのでもある。


「はゝゝゝ、と時にあなたの言葉は田舎ぢやない」

「人間は田舎なんですか」

「人間は田舎の方がいゝのです」

「それぢや幅が利きます」

「然し東京に居た事がありませう」

「えゝ、居ました、京都にも居ました。渡りものですから、方々に居ました」

「こゝと都と、どつちがいゝですか」

「同じ事ですわ」

「かう云ふ静かな所が、却つて気楽でせう」

「気楽も、気楽でないも、世の中は気の持ち様一つでどうでもなります。蚤の国が厭になつたつて、蚊の国へ引越しちや、何にもなりません」


那美は「引越し」の思想を拒絶しているのである。つまり『草枕』の冒頭で「画工」が展開していた芸術論の論理的枠組を共有しつつ批判していることになる。

同時にこの会話の過程そのものが、二者択一的イデオロギーをめぐる論争になってもいるのだ。「画工」が提示したのは、言葉における「田舎」対「東京」という二者択一だが、那美はこれを「人間」にずらし、自らを「田舎」に位置づける。「画工」はそれを認めさせられ、「東京」に「居た」か居ないかに二者択一をずらすが、那美は「田舎」対「都」にそれをずらし、しかも「都」を明治維新前の「京都」と維新以後の帝都「東京」に分裂させてしまい、そのうえで「渡りもの」という、どの場所にも同一化しない自己規定を選びとるのである。そして「こゝ」と「都」の二者択一を要求する「画工」に、那美は「同じ事」という形で、二者択一の選択前提自体を崩してしまう。この言説戦略から禅問答を連想するのは難しくない。

一見何気ない会話場面だが、言語的二者択一を設定した側の、境界の線引きの論理的前提そのものを無効化してしまうという那美の言説戦略は、きわめて脱構築的《デイコンストラクティヴ》である。

この那美との言葉の真剣勝負の後の五章で、「画工」は床屋の「親方」から、「銀行が潰れて贅沢が出来ねえつて、出ちまつた」「義理が悪るい」「出返り」女のスキャンダルを聞かされることになる。「親方」ははじめから那美のことを「あの娘は面《めん》はいゝ様だが、本当はき印しですぜ」と理解不能な狂気の他者として言説化し、「村のものは、みんな気狂《きちげえ》だつて云つてるんでさあ」とそれが村落共同体としての「世間」の集合的認識であることを強調する。

つづけて「親方」は「観海寺の納所坊主」だった「泰安」が、那美に「文をつけ」たところ、「本堂で和尚さんと御経を上げてる」ところに「突然《いきなり》あの女が飛び込んで来て」、「そんなに可愛いなら、仏様の前で、一所に寐ようつて、出し抜けに、泰安さんの頸つ玉へかぢりついたんでさあ」と、あたかも現場を目撃したかのように「画工」に報告する。そのうえで、「泰安」が「其晩こつそり姿を隠して死んぢまつて……」という結末をつける。

安珍清姫をめぐる道成寺伝説を思わせる、ありがちな物語類型だが、この「親方」の語る伝説は、ただちに頭を剃りにやってきた「観海寺」の「小坊主」によって否定される。「小坊主」は「泰安」が「その後発憤して、陸前の大梅寺」で「修行三昧」になり「今に智識」になると告げ、さらに那美について は「あの娘さんはえらい女だ。老師がよう褒めて居られる」という情報を「画工」にもたらす。

事実「画工」は、八章で「観海寺」の「大徹」和尚と出会った際、はじめて和尚の口から「御那美さん」という固有名を知らされるのであり、和尚が彼女のことを禅の修行者としても高く評価していることを知らされ、同時に「泰安」事件の真相も当事者から知らされるのだ。

「あの、あなたの泊つて居る、志保田の御那美さんも、嫁に入つて帰つてきてから、どうも色々な事が気になつてならん、ならんと云ふて仕舞にとう〳〵、わしの所へ法を問ひに来たぢやて。所が近頃は大分出来てきて、そら、御覧。あの様な訳のわかつた女になつたぢやて」

「へえゝ、どうも只の女ぢやないと思ひました」
「いや中々機鋒の鋭どい女で――わしの所へ修業に来て居た泰安と云ふ若僧も、あの女の為めに、ふとした事から大事を窮明せんならん因縁に逢着して――今によい智識になるやうぢや」
「画工」が太刀打ち出来なかったはずである。なぜなら離婚後の那美は、大徹和尚の所で「法を問ひ」つづけ、みせかけの二項対立に基づく二者択一を迫る「人の世」あるいは「世間」の価値システムを、崩しつづける理論闘争の方法を身につけ、それを実践してきた人間だからである。

第三の伝説は、第十章で「画工」が「鏡が池」の辺で馬子の源兵衛から聞く、この池の地名起源説話である。それは、「一人の」「梵論字《ぼろんじ》が志保田の庄屋へ逗留して居るうちに、その美くしい嬢様が、其梵論字を見染めて」「どうしても一所になりたいと云ふて、泣きました」、「所が庄屋どのが」「梵論字は聟にはならんと云ふて」「聞き入れ」ず、「とう〳〵追ひ出し」てしまう。その「梵論字のあとを追ふて」「志保田の嬢様」が池に「身を投げて」「えらい騒ぎにな」る、「其時」「一枚の鏡を持つてゐた」ので「此池を今でも鏡が池と申しまする」という伝承だ。

「庄屋」というのだから江戸時代であろう。身分制社会の差別の構造の中で、繰り返し生じた悲恋の話型。そして源兵衛は「あの志保田の家には、代々気狂が出来ます」と、祟られ呪われたと噂される家系の女達の系譜に言及し、那美とその母親をもその系譜の中に位置づける。[注8]「志保田の嬢様」という一つの名の中には、「志保田」という家父長的家の歴史の中で、男たちの意図に基づき、恋を打ち砕かれ、意に沿わぬ結婚を強いられてきた、何人もの女たちの生と死が堆積していることがわかる。

源兵衛から、この「鏡が池」の地名起源説話を聞く直前まで、「画工」は「鏡が池」に落ちる椿を見つめながら、ミレーの「オフィーリア」の構図に連なる、「椿が長へに落ちて、女が長へに水に浮いてゐる感じをあらはしたい」という欲望にとらえられていた。そしてその女の表情については、「矢張御那美さんの顔が一番似合ふ様だ」とも考えている。なぜなら、その直前に「温泉場の御那美さんが昨日冗談に云つた言葉が、うねりを打つて、記憶のうちに寄せてくる」状態だったからだ。「あの顔を種にして、あの椿の下に浮かせて、上から椿を幾輪も落とす」。これが「画工」の欲望だった。

鎌倉から江戸幕府まで、戦争を一手に担いつづけた武士階級が、椿の花を死の象徴として忌み嫌ったことはよく知られている。椿の花が花弁を散らすのではなく、一輪まるごと落ちる姿が、戦場で首が落とされるイメージと重ねられていたからだ。「画工」の想念の中で、那美は幾重にも死の表象に包まれていく。

「画工」の「記憶のうちに」「うねりを打つて」「寄せてくる」那美の「言葉」とは、次のように「鏡の池」を紹介するものだった。

「その鏡の池へ、わたしも行きたいんだが……」

「行つて御覧なさい」

「画にかくに好《い》い所ですか」

「身を投げるに好《い》ゝ所です」

「身はまだ中々投げない積りです」

「私《わたくし》は近々投げるかも知れません」

余りに女としては思ひ切つた冗談だから、余は不図顔を上げた。女は存外慥かである。

「私が身を投げて浮いて居る所を――苦しんで浮いてる所ぢやないんです――やすく〱と往生して浮いて居る所を――奇麗な画にかいて下さい」

「え？」

「驚ろいた、驚ろいた、驚ろいたでせう」


「画工」に最も驚愕をもたらし、五感のすべての注意力を引き付けてしまうのが那美である。そしてあたかも「画工」の想念の中を流れるオフィーリア・コンプレックスの欲望を察知したかのように、それを言葉で突き付けてくるのが那美なのだ。その那美に対抗するかのように、「画工」は自らの想念の中で創る画の構図において、彼女を池に入水させようとしているかのようでさえある。このとき「画工」が思いつくのが「憐れ」という表情なのだ。

「憐れ」という表情こそは、「あの女の顔に普段充満して居るものは、人を馬鹿にする微笑《うすわらひ》と、勝た

う、勝たうと焦る八の字のみである」と考える「画工」こそ、「憐れ」という表情によって「勝たうと

焦る八の字」を封印することで那美に「勝たう」としているのだ。そのような「画工」の殺意を見透かしたように、源兵衛が去った後、「鏡が池」に那美は姿を現す。

緑りの枝を通す夕日を脊に、暮れんとする晩春の蒼黒く巌頭を彩どる中に、楚然として織り出されたる女の顔は、――花下に余を驚かし、まぼろしに余を驚ろかし、振袖に余を驚かし、風呂場に余を驚かしたる女の顔である。

余が視線は、蒼白き女の顔の真中にぐさと釘付けにされたぎり動かない。女もしなやかなる体軀を伸《の》せる丈伸して、高い巌の上に一指も動かさずに立つて居る。此一刹那!

余は覚えず飛び上つた。女はひらりと身をひねる。帯の間に椿の花の如く赤いものが、ちらついたと思つたら、既に向ふへ飛び下りた。夕日は樹梢を掠めて、幽かに松の幹を染むる。熊笹は愈青い。

又驚かされた。

身投げをした「志保田の嬢様」の系譜に連なる那美が、彼女の入水の姿を画の構図として想像して

いた「画工」の欲望を真向から断ち切るように、池の中へではなく、逆方向に「飛び下りた」のだ。その巌上での那美の立ち姿と「女の顔」に、「画工」は那古井に来てから那美に「驚かされ」つづけてきたすべての記憶を想起するのである。「画工」が「驚かされ」る瞬間は、「此一刹那」と表象されていた。「画工」にとって那美という名は、一刹那の美しさを意味しているのだろう。なぜなら「画工」が驚かされた瞬間を写生する文には、多くの場合「刹那」という言葉が刻まれていたからである。

たとえば、「花下に余を驚かし」た時とは、第三章で「画工」が「夢」を見ながら、それまでの経験の記憶を変形したときのことだ。「長良の乙女が振袖を着て、青馬《あを》に乗つて、峠を越すと、いきなり、さゝだ男と、さゝべ男が飛び出して両方から引つ張る。女が急にオフエリヤになつて、柳の枝へ上つて、河の中を流れながら、うつくしい声で歌をうたふ。救つてやらうと思つて、長い竿を持つて、向島を追懸けて行く。女は苦しい様子もなく、笑ひながら、うたひながら、行末《ゆくゑ》も知らず流れを下る。余は竿をかついで、おゝい〳〵と呼ぶ」という「夢」だ。

明らかに冒頭で禁じていたはずの「情に棹させば流される」を半ば実践している「夢」だ。しかし、流されるのは女だ。「歌をうたふ」女なのだ。次の瞬間目覚めると、その歌が聞こえてくる。それは「長良の乙女の歌」。その声が聞こえてくるのか否か、つまり二者択一が出来なくなったとき、「もうど う焦慮《あせつ》ても鼓膜に応へはあるまいと思ふ一、刹那」という文字が刻まれるのだ。そして障子を開けた瞬間「花の影を踏み砕いて」いる「脊の高い女姿」を見出すのである。

そして「風呂場に余を驚かしたる女」とは第七章、「降る雨」が「ひそかに春を潤ほす程のしめやかさ」の「春宵」に「画工」が風呂に入っていると、那美と覚しき女が入ってくる。「室を埋むる湯烟」が「埋めつくした」浴室の中で、入ってきた女の裸体の立っている「真白な姿が雲の底から次第に浮き上が」り、「今一歩を踏み出せば、折角の嫦娥が、あはれ、俗界に堕落するよと思ふ刹那に、緑の髪は、波を切る霊亀の尾の如くに風を起して莽と靡いた。渦捲く烟りを劈いて、白い姿は階段を飛び上がる。ホ、、、と鋭どく笑ふ女の声が、廊下に響いて、静かなる風呂場を次第に向へ遠退く」まさにそのときの那美なのだ。

思えば「まぼろしに余を驚ろかし」たのは、第三章で「画工」が寝ている部屋の「戸棚」をあけたときであり、「振袖に余を驚かし」とは第六章で、その「振袖を着て」あたかも能舞台のような長い廊下を往き来している姿を那美が「画工」に見せたときのことであった。

この那美の行為は、「長良の乙女」伝説に彼女をあてはめて語った茶屋の「御婆さん」が「たのんで御覧なされ。着てみせましょ」と「画工」に言った約束を果たすための実践にほかならない。すなわち伝説化された自己を演じてみせていた那美だ。那美は、源兵衛や「御婆さん」から、「画工」がどのような情報を得ていたかを全部知っていたことが、ここで読者には認識されるのである。

それに対して、「刹那」という言葉と共に行動する那美は、「気狂」と規定されたとしても伝説化された自己像を覆し、崩し、理解不能な、既存の女性像の枠組に決して組み込まれることのない、男と女をはじめとするイデオロギー的葛藤《コンフリクト》を組織している、二項対立や二者択一の境界の論理的前提をはずし、ほかでもない那美という人間になるための言語的かつ身体的実践をしているのだ。

とりわけ第七章で「風呂場に余を驚かした」「刹那」は重要な意味を持つ。なぜなら「画工」は、まず湯に入るにあたって、「温泉水滑洗凝脂《おんせんみずなめらかにしてぎようしにそそぐ》」という、白楽天の「長恨歌」を記憶から想起しているからだ。唐の玄宗皇帝（六八五〜七六二）に「器量望み」で性的欲望の対象とされた楊貴妃が、皇帝との性行為の前に身体を洗わされる「華清の池」に入れられるのが「春寒くして浴を賜ふ」という、「画工」の想起した句の前の部分、そして続くのは「侍児扶起嬌無力《じじたすけおこせどもきやうとしてちからなし》」という、楊貴妃が自分では立ちあがれなくなっている自失状態である。楊家の男たちが宮中の権力を握るための道具とされた楊貴妃。しかし玄宗は彼女を寵愛したため政務がおろそかになったとして、楊貴妃を唐を亡した悪女に仕立てあげているのが「春宵苦短日高起《しゅんせうはなはだみじかくひたかくしておき》」という、それにつづく句にほかならない。「只此靄《もや》に、春宵の二字を冠したるとき」とあるように、『草枕』第七章の要に「春宵」という二字熟語が位置している。

そしてこの「長恨歌」をふまえて、紫式部が『源氏物語』を構想したのは、あまりに有名な逸話である。娘や妹を天皇の男の長子を産む道具として宮中に送りこむことをシステム化した藤原摂関政治の、女性に対する抑圧の機構を暴露した日本の物語も、「長恨歌」から生まれている。雲と紛う「立て籠められた湯気」の中で、「春を潤ほす程のしめやかさで」「降る雨」の音を聞きながら那美があらわれる直前、「画工」は自分を、「古き世の男かと、われを疑はしむる」と、自分を男性権力者の系譜になぞらえてもいた。

さらに「雲」と「雨」のイメージには、『文選』の「高唐賦」(宋玉)に描かれる「仙神女の話」がふまえられており、それは「『万葉集』『源氏物語』などにも見られるが、日本で一躍クローズアップされるのは『愚見抄』『愚秘抄』といった定家仮託の歌論書群においてであり、鎌倉時代後期のことであった」[注9]のだ。「幽玄」の世界にひたりきろうとする「画工」の欲望を、那美は「刹那」において突き崩す。なぜなら彼女は、湯気の中に裸体を浮かびあがらせてすっくと立つが、楊貴妃のように風呂には入らず、身をひるがえして出ていくからだ。入水を拒みつづける女として、那美は「画工」に対峙しつづけたのである。

那美の現在の在り方を規定したのは、男と男の間で、政略的に女が取り引きされる制度と、日露戦争だ。那美の従弟久一の出征を見送りに行った汽車の「停車場《ステーション》」で『草枕』の世界が閉じるのは、その世界が隅々まで日露戦争によって規定されていることを示している。

那美は、離縁した夫が満州に旅立つにあたって金を渡す。そのやりとりを「画工」に見られて那美は言う。「何しに行くんですか。御金を拾ひに行くんだか、死にゝ行くんだか、分りません」。すでにこのときから、戦場は多くの人々が殺される場であると同時に金儲けの場でもあったのだ。[注10]

この「停車場」で「画工」が、「一人前何坪何合かの地面を与へて」「何坪何合のうちで自由を擅《ほしいまま》にしたものが、此鉄柵外にも自由を擅にしたくなるのは自然の勢である」と、土地の私有制こそが帝国主義的侵略戦争と植民地主義をもたらしたという認識に立つのは偶然ではない。那美との言葉のやりとりで、「画工」はこの認識に達したのだ。

「第二の仏蘭西革命は此時に起るのであらう。個人の革命は今既に日夜に起りつゝある。北欧の偉人イブセンは此革命の起るべき状態に就て具《つぶ》さに其例証を吾人に与へた」という認識は、前夫と那美との関係を、「画工」が「イブセン」の「人形の家」の逆転として見立てていることを示している。

弁護士から銀行の頭取に出世した夫のために、法に違反して借金をしたノラは、そのことを夫に知られてしまう。夫は自らの保身のためだけにノラを罵る。そのときノラは、自らが「器量望み」で妻とされた「人形」でしかないことに気づき、自分を人間として扱わない夫に離別を宣言し家を出る。『草枕』の設定は、ノラの物語の人間関係を逆転させている。那美は楊貴妃からノラまでの、男たちの権力闘争と金儲けの道具にされつづけてきた女たちの系譜を刹那に貫き、死ぬことを拒絶し生きることを選ぶ人間の刹那の美を突きつけているのだ。

そのように前夫と「停車場」で離別した那美の表情に、「画工」が「憐れ」を発見し、彼の「胸中の画面」が「此咄嗟の際に成就した」からといって、それが芸術として成就することはありえない。

注1◆ハナ・アーレント『全体主義の起源2　帝国主義』（大島通義、大島かおり訳　みすず書房　一九七二）
注2◆同前
注3◆大津知佐子「波動する刹那――『草枕』論――」（「成城国文学」一九八八・三）では、この「躓き」に着目し、身体論と女性論から那美と画工の関係を分析した。
注4◆前田愛「世紀末と桃源郷　『草枕』をめぐって」（「理想」一九八五・三）。また前田の論のミレーの「オフィーリア」の図像分析の前提には、越智治雄『漱石私論』（角川書店　一九七一）が位置している。
注5◆前出前田論文
注6◆吉田凞生「『草枕』序説」（『漱石作品論集成第二巻』所収　桜楓社　一九九〇）では、「器量を望まれ、また「家」同士の関係の中で、銀行員という「金」の本家のような所に勤める男と結婚した。これは言わば器量の売買である」と指摘している。
注7◆東郷克美「『草枕』　水・眠り・死」（「別冊國文學　夏目漱石必携Ⅱ」一九八二・五）では、「画工」の「眠りのモチーフは、さらに一歩進めると眠るような死への親和と結びついている」と指摘している。
注8◆亀井秀雄「『草枕』のストラテジィ」（「國文學」一九九四・一　臨時増刊号）では、この伝説の「三類型」が「当時「常識」の枠からはみ出した女に世間が与える言説のパターンと言えよう」と指摘している。
注9◆松岡心平「定家の雨――巫山の神女の系譜学」（『山口明穂教授還暦記念国語学論集』所収　明治書院　一九九六）
注10◆関礼子「「装い」のセクシュアリティ――『草枕』の那美の表象をめぐって――」（「漱石研究」第3号一九九四・一一）では、「男は、別れた妻から手渡された金銭をふところにして満州へ一旗挙げに行く途上であるし、いっぽう久一は同じ満州へ帝国の戦争の一兵士として出征する身のうえである」、「日本を離れる彼らはともに出征兵士であることに注意したい」と指摘している。

漱石深読

四

虞美人草

「随分遠いね。元来何所から登るのだ」

と一人が手巾《はんけち》で額を拭きながら立ち留つた。

「何所か己にも判然せんがね。何所から登つたつて、同じ事だ。山はあすこに見えて居るんだから」

と顔も体軀も四角に出来上つた男が無雑作に答へた。

反《そり》を打つた中折れの茶の庇の下から、深き眉を動かしながら、見上げる頭の上には、微茫《かすか》なる春の空の、底迄も藍を漂はして、吹けば揺《うご》くかと怪しまるゝ程柔らかき中に屹然として、どうする気かと云はぬ許りに叡山が聳えてゐる。

「恐ろしい頑固な山だなあ」と四角な胸を突き出して、一寸桜の杖に身を倚《も》たせて居たが、

「あんなに見えるんだから、訳はない」と今度は叡山を軽蔑した様な事を云ふ。

「あんなに見えるつて、見えるのは今朝宿を立つ時から見えて居る。京都へ来て叡山が見えなくなつちや大変だ」

「だから見えてるから、好いぢやないか。余計な事を云はずに歩行《ある》いて居れば自然と山の上へ出るさ」

細長い男は返事もせずに、帽子を脱いで、胸のあたりを煽いで居る。日頃からなる庇に遮ぎられて、菜の花を染め出す春の強き日を受けぬ広き額丈は目立つて蒼白《あをしろ》い。

まるで落語か演劇の台本のような、新聞連載長編小説の出だし。観客である読者の前には固有名を与えられていない二人の男が姿を現す。一人は「顔も体軀も四角に出来上つた男」、もう一人は「細長い男」である。男と男が連れ立って比叡山に登ろうとしているところだ。

比叡山といえば、京都の北東に聳える平安京の王城鎮護の霊山であり、中腹には、七八八年に最澄が開いた天台宗の総本山延暦寺がある。しかし、この二人の男は、山岳信仰や密教の修行とは、まったく無縁だ。「中折れ」の帽子を被り「手巾」で汗を拭いているのだから、文明開化の紳士らしい洋装で、観光旅行のついでに思い立って山登りをはじめただけである。

この国の観光旅行ブームのはじまりは、一八九四(明治二七)年に志賀重昂が、『日本風景論』を出版したあたりから始まる。観光旅行は鉄道網が完備しないと成立しない。日清日露の二つの戦争の間に、日本全国から人員を徴発し戦地に送り込むためにこそ、鉄道網の整備が行われたのだ。その同じ鉄道を利用し、富裕層の中で観光旅行が広がっていった。

西欧の帝国主義的な植民地収奪を批判しながらも、南進論を主張した志賀重昂が、地理学を国家主義に結びつけてみせたのが、日清戦争開戦の年の『日本風景論』だったのであり、それはまたイギリスのアルピニズムをふまえた日本登山史でもあったのだ。そして日露戦争の二年目の年である一九〇五(明治三八)年には、「日本山岳会」が創設されている。その創立発起人の一人が、日本資本主義の中軸の一つであった横浜正金銀行に勤務しながら、登山家として紀行文を書きつづけた小島烏水であった。

一人の男は「大原女」に登り口を聴く。大原の里から、帯を前で結んだ筒袖脛巾《はばき》わらじばきで、平安時代以後、黒木や木工品を頭にのせて京の都へ物売りに出た女たち。「山はあすこに見えて居」ても、そこに辿りつく道も、その登り口さえわからぬ男と男に、道筋を教えるのが女。男たちに道筋を開示するのは女なのだ。

演劇の台本のようでありながら、このテクストが小説だとただちに認知できるのは、地の文があるからだ。観客ならぬ読者は、地の文の語り手が、世界の見方を「細長い男」と共有していることに、ただちに気づかされる。「中折れの茶の廂の下から、深き眉を動かしながら」と、「細長い男」の正面から、その面立ちの動きを写生していた地の文の書き手は、同じ文の中で、「見上げる」という「細長い男」の視線の方向に自らの視線を重ねながら、「屹然として、どうする気かと云はぬ許りに叡山が聳えてゐる」と、山を擬人化する「細長い男」の内面の感情をも共有しているかのように同一化していく。「細長い男」には、『虞美人草』という小説テクストにおいて、特権的な位置が与えられていることがわかる。

「細長い男」は甲野、「四角に出来上つた男」は宗近であることを、新聞連載の二回目で読者は知らされることになる。「粗朶の大束」を頭にのせた女が「宗近君」の横を擦り抜ける。「あれが大原女なんだろう」という甲野に「なに八瀬女だ」と宗近は答える。天智天皇没後の皇位継承争いで、大友皇子（弘文天皇）に対して軍事反乱を起こした大海人皇子（天武天皇）は「八瀬」へ逃れたが、そこで「背中に矢を受け、矢背の地名が起ったと言われている」[注1]。六七二年の壬申の乱のときのこと。地の文の語り手は「天武天皇の落ち玉へる昔の儘」と指摘することを忘れない。男と男に、現在の風景の中の権力闘争の歴史を開示するのも、また女である。

もとより比叡山は、天皇制権力と深く結びついた宗教的場所《トポス》であり、従って激しい権力闘争の場でもあった。地の文の書き手はこう書きつける。「二百の谷々を埋め、三百の神輿を埋め、三千の悪僧を埋めて、猶余りある葉裏に、三藐三菩提《さまくさぼだい》の仏達を埋め尽くして、森々と半空に聳ゆるは、伝教大師以来の杉である」。風景に過去の権力闘争の歴史がやどり、歴史は今の風景をとおして語りかけてくる。延暦寺の「三千の悪僧」すなわち僧兵たちは、事あるごとに「神輿」をかついで示威行動を起こし、世俗の政治に圧力をかけ続けた。「三藐三菩提」とは仏陀の絶対的智徳を表し、比叡山中堂建立の際の、「伝教大師」の言葉、すなわち最澄の歌として『新古今和歌集』に伝えられている。九三〇年代後半、藤原氏の政権に反旗を翻した平将門について、頂上に立った「甲野」と「宗近」が話題にしていることからも、二人がその渦中にあることがわかる。

武装宗教集団としての僧兵を抱えた延暦寺は、一五七一年にキリスト教を受け入れた織田信長に焼き討ちされ、ほとんどの僧兵が殺されるまで、絶大な権力を持ち続けた。比叡山は日本の宗教戦争の古戦場でもある。同じ時期ヨーロッパ大陸もまた宗教戦争の最中であった。ならば二人の男の一人

「甲野」は、「鎧、甲冑のフィールド」[注2]を生きる男であり、「宗近」は宗教に近い男という、名が体を表しているアレゴリーの世界だ。

これは「エヴリマン」というイギリスのアレゴリー劇の基本型。美や友情、知識や欲得などの観念を登場人物に擬人化し、人間の美徳と悪徳の葛藤を軸にドラマが展開する。そして死が訪れる最後の審判の際に立会うのは善行だけという教訓を導く、一五世紀末に成立したジャンル。それをW・ポールが一九〇一年にロンドンで復活させたのだ。『虞美人草』の物語構造の基本は、このジャンルに依拠しているといえよう。

けれども『虞美人草』という新聞連載小説の題名は、漢字文化圏の深い歴史的記憶を喚起し続ける。秦末の楚の将軍項羽と前漢の高祖となる劉邦との五年にわたる戦いの末、劉邦の軍は城下に項羽を包囲する。深夜四方の漢軍の陣営から楚国の歌が起こり、楚の民がすべて漢に降伏したと判断した項羽は、戦場に連れていっていた愛妃虞美人と最後の宴を催し、虞美人は自殺する。『史記』以来語り継がれている「四面楚歌」の故事。この悲劇を題材にした虞美人曲が奏でられるようになり、それを歌うと茎や葉を動かすという伝説に貫かれた植物が虞美人草。それを題名に選んだとき、男と男にはさまれた女は自殺する、という筋立てが完成する。

その女は、地の文の書き手の悪意に満ちた言葉によって読者の眼前に晒《さら》される。

紅を弥生に包む昼酣《ひるたけなは》なるに、春を抽《ぬき》んずる紫の濃き一点を、天地の眠れるなかに、鮮やかに滴たらしたるが如き女である。夢の世を夢よりも艶に眺めしむる黒髪を、乱るゝなと畳める鬢の上には、玉虫貝《たまむしかい》を冴々《さえ〱》と菫に刻んで、細き金脚にはつしと打ち込んでゐる。静かなる昼の、遠き世に心を奪ひ去らんとするを、黒き眸のさと動けば、見る人は、あなやと我に帰る。半滴のひろがりに、一瞬の短かきを偸《ぬす》んで、疾風の威を作《な》すは、春に居て春を制する深き眼《まなこ》である。此瞳を溯つて、魔力の境を窮むるとき、桃源に骨を白うして、再び塵寰に帰るを得ず。只の夢ではない。模糊たる夢の大いなるうちに、燦たる一点の妖星が、死ぬる迄我を見よと、紫色の、眉近く逼るのである。女は紫色の着物を着て居る。

女は紫の化身。平安時代、紫は一般の人が身にまとうことを許されなかった高貴な色。したがって色の代表でもあった。『源氏物語』の桐壺、藤壺、紫の上と連なる紫のゆかりを思い起すまでもない。紫はまたその色の染料を根からとる植物の名でもある。紫の女の「黒髪」を「乱るゝな」と畳んでいるのが、やはり紫の花をつける植物の「菫」の螺鈿細工の簪。静止する植物の意匠をはずしたとき、「黒髪」は乱れていく。

同時代読者であれば、多くが与謝野晶子の『みだれ髪』（一九〇一年）を連想したはずの意匠。事実『みだれ髪』の表紙のデザインはラファエル前派の影響を受けた一九世紀末の挿絵画家、A・V・ビアズリー風の、蛇のような髪の意匠。新聞読者がビアズリーを想起すれば、蛇の髪をもち、姿を見た者を石にしてしまうメドゥサを連想することができる。

だから紫の女の「黒き眸」の「動」きがことさらに描写され、それが「深き眼」と書き換えられ、「瞳を溯」るという川の比喩に転換され、その到着地点が「魔力の境」と名指される。紫の化身は液状化している。「紫の濃き一点」は「滴たらしたる」のであり、「黒き眸」は「半滴のひろがり」を持っているのだ。紫の女はまた、水の化身でもある。紫の女のまなざしは、川の流れとなり、眼を見合わせた者を、その流れの「魔力」で「桃源」へと「溯」らせる。この国で蛇は、水や川の化身でありつづけてきた。川としての蛇の「魔力の境」に到達した者は、そこで「骨を白」くするしかない。紫の女のまなざしは、「死ぬる迄我を見よ」と常に生き死にを賭けた勝負を、眼を見合わせる者に挑んで来るのだ。

紫の化身は「妖星」でもある。「妖星」とは漢字文化圏においては、彗星、あるいは大きな流れ星のことを指す。天変地異の前兆として現れると信じられていた、光の尾を持った星のことだ。だから紫の化身の女の固有名は、「藤尾」なのだ。地の文の悪意は、「藤尾」を、すべての者に禍いをもたらすであろう不吉な存在として、初めから読者に提示してはばからない。

紫の女は、英語の本を読む新しい女でもある。「膝の上に」置かれているのは『プルターク英雄伝』の英語版、シェイクスピアの悲劇『アントニイとクレオパトラ』のもとになった書物。紫の女は、虞美人であると同時にクレオパトラでもあるのだ。

「この著名なエヂプトの女王が、はじめてローマの執政官アントニイと出会ったときの舟の帆が「紫」色の絹張りであった」[注3]。クレオパトラに、生き死にを賭けた視線の勝負を挑まれる男は「小野」である。英語の書物の文字を読んでいた女は顔を上げる。男と眼が合う。勝負は一瞬のうちに決してしまう。

……蔵《かく》せるものを見極はめんとあせる男は悉く虜となる。男は眩《まばゆ》げに半ば口元を動かした。口の居《ゐ》住《ずまひ》の崩るゝ時、此人の意志は既に相手の餌食とならねばならぬ。下唇のわざとらしく色めいて、然も判然《はつき》と口を切らぬ瞬間に、切り付けられたものは、必ず受け損ふ。

女は唯隼《はやぶさ》の空を搏《う》つが如くちらと眸《ひとみ》を動かしたのみである。男はにや〳〵と笑つた。勝負は既に付いた。

紫の女の恋を、地の文は戦争の比喩で書きつけている。男が「虜」になり「餌食」となり、「切り付けられ」ても「受け損ふ」のだ。女は、「ちらと眸を動か」すだけで、男との「勝負」を「付」けてしまう。「二十七」歳の男との視線の勝負に勝利した「二十四」の女は、相手を「安珍」に、自らを「清姫」に重ね、「蛇になるには、少し年が老け過ぎてゐますかしら」と挑発する。水の女でもある紫の女は、自らの言葉で蛇に化身する。

その後、女は再び英語の書物の文字に視線を向ける。紫の女の眸に映ずるのは、アントニイの死を知ったクレオパトラが、「毒蛇」を使って自殺する場面を書きつけた文字だ。文字を読み終えた紫の女について、「幽かなる尾を虚冥に曳く如く、全き頁が淡く霞んで見える」と地の文は書きつける。虞美人としてもクレオパトラとしても、紫の女は、地の文によって、自殺する運命を担わされている。『虞美人草』という小説の地の文は、「藤尾」を自殺させる死の欲動の使命に従って文字を書きつけていくのである。

実際、全百二十七回の新聞連載小説の百二十四回と百二十五回の間の空白において、紫の女「藤尾」の命は絶たれる。第百二十四回の末尾近く、甲野の父親の遺品である「長い鎖」の「深紅の尾」が「怪しき光を帯びて」いる金の「時計」を宗近が投げつけて破壊した直後、「呆然として立つた藤尾の顔は急に筋肉が働かなくなつた。手が硬くなつた。足が硬くなつた。中心を失つた石像の様に椅子を蹴返して、床の上に倒れた」というところまでは、地の文は書きつけている。

しかし、第百二十五回においては、「我《が》の女は虚栄の毒を仰いで斃れた」と抽象的比喩で死に方の真相を隠した形で、「藤尾は北を枕に寐る」という結果だけが読者には伝えられることになる。『虞美人草』という小説テクストの物語に対して、全権を握っていたはずの地の文の書き手は、その末尾にいたって、自らの権力を完全に放棄しているかのようだ。

そして地の文の書き手は死体愛好症《ネクロフイリア》的描写に徹していく。「変らぬものは黒髪である」「乱るゝ髪は、純白《まつしろ》な敷布《シート》にこぼれて、小夜着の襟の天鵞絨《びらふど》に連なる」。そして、「藤尾」に対する悪意と殺意を文字にしつづけてきた地の文の書き手は、もはや精神としての「我《が》」を持たぬ死体となった「藤尾」を、はじめて肯定的に書くことになる。「凡てが美くしい。美くしいもの、なかに横はる人の顔も美くしい。驕る眼は長へに閉ぢた。驕る眼を眠った藤尾の眉は、額は、黒髪は、天女の如く美くしい」。

地の文の書き手が、恐れ、戦き、嫌悪し続けていたのは、紫の女の「眸」であり「瞳」であったのだ。なぜならその「眸」と「瞳」は、「藤尾」が生きている際には「我《が》」と「我《プライド》」の光の尾を放ち続けていたからだ。その「眼は先母《さつき》が眠らした」から、精神を失い、物体と化した、「眼を眠った藤尾」に対して、「美くしい」という一元化した評価を与えられるのだ。美的判断はその対象から命を奪うことによって成立している。

「藤尾」の遺体の傍には、「二枚折の銀屏」が逆さ屏風として立てられている。江戸後期の画家酒井抱一の「落款」がある屏風は、文字通りピクチュアレスクに描かれている。「茎を乱るる許に描《かい》た」「鋸葉《のこぎりば》を描いた」「薄い瓣《はなびら》を掌程の大きさに描た」と、強迫観念にかられたように、地の文の書き手は「描た」という動詞を八度繰り返している。「描た」「花は虞美人草である」。

ようやく、地の文の書き手は、ここにおいてタイトルの名の下に、虞美人でありクレオパトラでもある女を自殺させることができたのだ。「我《が》」と「我《プライド》」という精神を持って生きていた女を、植物の絵に転換することで殺すことができたのだ。しかし、本当に地の文の書き手は、精神を持つ人間を「描た」のだろうか。この問に反論することなく、地の文の書き手は、『虞美人草』という小説の世界から姿を消して行く。第百二十六回は、ほとんど登場人物の対話だけで成り立っている。地の文の書き手が仕掛けてきたはずの物語のプロットは、登場人物である甲野から、腹違いの妹「藤尾」の母、すなわち継母に対して告げられることになる。

「あなたは藤尾に家《うち》も財産も遣《や》りたかつたのでせう。だから遣らうと私が云ふのに、いつ迄も私を疑つて信用なさらないのが悪いんです。あなたは私が家に居るのを面白く思つて御出《おいで》なかつたでせう。だから私が家を出ると云ふのに、面当《つらあて》の為めだとか、何とか悪く考へるのが不可《いけ》ないです。あなたは小野さんを藤尾の養子にしたかつたんでせう。私か不承知を云ふだらうと思つて、私を京都へ遊びに遣つて、其留守中に小野と藤尾の関係を一日〱と深くして仕舞つたのでせう。さう云ふ策略が不可ないです。私を京都へ遊びにやるんでも私の病気を癒す為に遣つたんだと、私にも人にも仰しやるでせう。さう云ふ嘘が悪いんです」。小説の冒頭の甲野と宗近の旅行が「策略」であったことも含めて、すべてが明らかにされている。全百二十七回の長篇小説の物語内容のストーリーとプロットが三百字以内で説明できるなら、読者はいったい何を読まされてきたのか。甲野が継母に向かって発する「あなた」という二人称を、地の文の書き手に向ければ、この登場人物の科白は小説に対する批判的自己言及にさえなっている。

結局この長篇新聞連載小説の末尾は「道義の観念が極度に衰へて、生を欲する万人の社会を満足に維持しがたき時、悲劇は突然として起る」と主張する甲野の日記が引用され、[注4]それを「倫敦の宗近君に送つた」ということだけを地の文の書き手は言い添えて姿を消す。末尾は宗近の返事の手紙の引用、「此所では喜劇ばかり流行る」で終る。読者は再び問わねばならない、いったい何を読まされてきたのか、と。悲劇なのか、喜劇なのか。

一つの物語は「甲野」という家の家督と遺産相続をめぐる対立。外交官であった「甲野」家の父は赴任中の外国で客死している。その遺品が二人の男の京都旅行の最中に公使館から家に運ばれてくる。父の息子である甲野は、すでに家督相続の法的手続きは済ましている。しかし、自らの病弱を理由に、家と財産は腹違いの妹である「藤尾」に譲ると継母に言い続けて来た。しかし男性中心主義的な家父長的家制度に基づく「明治民法の下では、亡父に属した財産はすべて家督相続人である長男が承継し、妻や他の子は全く相続しない」[注5]ため、血のつながらない「甲野欽吾」の口約束では継母としては安心できない。したがって継母としては、血のつながっている娘の「藤尾」を自らの老後を支える道具とするために、彼女に婿養子をとって、彼に家督と遺産を相続させるという計画を立てた。

婿養子に最もふさわしいのが「小野清三」。早くに親を亡くし、身なし子同然で、「井上孤堂」先生に「二十円」の月謝を出してもらい京都の学校を出て、東京帝国大学に進学し、卒業にあたって「陛下から銀時計を賜はつた」優等生なのだから、将来有望、しかも博士論文を執筆中で、外交官であった「配偶」の「甲野」の家を継がせるには、病弱な「哲学者」である「欽吾」より、はるかにふさわしい。

だから、「配偶」の「甥」である「宗近一《はじめ》」に頼んで、「欽吾」を京都旅行に連れ出してもらってい る間に、「藤尾」と「小野」を急接近させようとしたのだ。これが「謎の女」の「策略」。しかし、安定した老後を望む女性としては当然の選択ともいえる。

「謎の女」のシナリオと「小野清三」の「未来」の「画」は一致する。「博士は学者のうちで色の尤も見事なるものである。未来の管を覗く度に博士の二字が金色に燃えてゐる。博士の傍《そば》には金時計が天から懸つてゐる。時計の下には赤い柘榴《ガーネット》が心臓の焔《ほのほ》となつて揺れてゐる。其側に黒い眼の藤尾さんが繊い腕を出して手招きをしてゐる。凡てが美くしい画である。詩人の理想は此画の中の人物となるにある」。学士としての「銀時計」から、博士になって藤尾の父の遺品としての「金時計」を手にして、彼女と結婚することが、「小野清三」の描く立身出世コースなのだ。

それまでの「小野」は「水底の藻」であった。「学校」では「友達に苛められ」「行く所で犬に吠えられ」「父」に「死」なれ「家」も「無くなつた」。「水底の藻」であった彼は、格差が固定していった明治社会の「波」に「嬲《なぶ》」られ続けてきたのである。「陛下から銀時計を賜はつた」だけでは、「下宿をして」、「六十円許」で「一人が漸々《やうやく》」の生活しかできない。「学者」である「小野さん」にとって「書物」は「命から二代目」なのだ。

しかし「詩人」である「小野さんの詩は一文にもならぬ」から、「文明の詩人は是非共他《ひと》の金で詩を作り、他《ひと》の金で美的生活を送らねばならぬ」、「小野さんがわが本領を解する藤尾に頼《たより》たくなるのは自然の数である」と悪意ある地の文の書き手までが言い切っている。確かに芸術が職業として成り立つ以前は王室や貴族が芸術家のパトロンになっていたわけで、イギリスではエリザベス朝から一八世紀までイギリス王室や貴族が、詩壇のパトロンになっていた。小説という文学ジャンルがあらわれて、はじめて文学が商品になったのだ。「小野」のような詩人には、「甲野」家の立派な西洋風の「書斎」がある家付きの娘としての「愛の女王である」「藤尾」と結婚するしか階級上昇の道はない。自分は「六十円に、月々を衣食するに、甲野さんは、手を拱いて、徒然の日を退屈さうに暮らしてゐる」、この固定された格差を「天の不公平」だと、「小野」は感じている。

「小野」の「未来」を阻むのは過去。世話になった「井上孤堂」は京都の家を引き払って娘の「小夜子」と上京する。日露戦争後の土地と家屋が値上がりしつづける東京へ、京都の土地を売って出てくるほど無謀なことはない。「孤堂」は二十年前に東京から京都に移っている。大蔵卿松方正義が進めていた経済政策下の時代の東京と、日露戦後の東京の住宅事情とはまったく異なっている。中産階級の没落の道を歩むしかない。「孤堂」は老後を、「小野」と「小夜子」を結婚させることで生き延びようとしている。やはり娘が、親の生活の道具として使われるのだ。

土地と家屋を東京で所有しているか否か、経済的収入をもたらす男性の働き手がいるか否かで、親の世代が高齢化した後の、家族財政がどの程度のものになるかが決まってくるという現実の中で、娘が取り引きの道具に使われていることに変わりはない。「孤堂」の「小野」への学資の援助は、「小夜子」を利用しての老後への投資と考えられなくもない。だから「小野」は「孤堂」を経済的に支えることと、「小夜子」との結婚は分離し、「孤堂」への恩を返すためにも「藤尾」との結婚を実現しなければならないと考えるのだ。ここに善悪や「道義」の問題を持ち込むことはできない。すべては日露戦争後の東京における生活の現実なのだ。

「小野」との勝負に勝ちつづけた「藤尾」にしても、母の「策略」のシナリオは望むところのはずだ。「宗近君を馴らすは藤尾と雖、困難である」、「藤尾は男を弄ぶ」ことを欲望し「一毫も男から弄ばるゝ事を許さぬ」「我の女」である。そうであるなら、彼女が亡き父が勝手に決めた「宗近一」との結婚を拒絶し、「頤《あご》で相図をすれば、すぐ来る」だけではなく「来る時は必ず詩歌の璧《たま》を懐に抱いて、来る」「小野」を結婚相手に選択することは当然であろう。[注6] そのように考える「藤尾」を「描」くとき、悪意に満ちた地の文の書き手は、「小野」が「波」によって「嬲」られたように、「藤尾」の「干す髪」を、「風が嬲《なぶ》り、日が嬲り、つい今しがたは黄な蝶がひらひらと嬲りに来た」と書き記す。男と男の間に女がはさまれること。それが責めさいなみ、苛め、からかい、ひやかし、ばかにして、手でもてあそび、みだし、みだれるという意味を持つ文字になるということにこそ地の文の書き手の悪意の根がある。

洋の東西を問わず、戦争で権力を獲得する男性中心主義的なパワーポリティクスの社会に人類が足を踏み入れて以後、「娘の交換によって、両家の関係をより一そう親密なものにしようという家族制度的な論理」[注7]に、「宗近一」と「藤尾」とを結婚させようとした、「甲野」家の亡き父の判断は貫かれていた。「宗近一」の父も、生前「甲野」家の父が、そう約束したことを息子に語っている。そして、そもそも「甲野」家と「宗近」家の関係自体が、「欽吾」の「父方の縁続き」なのだ。姓が異なる以上「甲野」家の娘が「宗近」家に嫁いだことになる。二代にわたる「娘の交換」。「甲野」の父が自分の息子が「法科」に進学せず、「文科」の「哲学」を選んだ段階で見切りをつけて、「法科」へ進学した甥の「宗近一」に「藤尾」を与えることをその父に約束したのだ。男と男の間で、男から男へと道具のように手渡されていく女。兄の「欽吾」から「一」との結婚を迫られたとき、「藤尾」は明確に「兄さんは兄さん、私は私です」と言い切っている。結果として「藤尾」は、「甲野」の父と兄に体現されていた父権的なイデオロギーと全身全霊で「戦争」をしなければならなかったのだ。

「甲野」の父が客死したのが、一九〇六（明治三九）年の年末か翌年の年頭だとすると、日露戦争中から戦後にかけて、戦争外交の前面に立っていたに違いない。京都で、「甲野」と「宗近」は次のような議論をしていた。

「日本と露西亜の戦争ぢやない。人種と人種の戦争だよ」
「無論さ」

「亜米利加を見ろ、印度を見ろ、亜弗利加を見ろ」
「それは叔父さんが外国で死んだから、おれも外国で死ぬと云ふ論法だよ」
「論より証拠誰でも死ぬぢやないか」
「死ぬのと殺されるのとは同じものか」
「大概は知らぬ間に殺されてゐるんだ」

　男と男は、「戦争」のただ中で生きている。妹の「藤尾」を、兄は常に「見下してゐる」。「甲野は（見下す）という視線により、身体のレヴェルで彼女に圧力を加え、藤尾の存在そのものを踏みつける。まなざしが生み出す、この権力のシフトにおいて、甲野が藤尾につきつけるのは、言語の意味体系を持てるものは男だけなのだというイデオロギー」[注8]である。
「欽吾」が「見下《みおろ》す」視線を受け継ぐのは、亡父の残した「父の半身画」からだ。「活きて居る眼は、壁の上から甲野さんを見詰めてゐる。甲野さんは椅子に倚り掛つた儘、壁の上を見詰めて居る。二人の眼は見る度にぴたりと合ふ」「眼を抜けた魂がじり〱と一直線に甲野さんに逼つて来る」。「甲野さん」は、亡き父の上から「見下す」視線に射すくめられているのだ。このような絵画の技法は、ヨーロッパ絵画における権力者の肖像画の基本型だ。生前に「見下す」視線の全身像を肖像画に「描」かせ、死後、先王として、新たに即位する次王を戴冠式で射すくめる、権力の移譲のまなざしに「甲野さん」はとらわれている。

「驚くうちは楽《たのしみ》があるもんだ。女は楽が多くて仕合せだね」と甲野さんは長い体軀を真直に立てた儘藤尾を見下した。

この言葉は、『虞美人草』の若い登場人物たちがすべて集結する、博覧会で発せられる。[注9]「蛾は燈に集まり、人は電光に集まる」「昼を短かしとする文明の民の夜会」「金剛石《ダイアモンド》は人の心を奪ふが故に人の心よりも高価である」「閃《きらめ》く影に躍る善男子、善女子は家を空しうしてイルミネーションに集まる」。夜の闇を光で輝かすのが権力の象徴。「夜会」のかすかな光の中でも、最も多く宝石を鏤めているのが最高権力者。かつて宮廷に出入りする者だけの「閃く影」の権力ゲームの欲望が、すべての「善男子」「善女子」に内面化されたとき、「イルミネーション」が欲望される。それが「文明の民」の光の病理。

博覧会こそは、近代科学に支えられた「文明」度を競い、植民地支配を誇り合う、無数の視線が交錯する盛り場の原型。一九〇七（明治四〇）年、上野公園で開催された博覧会は、日露戦争後に「一等国」となった大日本帝国と、視線によって一体化する一大イヴェントであった。『虞美人草』の登場人物たちが見ているのは、日清戦争後に植民地化した「台湾館」のイルミネーション。「台湾館」の中では、生身の人間それ自体が展示されていた。視る者と視られる者の間には、「アジアの「文明」国として、文明の中心から、非文明の民を見下ろし、教化するまなざし[注10]が矢のように飛び交っている。「甲野さん」が「藤尾」を「見下し」て言った同じ言葉が、「孤堂」と「小夜子」を連れて博覧会にやってきていた「小野」を「藤尾」が発見した後にも改めて発せられることになる。「甲野」は徹底して「藤尾」の「我《プライド》」を踏みにじろうとしている。「甲野さん」の言葉は「家へ帰つて寐床へ這入る迄藤尾の耳に」「嘲《あざけり》の鈴《れい》の如く鳴つた」のである。

しかし、「小野」に対し意味ありげな言葉で、同じ店で「御茶を飲んだ」ことをほのめかした後、「其夜の夢に藤尾は、驚くうちは楽がある！　女は仕合《しあはせ》なものだ！　と云ふ嘲の鈴を聴かなかつた」とある。父と兄という父権的イデオロギーへの敗北を、「小野」を支配することで代替しているところに、地の文の書き手の悪意に包囲された「藤尾」の限界がある。「勝負」にこだわる以上、パワーポリティクスの、支配と被支配のイデオロギーから解放されることはない。

けれども一人だけ、地の文の書き手による文字の支配を逃れることのできた登場人物がいる。それが「宗近二」の妹の「糸子」だ。その名のアレゴリー性が示すように、「糸子」は「裁縫」をする女、典型的な家の中の女として登場させられる。地の文の書き手によって「糸子」は小説の前半「藤尾」と「戦争」をさせられている。

藤尾と糸子は六畳の座敷で五指と針の先との戦争をしてゐる。凡ての会話は戦争である。女の会話は尤も戦争である。
二人の話題が「一《はじめ》」の結婚に及ぶと、地の文の書き手は「戦争は段々始まつて来る」と注釈を入れる。「藤尾」が「あなたは私の姉さんになり度はなくつて」と、「素知らぬ顔」で「欽吾」との結婚をほのめかすと、「あらつ」と「糸子」が「吾を忘れた色」を出す。地の文は「敵はそれ見ろと心の中に冷笑《あざわらつ》て引き上げる」と注釈する。「勝負」にこだわる「藤尾」の側に地の文がよりそうために、このような「戦争」の比喩となるのだが、「糸子」がどう思っているかについては、地の文の意味付けから逃れているのである。

こうした遊撃戦さえ交えない逃走線を歩みつづける「糸子」は、すべての登場人物に対して、その登場人物が認知すべきことを正面から述べる。たとえば兄「一」に対しては、物語の前半で「藤尾さんは駄目よ」「あの小野さんと云ふ方があるでせう」と言い、後半においても「藤尾さんは御廃《よ》しなさいよ。藤尾さんの方で来たがつて居ないんだから」と忠告している。

「糸子」は地の文によって、「欽吾」に思慕を抱いているという設定になっているため、彼から、「藤尾が一人出ると昨夕《ゆふべ》の様な女を五人殺します」と言われて動揺する。「昨夕の様な女」とは「小夜子」のことだ。そして、「欽吾」から「あなたは夫で結構だ。動くと変ります。動いてはいけない」と呪縛され、「恋をすると変ります」と言われ、さらに「嫁に行くのは勿体ない」と二重拘束状態におかれることによって、実は男と男の間における、少なくとも兄と「欽吾」との間における女の交換の論理から逃げ去ることができている。

そうであればこそ十八章の大団円の直前に、「欽吾」が家を出ようとする際「謎の女」に対し、「叔母さん。欽吾さんは出たいのですから、素直に出して御上げなすつたら好いでせう。無理に引つ張つても何にもならないと思ひます」と言い切ることができるのだ。そこに自分と「欽吾」との間の帰属関係や利害関係は存在していない。その隣で「欽吾」があの父親の「半身像」の額を後生大事に抱えているのは、滑稽でさえある。「小野」に裏切られた「藤尾」が家に辿りつく直前、「糸子」が「欽吾」に「少し私が持ちませう」と「低い声で云ふ」ところなどは、自分に二重拘束の呪縛をかけた相手への開かれた関係性を表しつつ、「欽吾」が父の視線に縛られていることを象徴化してもいる。「糸子」を除く全員で、「藤尾」を「四面楚歌」状態に追い込んでいるとき、「糸子」だけはあたかも存在していないかのようだ。おそらく、「藤尾」が「小野」への意趣返しで自足した瞬間から、父権的イデオロギーとの闘いは、密かに「糸子」へ手渡されたのかもしれない。

『虞美人草』という長い物語から読者が読みとるべきなのは、地の文の書き手の支配から、登場人物が逃走しはじめ、やがて自由を獲得する、小説というジャンルの誕生の神話かもしれない。

注1◆平岡敏夫「『漱石全集』第四巻　注解」（岩波書店　一九九四）

注2◆高山宏「奇想天外『虞美人草』講義」（「漱石研究」第16号　二〇〇三・一〇）、「エヴリマン」についても言及。

注3◆中山和子「『虞美人草』——女性嫌悪《ウーマンヘイティング》と植民地——」（『迷羊《ストレイシープ》のゆくえ　漱石と近代』所収　翰林書房　一九九六）

注4◆石原千秋は、『反転する漱石』（青土社　一九九七）において、「甲野だけがメタ・レベルに立」ち、「物語は甲野の日記が作り出す」と指摘している。

注5◆前出中山和子論文

注6◆水村美苗は、「「男と男」と「男と女」——藤尾の死」（「批評空間」第6号　一九九二・七）において、「藤尾の罪が、自分の好きなようになる男を選んだことにすぎないのを露呈させてしまっている」と指摘している。

注7◆亀井秀雄「制度のなかの恋愛——または恋愛という制度的言説《イデオロギー》について」（「國文學」一九九一・二）

注8◆内藤千珠子「声の「戦争」——『虞美人草』における身体と性」（「現代思想」一九九八・九）

注9◆石原千秋は、「博覧会の世紀へ——『虞美人草』」（「漱石研究」第1号　一九九三・一〇）において、その空間の「帝国主義的なイデオロギー装置」としての意味を明らかにしている。

注10◆和田敦彦「博覧会と読書——見せる場所、見えない場所、『虞美人草』」（「漱石研究」第16号　二〇〇三・一〇）

漱石深読

五

坑夫

さつきから松原を通つてるんだが、松原と云ふものは絵で見たよりも余つ程長いもんだ。何時迄行つても松ばかり生えて居て一向要領を得ない。此方《こつち》がいくら歩行《あるい》たつて松の方で発展して呉れなければ駄目な事だ。いつそ始めから突つ立つた儘松と睨めつ子をしてゐる方が増しだ。

東京を立つたのは昨夜《ゆふべ》の九時頃で、夜通し無茶苦茶に北の方へ歩いて来たら草臥れて眠くなつた。泊る宿もなし金もないから暗闇の神楽堂へ上つて一寸寝た。何でも八幡様らしい。寒くて眼が覚めたら、まだ夜は明け離れて居なかつた。夫からのべつ平押《ひらおし》に此処迄遣つて来た様なものゝ、かう矢鱈に松ばかり並んで居ては歩く精がない。

足は大分重くなつて居る。膨ら脛に小さい鉄の才槌《さいづち》を縛り附けた様に足搔に骨が折れる。袷の尻は無論端折つてある。其の上洋袴《ヅボン》下さへ穿いて居ないのだから不断なら競走でも出来る。が、かう松ばかりぢや所詮敵はない。

掛茶屋がある。葭簀《よしず》の影から見ると粘土《ねばつち》のへつゝいに、錆た茶釜が掛かつて居る。床几が二尺許り往来へ食み出した上から、二三足草鞋がぶら下がつて、絆天だか、どてらだか分らない着物を着た男が脊中を此方へ向けて腰を掛けてゐる。

休まうかな、廃《よ》さうかなと、通り掛りに横目で覗き込んで見たら、例の絆天とどてらの中《ちう》を行く男が突然此方を向いた。

つい先ほど経験した近い過去を表す「さつき」という言葉で始まる以上、その過去を想起する「今」という現在時が、冒頭の文章の起点にあることは明らかだ。しかし時間論的な現在時は明示されることはない。代りに提示されているのは「此方」という表現主体の空間的位置である。明示された近過去から表現主体が続けているのは「歩行」という行為。その行為の帰結として眼の前に現れてくるのは一本一本の「松」だけだ。いくら個別の「松」と遭遇しても、「松原」という認識には決して「発展」しないという徒労感に、表現主体は嘖なまれている。

なぜなら「歩行」しながら個別の「松」と遭遇するという経験をいくら積み重ねても、それは「松原を通つてる」という言語的認識を満たすことはないからである。経験と認識が整合せず、限りなくずれ続けるという事態の中で、表現主体は自己を統合することの困難に直面している。

第二段落では「東京を立つたのは昨夜の九時頃」と、「歩行」という行為のより遠い空間的かつ時間的な起点が明示されている。「夜通し」「北の方」へ「歩行」し続け、「草臥れて眠くな」ったとき、すなわち表現主体の主体性を唯一支える行為が持続不可能になった瞬間、「泊る宿もなし金もない」という無銭の無宿人、放浪者、野宿者でしかない自己の現実を突き付けられてしまう。そして日常語としては、死んだ比喩になってしまっていた「草臥れて」という言葉が、にわかに生きた比喩として蘇る。住居や宿を持たないがゆえに、疲労の極点において身体を休める場所がなく、草の上に臥すしかない、というのがこの言葉の原義。その意味が確定することを拒むかのように、「神楽堂」に「上がつて」仮眠をとり、再び夜明け前から歩き始めたのである。なぜなら主体であるためには「歩行」という行為を続けるしかないからだ。自分が自分であることを立証するためには、「のべつ平押」に、すなわち絶え間なく、ひっきりなしに歩き続けるしかない。

「昨夜」と「夜は明け離れて居なかつた」という、「歩行」という行為の「さつき」より遠い過去の起点が示されているのだから、それに対応する「今」があるはずなのだが、「此処迄」という空間的な位置しか示されない。そして再び「矢鱈に松ばかり並んで」という微分化されている経験を突きつけられ、「松原を通つてる」という行為を意味づける積分的認識が崩壊させられてしまうのだ。だから「歩く精がない」と認めざるをえなくなる。

歩き続けるのか、それとも立ち止まるのか、自己証明の行為を続けるのか放棄するのかという二者択一を迫られはじめた表現主体は、第三段落では「る」形の文末詞で畳み掛けながら、最早「歩行」を続けられそうにない、隠された現在時の、自らの身体の状況に言及していく。「かう松ばかりぢや所詮敵はない」と、敗北を認めそうになった瞬間、「松」ではない「掛茶屋」が眼に入る。そして「絆天だか、どてらだか分らない着物を着た男」と遭遇するのだ。ずっと一人で歩き続けてきた表現主体はここではじめて人間としての他者と出会うのである。

このとき表現主体は、「休まうかな、廃さうかな」という、「歩行」という行為を継続するか否かの分岐点に、現在時の自分の意識が引き裂かれていることを自覚する。休むとすれば、自分の存在証明である「歩行」という行為を停止するのだから、自己放棄にほかならない。しかし自己の存在をめぐる決定的な選択は、純粋に表現主体の主体性において行われるわけではない。その選択を行う前に「絆天とどてらの中を行く男」と眼を見合わせてしまう。他者との関係性が結ばれていくのである。そして過剰なまでに現在時を微分化するように、この男との視線の交錯がコマ送りの画像のように写生されていくことになる。

男は真面目になつた顔を真面目な場所に据ゑた儘、白眼《しろめ》の運動が気に掛かる程の勢ひで僕の口から鼻、鼻から額とぢり〳〵頭の上へ登つて行く。鳥打帽の庇を跨いで、脳天迄届いたと思ふ頃又白眼がぢり〳〵下へ降つて来た。今度は顔を素通りにして胸から臍のあたり迄来ると一寸留まつた。臍の所には蟇口がある。三十二銭這入つてゐる。

男と視線を交わし、相手の視線がこちらを認知したことを「不図僕の面相に出つ喰したものと見える」と確認した瞬間、はじめて「僕」（単行本では「自分」）という自称の言葉が『坑夫』というテクストに出現するのだ。自己の存在は、他者の眼差しとの交錯と相互認知の中にしか現象しない。

先に「視線を交わし」と書いたが、眼と眼を見合わせているわけではない。「僕」は「どてら」の「白眼の運動」を写生しているのであって、黒眼には言及していない。その意味では、文字通り頭の上から足下まで、「どてら」によって「僕」は視られるだけの受身の存在なのだ。関係性の主導権は完全に「どてら」に握られてしまっている。

その意味で『坑夫』というテクストは、「相当の地位を有《も》つたもの丶子」である「僕（自分）」が、「二人の少女」と、その周囲の「親」や「親類」をめぐる複雑な関係に「耐《こら》へ切れずに生家《うち》を飛び出し」、ひたすら北へと歩いているうちに「ポン引き」の「どてら」に眼をつけられ、汽車に乗せられ、途中「赤毛布《あかげつと》」や「小僧」らとともに山を越え、足尾銅山とおぼしき鉱山に坑夫として引き渡されるまでのロード・ノヴェルとでも言うべき物語である。そして、その物語の現在時における知覚と意識の動きを、克明に一瞬ごとに微分化して叙述しようとした写生文であるといえよう。[注1]

このロード・ノヴェルが辿る道筋の第一は、今までの一九年間の生涯で「稼いで食《く》た事はまだ一日もない」「相当の地位を有つたもの丶子」が、わずか二、三日で「労働者」の中で「尤も苦しくつて、尤も下等な」「坑夫」になるという、ジェットコースター型の階級下落の路線である。[注2]

しかも、「ポン引き」の「どてら」、すなわち「長蔵さん」が「自分を若年と侮つて、好い加減に人を瞞すのではないか」と当初は疑いをもちながらも、「儲かる」という一言につられて、次第に「腹の中から丸で抵抗する気が出な」くなり、やがて「坑夫は自分に取つて天職である」という思いにまでいたってしまうのだ。階級下落のただ中に置かれた者は、あたかも自らの意志に従っているかのような思いで急勾配の坂道をころげ落ちていくのである。

第二は、親や家族からの離別、とりわけ「家」からの離脱によって、完全な孤独者になっていく、社会的関係性から転落していくという道筋である。鉱山に着いて、「飯場掛《はんばがかり》」の「原さん」から、「あなたは生れ落ちてからの労働者とも見えない様だが……」と言われ、「旅費のことなら、心配しなくつても好ござんす」と帰ることを勧められているにもかかわらず、「自分」は、「帰るつたつて、帰る所がないんです」「家なんかないんです。坑夫になれなければ乞食でもするより仕方がないです」と言い張って、「坑夫」になることに固執するのである。

「自分」の場合は、自らの意志で「家」と家族を捨ててきたのではあるが、人間が家族扶助から排除されてしまうと、どれだけもろく弱い存在になってしまうのかがとらえられている。[注3]しかも、劣悪な労働条件であっても「坑夫」になることを選ぶのは、「乞食でもする」という形で、他人の施しで生きていくことだけは拒む[注4]という、ぎりぎりの名目上の「人としての尊厳」の感情が働いているからなのだ。

第三は、搾取する側から、人間としての主体性を保持するためのあらゆる条件を奪いつくされて、搾取する側の提出する条件に対して一切拒否することができなくなるという、主体性喪失の道筋である。「自分」は汽車に乗る段階で、「長蔵さん」から汽車賃はあるかと問われて、「三十二銭のうちで饅頭の代と茶代を引」いた残りが入っていた「蟇口」ごと渡してしまう。したがって鉱山に着いたときは「一厘たりとも金気は肌に着いてゐない」状態にされてしまっている。

一見親切そうに帰ることを勧めてくれた「原さん」も、鉱山で働くことが決まると、搾取する側の立場をむき出しにする。「取っ附けから坑夫になるなあ」「其の体格ぢや、ちつと六《む》づかしいかも知れませんね」と言い、文字通りの労働力商品として「自分」の身体を値ぶみする。そして最も労働条件の劣悪な「掘子」という「坑夫の下働」になることを提案するのだ。「掘子は日当で年が年中三十五銭で辛抱しなければならない。しかも其のうち五分は親方が取つちまつて、病気でもしやうもんなら手当が半分だから十七銭五厘ですね。それで蒲団の損料が一枚三銭――寒いときは是非二枚要るから、都合で六銭と、それに飯代が一日十四銭五厘、御菜《おさい》は別ですよ。――どうです。もし坑夫にいけなかつたら、掘子にでもなる気はありますかね」。

日当が「三十五銭」だとして、「蒲団」と「飯代」で冬場は二十銭五厘さらには「御菜」の代金を支払うとして、手元に残るのは、毎日十銭前後という計算になる。ということは、「病気」をして「半分」の「十七銭五厘」になれば、毎日毎日借金がたまっていくという搾取のシステムなのだ。

この二重三重の転落のすべり台を、わずか二、三日で一気にすべり降りていったのが、「自分」という一九歳の青年のロード・ノヴェルの物語だったのである。

けれども冒頭部でも明らかなように、物語世界内の現在時の「今」に言及することを避けながら、叙述はその「今」に即した写生を行おうと、過剰なまでに意識しているために、逆に知覚と意識の写生文が突如として崩れてしまうことが繰り返し発生するのでもある。

先の「どてら」の「白眼の運動」の写生の直後に、次のような表現があらわれる。

かう書くと、何だか、長く一所に立つてゐて、さあ御覧下さいと云はない許りに振舞つた様に思はれるが、さうぢやない。実は白い眼の運動が始まるや否や急に茶店へ休むのが厭になつたから、すた〳〵歩き出した積である。にも拘らず、此の積が少々覚束なかつたと見えて、僕が親指にまむしを拵へて、俎下駄《まないた》を振る間際には、もう白い眼の運動は済んでゐた。残念ながら向ふは早いものである。

「かう書くと」とあるように、この坑夫体験を文字として書きつける、書き手の現在、書く行為の「今」がはっきりと立ち現れてきている。しかも、その書く行為の「今」が顕在化されるのは、たった「今」、書きつけられたばかりの言葉に対する批判的意識、文字として定着されたばかりの、過去の出来事に対する認識を提示する言葉に対する、自己言及的な反論あるいは反証を叙述しようとする意識が発生した瞬間なのである。[注5]

この批判的意識、自ら記した文字としての言葉に対する反論と反証の欲望は、知覚感覚的体験を言語化して経験にすることと、経験を概括して認識することとの間の複数のずれによって生み出されている。

過去の出来事をめぐる知覚感覚的な体験を、コマ送り的写生の方法で言語化すると、実際の体験の時間をはるかに超える長い文章になる。つまり物語内容の世界における時間の持続と、それを言語化していく物語行為を遂行する時間の持続とが大きくずれてしまうのだ。

そして書く行為を遂行している書き手は、自らが書きつけた文字としての言葉の最初の読者となる。文字として書きつけられた言葉を読むことによって紡ぎ出される物語言説の時間の持続と、自らの記憶の中に保持されていた知覚感覚的体験の時間（これが物語内容の時間）の持続とのずれを強く意識せざるをえなくなり、書き換えと訂正が行われるのだ。

物語内容、物語行為、そして物語言説の三つのレベルで、注6 それぞれ時間の持続がずれてしまっていることが、ことさらに明示されるのが、『坑夫』というテクストの一つの特徴だ。物語の時間の三つのレベルの持続のずれに異和を感じ、それを批判し、反論し、反証しようとすると、当然のことながら知覚感覚的体験と、それを言語化して形成される経験、さらに経験を概括した認識との間のずれを顕在化させてしまうことになる。

「煩悶」によって「逃亡《かけおち》」をした「僕（自分）」は、繰り返し「華厳の瀑《たき》」を連想するように、一九〇三（明治三六）年五月二二日この滝に一八歳で投身自殺した藤村操のことを意識している。この事件をきっかけに学生の「煩悶」による自殺が相次ぎ、新聞でセンセーショナルに報道されもした。知的青年たちが「煩悶」という心理的理由で、死の欲動に取り憑かれる自殺の時代。その死の欲動に言及した直後「かう書くと自分は如何にも下らない人間になつて仕舞ふが、事実を露骨に云ふと是丈の事に過ぎないんだから仕方がない」と自己言及する。

ここからは『坑夫』というロード・ノヴェルのもう一つの道筋が見えてくる。「暗い所へ行きたい」という、最終的には「自殺」を決行することも含めた（東京にいる間に何度か試みたが最後の一線は踏み越えられなかったようだ）、死の欲動に取り憑かれた一九歳の青年が、とにかく生きていくためには働かねばならないと坑夫になることを決意し、先輩坑夫の案内で坑内に入り、何度も生と死の分岐点に遭遇しながらも、死の欲動を振り払い、生きていく方向を選びとっていく物語を、『坑夫』というテクストから読みとることも可能になるのだ。

坑内の「梯子段から手を離しかけた」瞬間の、知覚感覚と意識の刻一刻の変化は次のように叙述される。「愈《いよく》死んぢまへと思つて、体を心持後へ引いて、手の握をゆるめかけた時に、どうせ死ぬなら、此処で死んだつて冴えない。待て待て、出てから華厳の瀑へ行けと云ふ号令――号令は変だが、全く号令のやうなものが頭の中に響き渡つた。ゆるめかけた手が自然と緊つた。曇つた眼が、急に明かるくなつた」。「死んぢまへと思つて」手を離そうとする自分と、「待て待て」とそれを止めようとする自分。それは同じ自己の身心の中で、死の方向と生の方向という、まったく逆の方向を向いた欲動の葛藤が発生している現場をとらえている。

しかも生の方向に誘導する「号令」は、「華厳の瀑へ行け」と死の欲動を実現することを呼びかけつつ、とりあえず「今」この瞬間は生き延びることを命じているのである。自分の意識が正反対の方向に逆転する瞬間を捉えようとする、物語内容の現在時に即そうとする記述は、自我の統合ができなくなる直前の境界領域を捉えようとしている。

「僕（自分）」の「逃亡」自体、現象面から言えば、精神的苦痛から逃げ出し、別人として生きるという、解離性遁走と酷似している。また疲労によって繰り返し朦朧状態になり、外界からの刺激に対応できず、恍惚状態になって、全く正反対の別個の人格に突然交代するという特徴も、限りなく解離性障害の症例に近い。[注7] しかし決定的に異なるのは、解離性健忘とは無縁だという一点だ。過去の記憶を克明に想起し、それを言葉に変換し、文字として定着する、物語行為の現在を生きる「僕（自分）」において、境界線上で障害を拒んでいるとも言える。

　身と心の病において、最も代表的な身体症状は、摂食と睡眠をめぐる障害である。銅山の「飯場」に入った『坑夫』の書き手は、「南京米」と「南京虫」に悩まされる。「南京米」は摂食に、「南京虫」は睡眠の障害となるのだ。それぞれの言及箇処で、書くという行為が、意識的に顕在化されている。「南京米の事許り書いて済まないから、もう已《や》めにするが、此の時自分の失敗《しくじり》に対する冷評は、自然の儘にして抛って置いたなら、何所まで続いたか分らない。所へ急に金盥を叩き合せる様な音がした」（傍点引用者、以下同様）。「直覚的に南京虫らしいと思つた」虫を、「ぴちりと親指の爪で圧し潰した」と初めての体験を記述した後、「此の青臭い臭気《にほひ》を嗅ぐと、何となく好い心持になる。――自分はこんな醜い事を真面目にかゝねばならぬ程狂違染みてゐた」と付け加えられている。

重要なことは、この「南京米」と「南京虫」こそが、「飯場」における過重搾取の道具であるという符合である。「南京米」の「飯代が一日十四銭五厘」、「南京虫」だらけの「蒲団の損料が一枚三銭」だったことを忘れてはなるまい。「飯場」では金を払って苦しみを買わされているのだ。生きていくために、労働者が労働力を再生産するためには不可欠な摂食と睡眠を象徴する「南京米」と「南京虫」は、同時に死と隣接している。「金盥を叩き合せる様な音」とは坑夫の葬式の「ジャンボー」の音であり、「南京虫」だらけの「一枚の布団の中で、小さく平つたくなつてゐる」のは、もはや死を待つだけの「病人の金さん」の「身体」なのだ。

書き手は体験と経験と認識のずれに対して自覚的である。「経験の当時こそ入り乱れて滅多矢鱈に盲動するが、其の盲動に立ち至る迄の経過は、落ち着いた今日の頭脳の批判を待たなければとても分らないものだ。此の鉱山行だつて、昔の夢の今日だから、此の位人に解る様に書く事が出来る。色気がなくなつたから、あらひざらひ書き立てる勇気があると云ふ許りぢやない。其時の自分を今の眼の前に引擦り出して、根掘り葉掘り研究する余裕がなければ、たとひ是程にだつて到底書けるものぢやない」。過去における体験をそのとき言語化した「経験」は「盲動する」、その「経験」を文字にして書く「今日の頭脳の批判」を介在させて、初めて「人に解る様に書く」ことができるのである。この「書く」現在から、過去の経験に対して、最も強く突き付けられている「批判」は、「小説」になるかどうかという点であった。

「書く」行為への自己言及と「小説」への「批判」が隣接しているところがある。汽車から降りて歩きはじめ、空腹に耐えかねていたところ、「長蔵さん」から「芋」をもらって食べた後の叙述。

自分はもう町が尽きるんだなとは思ひながら、つい芋に心を奪はれて、橋の上へ乗つかゝる迄は川があるとも気がつかなかつた。所が急に水の音がするんで、おやと思ふと橋へ出てゐる。川がある。水が流れてゐる。――何だか馬鹿気た話だが、事実に尤も近い叙述をやらうとすると、まあ、かう書くのが一番適切だらう、かう書いて置く。決して小説家の弄ぶ様な法螺七分の形容ではない。

書き手がこだわっているのは、「事実に尤も近い叙述」である。そして、書き手の「叙述」しようとしている「事実」と、「小説家の弄ぶ様な法螺七分の形容」とが対比されているのだ。

書き手が「馬鹿気た話だが」と一度書きつけた自らの言葉を批判しながらも、あえて「かう書くのが一番適切だらう、かう書いて置く」という形で「近」づこうとする「事実」性とは、体験が経験となっていく際の意識と無意識の関係である。あるいは内的な欲動の方向性と外界からの刺激の処理をめぐる知覚感覚的刺激、すなわち体験を、どのように脳が情報処理し、それがどのような回路を通って意識に浮上して経験となるのかという過程の問題にほかならない。

この引用部の直前まで「空腹」という欲動にとらわれていた「自分」は、それを満たす「最後の一膳飯屋」も通り過ぎ、宿場のはずれにさしかかり、「山道」に入ろうとするところまで来ていた。そこではじめて「長蔵さん」に「空腹の由を自白」する。そして、「芋屋」で「芋」をあてがわれたのである。自ら実現できない欲動を、他者に依頼して実現するために言葉を使用するという実践は、言語習得期の幼児の最も基本的な周囲の大人との関係性のとり方であることは言うまでもない。

「芋」を食べながら歩いていた「自分」の知覚感覚は、「空腹」という不快な緊張から解放され快にむかっていく内臓感覚と味覚に集中しきっていたのだ。このときの「自分」は乳児から幼児が身をまかせている快感原則、快か不快かで世界を二分割するレベルである。そして、「橋の上へ乗つかゝる」ところまで来ていたのである。

外界からの刺激としては、視覚的には「橋」も見えていたろうし、聴覚的には川の水音も聞こえていたはずだ。けれども「空腹」からの解放に全力をあげて情報処理をしていた「自分」の脳は、それを意識に浮上させることはなかったのである。そして「空腹」が満たされた瞬間と、「橋の上へ乗つかゝる」瞬間が重なったために、そのときはじめて、聴覚的にとらえた外界からの「水の音」を意識が情報処理し、「川がある。水が流れてゐる」という経験がもたらされたのである。たとえ知覚感覚的に体験されていても、それが意識化されなければ経験とはならない。その「事実」性に徹底してこだわるのが、『坑夫』の書き手なのだ。

知覚感覚はしていても、意識化されていなかった「潜伏者を自覚し得[注8]」ているかどうか。「矛盾」でしかない「行為言動」が、瞬時に転換する意識の現在時を言葉で定着すること。これが『坑夫』の書き手が固執する「事実」性なのだ。だからこそ、「是でも小説の主人公になる資格は十分あるんだらう」と「考へ」ながらも、徹底してこのテクストは「小説」になることを拒み続けるのである。

このテクストの冒頭近く、「どてら」男と人間関係を結ぶ直前に「よく小説家がこんな性格を書くの、あんな性格をこしらへるのと云つて得意がつてゐる。読者もあの性格がかうだの、あゝだのと分つた様な事を云つてるが、ありや、みんな嘘をかいて楽しんだり、嘘を読んで嬉しがつてるんだらう。本当の事を云ふと性格なんて纏つたものはありやしない。本当の事が小説家抔《など》にかけるものぢやなし、書いたつて、小説になる気づかひはあるまい。本当の人間は妙に纏めにくいものだ」という反小説宣言がおかれているのも偶然ではない。体験と経験、経験と認識が、無意識に落とされている部分と意識化される領域との、瞬時の転換で刻一刻と変化する矛盾の連続としてあらわれる人間のその過程の「事実」性を捉えようとするのが、『坑夫』というテクストの書き手なのだ。

しかし、この「小説」を拒絶する書き手は、銅山の坑内に入って以後の叙述で、決定的な危機に突き落とされてしまう。それはこのテクストが、「小説」に回収されてしまいかねない危機であった。その危機は「安さん」という坑夫と坑内で出会ったことによってもたらされる。「安さん」という坑夫は「自分」に驚きを与える。「自分が其の時この坑夫の言葉を聞いて、第一に驚いたのは、彼の教育である。教育から生ずる、上品な感情である。見識である。熱誠である。最後に彼の使つた漢語である。

——彼れは坑夫抔の夢にも知り様筈がない漢語を安々と、恰も家庭の間で昨日迄常住坐臥使つてゐたかの如く、使つた」。

「自分」が心を動かされたのは、まぎれもなく一人の人間が使用する言語の階級性である。「安さん」の口から出た言葉が、「漢語」だったことが「驚き」の「最後」の要因となっている。しかも、その「漢語」の使用が、「家庭の間で」「常住坐臥使つてゐたかの如く、使つた」というところに判断の基準がおかれているところが重要なのだ。

言語の習得は、まずは「家庭の間」でなされるのだ。「常住坐臥使つてゐた」ということは、「安さん」が子どもの頃、彼の周囲で生活していた大人たちが、そのような「漢語」を使っていたことの証なのである。言葉は世襲されるのだ。そこに血筋としての階級性があらわれる。

当然のことながら、明治後期を生きる大人が子どもだった頃は明治前期、その子どもを育てた大人たちは、明治維新という内戦を体験した世代。その世代において「漢語」を「常住坐臥使つてゐた」のは武士階級である。

けれども「安さん」の「漢語」の中に、「自分」は「教育」の成果を見出している。「安さん」が自らの来歴を語る言葉は、「おれも、元は学校へ行つた。中等以上の教育を受けた事もある」と始まる。明らかに、明治維新後の、「文明開化」「富国強兵」「脱亜入欧」を掲げて、大日本帝国が国家をあげて取り組んだ、欧米列強の帝国主義に追いつくための近代教育イデオロギーと学歴エリートの立身出世主義の価値観の中に「安さん」の言葉は位置している。

「二十三の時に、ある女と親しくなつて」、「それが基で容易ならん罪を犯し」、その罪の時効が成立する「七年目」に達していると語る「安さん」の使用する「漢語」とは、「人間」「社会」「内部」「表面」「学問」「功名」「万事」「制裁」「故意」「偶然」「言語」「使用」などのような、「文明開化」路線の中で、欧米列強の言語から翻訳して流用した、「漢語」のみせかけを持った翻訳語が大半なのである。

さらに「安さん」は、「シキ」（坑道・坑区）を「人間の屑が抛り込まれる」「人間の墓所」だと述べ「坑夫」になることは「堕落」だと言い切る。そして最後に「日本人なら、日本の為になる様な職業に就いたら宜からう。学問のあるものが坑夫になるのは日本の損だ」と指摘し、「東京」へ「帰れ」と言う。明らかに国家主義的な人材観に立ち、「学問」の成果を国家に役立てるべきだという、「教育勅語」的学問観の持ち主である。

銅山にいる間の「自分」にとって、この「安さん」の価値観は大きな影響力を持ち、「堕落」という言葉が認識と思考の中心に位置することになる。もし『坑夫』というテクストにおける「自分」が、この「安さん」の言葉によって自らの過去の同一性、「高等教育を受けたもの」という位置に回帰することを選んだのであれば、このロード・ノヴェルは明治立身出世小説の物語の枠組に回収されてしまったであろう。しかしこのテクストの書き手は「安さん」に出会ったことについて、次のように相対化する意識を持ちえていたのだ。

坑夫の数は一万人と聞いてゐた。其の一万人は悉く理非人情を解しない畜類の発達した化物とのみ思ひ詰めた此時、此の人に逢つたのは全くの小説である。

書き手の反小説的批判意識があったからこそ、「教育」という近代的文化投資の価値観に回収されずに済んだのだ。『坑夫』というテクストを執筆している現在時の書き手は、明らかに国家にとっての「教育」の、国民支配のための道具としての機能を見抜いている。坑夫体験をしたときの過去の「自分」と、いまこのテクストを書いている「自分」との決定的な違いは、こう叙述されていた。

自分が当時の自分の儘で、のべつに今日迄生きてゐたならば、如何に順良だつて、如何に励精だつて、馬鹿に違ない。だれの眼から見たつて馬鹿以上の不具だらう。人間であるからは、たまには怒るがいゝ。反抗するがいい。怒る様に、反抗する様に出来てるものを、無理に怒らなかつたり、反抗しなかつたりするのは、自分で自分を馬鹿に教育して嬉しがるんだ。

『坑夫』というテクストの中で、きわめて希な激越な調子の自己批判は、「教育」そのものに向けられている。そればかりでなく、「教育」の論理を内面化してしまう「自分」への強烈な違和が表明されている。いったいどこからこの危機感が生まれてきたのか。それは夜の山道を延々と歩かされ、疲労の極致に至ったとき、「家」とは決して言えない、「牛小屋」か「馬牛屋」のようなところへ、「長蔵さん」から「今夜は此処へ泊つて行かう」と言われた際に、「今迄の神妙《しんぺう》が急に破裂して、身体がぐたりとなつた」体験を叙述したときに浮上してきた書く意識と深くかかわっている。

無理でも何でもはいはい畏まつて聞いて、さうして少しも不平を起さないのみか大に嬉しがる。当時を思ひ出す度に、自分は尤も順良な又尤も励精な人間であつたなと云ふ自信が伴つてくる。兵隊はあゝでなくつちや不可ない抔と考へる事さへある。同時に、もし人間が物の用を無視し得るならば、かねて物の用をも忘れ得るものだと云ふ事も悟つた。——かう書いて見たが、読み直すと何だか六づかしくつて解らない。

一切の主体性を「長蔵さん」に奪われ、生きていくために物を食べるのも、休むことも、眠ることも、すべて「自分」で決めることはできず「長蔵さん」の言いなりになってきた状況を、「自分」は「神妙」と名付けている。その他者の言いなりになり、生殺与奪の権をすべて他者に握られている「神妙」さえ「破裂」したときに人間が陥入るのが、この「尤も順良」で「尤も励精な人間」の状態なのだ。そのような状態になった者こそ「兵隊」に最もふさわしい「人間」ならぬ非‐人間にほかならない。他者の命令に一切の「反抗」もせず、どれほど理不尽な扱いを受けても「怒らな」い、そのような徹底した無気力に追い込まれたとき、「人間」は人殺しの道具としての、「兵隊」という非‐人間になりうるのだ。このような、権力を持つ者への完全な隷従の状態は、次のような認識とぴたりと重なってくる。「プリモ・レーヴィは、収容所の隠語で「ムスリム」と呼ばれていた者の姿を叙述している。これは、屈辱と怖気と恐怖によってすべての意識と人格が無化され、絶対的きわまる無気力（皮肉な命名はここに由来する）にいたった者である[注9]」。

「自分」は「気管支炎」と診断され、結局「掘子」にもなれず「飯場の帳附」として「食料を別にして」「四円の月給」で雇われる。「自分」の受けた「教育」によって「みんな無筆の寄合」の中で、唯一文字を書ける者として、「飯場」の過重搾取の片棒をかつがされることで生き延びたのである。権力の一端を担っているがゆえに「今迄あの位人を軽蔑してゐた坑夫の態度ががらりと変つて、却て向ふから御世辞を取る様になつた」ことも経験している。「食料を別にして」という条件が決定的だ。「食料」が入っていたら借金が増えただけであったろう。「蒲団」代を払って、残りの金をためて、「東京」に帰る旅費にしたのである。『坑夫』というテクストはこうしめくくられる。「自分は四円の月給のうちで、菓子を買つては子供にやつた。然し其の後東京へ帰らうと思つてからは断然已めにした。自分は此の帳附を五箇月間無事に勤めた。さうして東京へ帰つた。——自分が坑夫に就ての経験は是れ丈である。さうしてみんな事実である。其の証拠には小説になつてゐないんでも分る」。「教育」を前提とした、明治学歴社会型立身出世「小説」の定型を拒んだ『坑夫』というテクストは、「意識と人格が無化され」続けた体験が、人間が「絶対的きわまる無気力」にいたる経験となる「事実」性に固執したのだ。[注10] だから「小説になつてゐない」のである。

事実、このテクストが新聞発表される一年ほど前、足尾銅山の坑夫一千名余りが、低賃金と劣悪な労働条件に対し、「反抗」し「怒」りを爆発させ事業所を焼打ちした。軍隊、すなわち「兵隊」が、この「反抗」と「怒」りを鎮圧するために出動させられたのだ。

注1◆拙著『出来事としての読むこと』（東京大学出版会　一九九六）では、『坑夫』を「写生文」の実践として位置づけ、「対象化された自己からも、それを対象化しうる発話主体の自己からも、同時に「自己観念」を「抽出」し、連続的な転換を与えることができる散文の表現方法」として分析した。

注2◆湯浅誠『反貧困――「すべり台社会」からの脱出』（岩波書店　二〇〇八）では、「うっかり足を滑らせたら、どこにも引っかかることなく、最後まで滑り落ちてしまう。このような社会を、私は「すべり台社会」と呼んでいる」と指摘しているが、湯浅の本が出る百年前に発表された『坑夫』では同じ現象が主題化されていたのである。「規制緩和」と「構造改革」の路線は、この国の労働者の労働条件を、百年間分逆行させたのだ。

注3◆湯浅前掲書。湯浅は人間が「貧困状態に至る背景」として「五重の排除」を指摘している。それは①「教育課程からの排除」、②「企業福祉からの排除」、③「家族福祉からの排除」、④「公的福祉からの排除」、⑤

「自分自身からの排除」である。『坑夫』は、「家族福祉からの排除」が一気に「自分自身からの排除」に結合する過程を描いている。

注4◆湯浅前掲書。「貧困状態にある人たちに自己責任を押し付けるのは、溜池のない地域で日照りが続く中、立派に作物を育ててみせろと要求するようなものだろう」。「他人の施しで生きていく」ということは、「自己責任」を放棄しても、なお「生きさせろ」と要求することである。

注5◆佐藤泉は「『坑夫』――錯覚する自伝――」(『國語と國文学』一九九三・八)において「『坑夫』の自伝体は、自分の体験を他ならぬ自分が語るという直接性に真実さの根拠を据えるのでなく、逆に過去の自分に対し現在の自分が他者の場に立つことによってはじめて真実でありうるという発想に基づいている」と指摘している。

注6◆ジェラール・ジュネットは、『物語のディスクール』(花輪光、和泉涼一訳　書肆風の薔薇　一九八五)において、M・プルーストの『失われた時を求めて』を事例として、「物語内容」、「物語行為」、「物語言説」の三つのレベルにおける時間のずれを、徹底して理論的に分析した。

注7◆フランク・W・パトナム『解離――若年期における病理と治療』(中井久夫訳　みすず書房　二〇〇一)。パトナムはウィリアム・ジェームズが「宗教体験の本態の解離性を強調している」と指摘している。

注8◆この問題については、重松泰雄「『文学論』から「文芸の哲学的基礎」「創作家の態度」へ」(『作品論夏目漱石』所収　双文社出版　一九七六)、小倉脩三『夏目漱石――ウィリアム・ジェームズ受容の周辺』(有精堂　一九八九)、佐藤泰正「漱石『坑夫』試論――その主題と方法をめぐって」(『日本文学研究』第14号　梅光学院大学　一九七八)など、ウィリアム・ジェームズの無意識論との関係において論争が展開されている。

注9◆ジョルジョ・アガンベン『ホモ・サケル――主権権力と剝き出しの生』(高桑和巳訳　以文社　二〇〇三)

注10◆坑夫をめぐる「事実」性に関しては、大高順雄「漱石の『坑夫』とゾラの『ジェルミナール』――創作ノートと調査資料」(『夏目漱石における東と西』所収　思文閣　二〇〇七)に詳しい。

漱石深読

六

三四郎

うと〳〵として眼が覚めると女は何時の間にか、隣りの爺さんと話を始めてゐる。此爺さんは慥《たし》かに前の前の駅から乗つた田舎者である。発車間際に頓狂な声を出して、馳け込んで来て、いきなり肌を抜いだと思つたら脊中に御灸の痕が一杯あつたので、三四郎の記憶に残つてゐる。爺さんが汗を拭いて、肌を入れて、女の隣りに腰を懸けた迄よく注意して見てゐた位である。

女とは京都からの相乗《あひのり》である。乗つた時から三四郎の眼に着いた。第一色が黒い。三四郎は九州から山陽線に移つて、段々京大坂へ近付いてくるうちに、女の色が次第に白くなるので何時の間にか故郷を遠退く様な憐れを感じてゐた。それで此女が車室に這入つて来た時は、何となく異性の味方を得た心持がした。此女の色は実際九州色《いろ》であつた。

三輪田の御光さんと同じ色《おんな》である。国を立つ間際迄は、御光さんは、うるさい女であつた。傍を離れるのが大いに難有《ありがた》かつた。けれども、斯うして見ると、御光さんの様なのも決して悪くはない。

唯顔立《だち》から云ふと、此女の方が余程上等である。口に締りがある。眼が判明《はつきり》してゐる。額が御光さんの様にだゞつ広くない。何となく好い心持に出来上つてゐる。それで三四郎は五分に一度位は眼を上げて女の方を見てゐた。時々は女と自分の眼が行き中《あた》る事もあつた。

題名が主人公かつ視点人物の名前であることがまず明示されている。しかも彼が眠りから覚醒する瞬間が冒頭の第一文であり、無意識と意識を媒介する境界領域として「記憶」が位置づけられている。その「記憶」は、三四郎の聴覚と視覚が把持した知覚感覚的像として想起される。『三四郎』は、出来事の「記憶」をめぐる、無意識と意識の齟齬についての小説である。

そして眠りに入る直前の過去から、時間を遡り、汽車に乗ってから「女」と「相乗」になるまでの旅程が想起される。三四郎は、九州から「山陽線」に乗り、「大坂」そして「京都」を経て来ていた。[注1]『三四郎』は最新の鉄道小説として幕をあけてもいるのだ。なぜなら「山陽線」という呼称は、一九〇六（明治三九）年に、国論を二分した「鉄道国有法」が制定され、私鉄であった山陽鉄道株式会社から国が買収し、国有化することによって初めて成立するからだ。鉄道のダイヤの情報は日露戦争中最大の軍事機密であった。しかし、株式会社制度では、その公開が迫られることがある。軍部の強い要求で、鉄道は国有化された。

自らの身体を、東京という明治の帝都にむかう上り[注2]の列車にゆだね、記憶の中では「故郷」の「九州」に下っている三四郎という男は、二重の意味の差別主義者として地の文の書き手によって表象されている。一つは「文明」と「野蛮」の差別主義。汽車という公共空間で「肌を抜」ぎ裸になった「爺さん」を「田舎者」として差別する視線。一八七二（明治五）年から明治政府は、人前で裸になることを軽犯罪として取締るようになった。三四郎が「美しい」とする「西洋人」にとって、人前で裸体でいることは「野蛮」の象徴だったからだ。二つめは、肌の「色」の「黒」さのグラデーションによる人種差別主義。「故郷」である「田舎」の「九州」から、千年来の都であった「京都」に近づくにつれて「女の色が次第に白くなる」と三四郎は感じている。『三四郎』は地方出身の差別主義者の青年が、はたして教養小説《ビルドウングス・ロマン》の主人公になりうるのか、というパロディ小説でもある。「京都からの相乗」であったにもかかわらず「此女の色」が「九州色」であったため、三四郎は「故郷」に残してきた「御光さん」のことを想い起こしもしたのだ。三四郎の意識に浮上する女性たちは、普通名詞の「女」と、固有名詞の間で引き裂かれている。『三四郎』とは普通名詞と固有名詞が葛藤する小説である。

三四郎という男は、汽車に乗っている間中、西から東へ、「田舎」からかつての都へむかう駅々で、乗り降りする女性たちの顔と「肌」の「色」を、無意識に凝視し、注視し、見つめつづけてきたのである。その意味で『三四郎』は男と女の視線の交錯をめぐる小説である。男は一方的に女を凝視し注視することを欲望し、できれば視線はあわせたくないのだ。女を見つめるのが「五分に一度位」というのは、相当な頻度である。しかし、三四郎は「女と自分の眼が行き中る事」は決して望んでいない。だから「爺さんが女の隣りへ腰を掛けた時などは、尤も注意して、出来る丈長い間、女の様子を見てゐた」のである。

言うまでもなく三四郎が汽車で東京へむかっているのは、熊本第五高等学校を卒業し、東京帝国大学へ入学するためであり、彼は引越しの最中なのだ。『三四郎』はまた引越し小説でもある。主要登場人物のほぼ全員が、『三四郎』の物語の中で流れる時間としての九月から翌年一月にかけてのわずかの間に引越しをしている。野々宮兄妹にいたっては二度までも引越しをしている。

記憶、鉄道、差別、名詞、視線、引越しという、『三四郎』という小説の冒頭に現れてくる、六つの問題系を通して全体を読み直してみると、これらの問題系が一つの場面の中で、混成し複合していることが見えてくる。

「さう。実は生《な》つてゐないの」と云ひながら、仰向いた顔を元へ戻す、其拍子に三四郎を一目見た。三四郎は慥かに女の黒眼の動く刹那を意識した。其時色彩の感じは悉《ことごと》く消えて、何とも云へぬ或物に出逢つた。其或物は汽車の女に「あなたは度胸のない方《かた》ですね」と云はれた時の感じと何所か似通つてゐる。三四郎は恐ろしくなつた。

しばらく「池の女」という普通名詞で三四郎に記憶され、後に「里見美禰子」という固有名詞を名刺で知らされることになる、運命の女《ファム・ファタル》と出会う「瞬間」の描写。「女の黒眼の動く刹那を意識した」とある以上、三四郎は「女」と視線を合わせている。その視線の交錯する「刹那」、現在時において三四郎は「或物に出逢つ」ている。しかし、その「或物」は、記憶の中に刻まれてはいたものの、無意識化されていた「汽車の女」の発した言葉を、三四郎にただちに意識化させている。「汽車の女」とは冒頭で現れた「京都から相乗」の「女」にほかならない。

「汽車の女」が「爺さん」に語り、三四郎にも聞こえた身の上話によれば、「呉に居て長らく海軍の職工をしてゐた」夫は、「戦争中は旅順の方に行つてゐた」。戦後戻ってきたが「間もなくあつちの方が金が儲かると云つて、又大連へ出稼ぎに行つた」というのである。始めのうちは仕送りもあったが、「半歳《はんとし》許《ばかり》前から」音信不通となり、それで「女」は子どもを預けてある自分の実家に帰るのだという。息子が旅順で戦死し、「世の好い時分に出稼ぎなどゝ云ふものはなかつた」と爺さんは「女」に共感し、「みんな戦争の御蔭だ」という。この二人の世間話に日露戦争後の日本社会の実相が現れている。

当時の参謀本部の発表でも、日露戦争の日本側の死者は十万余。ほぼ同じ数の世帯が現役の働き手を失い、妻帯していた兵士の数と同数の妻たちが夫を失ったのである。経済的基盤を夫に頼っていた妻たちは、頼りうる身寄りのない場合、自らの身体を性的商品として売るしかない状況に追い込まれていった。なぜなら英霊の妻たちには「貞婦両夫に見《まみ》えず」という規範が押しつけられていたからだ。「女」と「爺さん」は、そうした現実を言葉で共有した。しかし、三四郎はその対話に加わろうとしなかった。そして、そのまま「女」と名古屋で同宿し、同衾することになったのだ。

三四郎は、宿帳に自分の住所、氏名、年齢を記入した後「已を得ず同県同郡同村同姓花二十三年と出鱈目」に書いてしまう。あたかも夫婦であるかのように、普通名詞としてしか認知していない「汽車の女」に固有名を自ら与えてしまったのだ。そして「女」との間に「敷布《シート》」で境界をつくり、自分は一晩中「二枚続き」の「西洋手拭《タウエル》の外には一寸も出」ずに過したのである。

「別れぎわに「あなたは余つ程度胸のない方ですね」といって「にやり」としたその笑いには、三四郎の在りように透けてみえる社会規範の抑圧に、反抗する女の「度胸」がこめられていた」のであり、「生活問題と表裏する再婚問題とは性的商品としての流通市場の確保の問題ともいえるわけである」[注3]。「再婚問題」とは、また結婚問題にほかならない。結婚問題が、女性たちの性的商品としての流通市場の確保の問題だとすれば、「池の女」と視線を交錯させた三四郎は、そのことに「恐ろしくなつた」ことになる。「汽車の女」と「池の女」から向けられた視線は、三四郎の記憶の中で一度は同一の質を持つと「意識」されるのだが、そのことを「恐ろし」いと感じたがゆえに記憶は無意識のうちに改変されてしまう。

「池の女」と遭遇するのは、三四郎が初めて同郷の野々宮宗八の研究室を訪れた後だが、再び野々宮と大学構内で出会い、「蟬の羽根の様なリボン」を買うのに付き合い、「西洋料理の御馳走になつた」後、三四郎の記憶に残るのは「大学の池の縁で逢つた女の、顔の色ばかり」なのである。[注4]その「顔の色」は、「汽車の女」とも共通し、記憶をもう一歩過去に遡れば「御光さん」の「九州色」なのだ。

三四郎の無意識は、「母」や「御光さん」といった、「故郷」の過去の記憶によって、現在時の眼前の出来事が内包している「恐ろし」さを切り捨てようとしている。三四郎は記憶が蘇るごとに「恐ろしくな」りつづける青年であることを、三四郎の視点から一定の距離をとる地の文の書き手は、読者に提示していくことになる。

確かに「故郷」を出て東京にむかう三四郎の意識は、何も書き込まれていない書写板としてのタブラ・ラサのようではある。東京に向う汽車の中での初めての外界からの知覚感覚的経験から小説は書き始められている。しかし、三四郎の無意識は「故郷」に残した「母」や「御光さん」の記憶によって構成されている。事実、「池の女」と会う前日、「国元の母から手紙が来」ている。三四郎は「こんなものを読んでゐる暇はないと迄考へ」ながら「繰り返して二返読」むのだ。意識と身体的行為の解離と齟齬はここでも明示されている。「自分がもし現実世界と接触してゐるならば、今の所母より外にないのだらう。其母は古い人で古い田舎に居る。其外には汽車の中で乗り合はした女がゐる。あれは現実世界の稲妻である。接触したと云ふには、あまりに短かくつて且あまりに鋭過ぎた」という分裂の中で三四郎の東京生活が始まったのである。

三四郎の無意識が現実の出来事をめぐる記憶を大きく改変してしまう事件が発生するのは、新学期が始まって間もなくのことであった。三四郎は授業中「ポンチ画」をかいていた佐々木与次郎という「専門学校を卒業して、ことし又撰科へ這入」り、「高等学校の先生」をしている広田の家に食客をしている男と知り合う。与次郎から三四郎は、大学の講義以外の東京の生活を教えられていく。その与次郎から「おい、野々宮宗八さんが、君を探してゐた」と言われ、休日に「四五日前大久保へ越した」

ばかりの、「電車を利用」しなければ、「頗る遠い」「野々宮の家」を三四郎は訪問することになる。

「大久保」という地名は、当時の新聞小説の読者には、禍々しい記憶を喚起させる。『三四郎』の新聞連載が始まる半年ほど前、「大久保」という地名は、前代未聞の猟奇的事件がおきた場所として連日新聞紙面におどっていたのだ。いわゆる「出歯亀事件」報道だ。女性が経済的に自立するための花形職業の一つであった電話交換手が多く働く下谷電話局の、局長の妻が、銭湯の帰り、覗き見をした男にレイプ殺人された事件が起きたのが大久保。近くに戸山練兵場があり、日露戦争後職を失った軍夫たちがホームレス化し、郊外新興住宅地として建設中の家に寝泊りしていた。犯人捜しをめぐって、新聞各紙は大キャンペーンを行い、逮捕された池田亀太郎が「出歯」だったため、「出歯亀事件」と命名され、固有名だった「出歯亀」は、「女湯をのぞくなど、変態的なことをする男の蔑称」(『広辞苑』)という普通名詞となっていった。

不幸にもこの事件と時を同じくして、森田草平と平塚明《はる》の塩原への失踪事件がおきたため、「東京朝日新聞」の「六面観」というコラム欄で、明は「あんな女は大久保村にやって乞食の手に抱きつかせるに限るよ」(一九〇八・三・二八)とバッシングされていた。[注5] 野々宮宗八が引越した「大久保」とは、そうした社会的集合記憶に塗れた場所《トポス》であった。

三四郎の母が野々宮に息子が世話になる返礼として贈った「ひめいち」への礼を野々宮が述べて、日暮れ方「電報」が来る。「大学の病院」に入院している野々宮の妹から「すぐ来てくれ」という内容であった。ここから三四郎の意識の中で、記憶をめぐる物語が動き出す。「野々宮君の妹と、妹の病気と、大学の病院を一所に纏めて、それに池の周囲《まはり》で逢つた女を加へて、それを一どきに掻き廻して、驚ろいてゐる」のだ。

野々宮が病院に出かけた後留守番をすることになった三四郎が遭遇するのが「轢死」事件。[注6]「あゝ、あゝ、もう少しの間だ」という声が「家の裏手」で聞こえたあと、「汽車が」「前の列車より倍も高い音を立てゝ過ぎ去つた」とき、三四郎は「石火の如く、先刻《さつき》の嘆声と今の列車の響とを、一種の因果で結び付け」「ぎくんと飛び上がつた」のである。外へ出た三四郎が眼にしたのは次のような現実。

半町程くると提燈が留つてゐる。人も留つてゐる。人は灯《ひ》を翳《かざ》した儘黙つてゐる。三四郎は無言で灯の下を見た。下には死骸が半分ある。汽車は右の肩から乳の下を腰の上迄美事に引き千切つて、斜掛《はすかけ》の胴を置き去りにして行つたのである。顔は無創《むきず》である。若い女だ。

「轢死」は鉄道の時代ならではの新しい死の形態である。そしてただちに事故死から自死の手段ともなっていった。日露戦争下で、夫を戦場で殺され、生活ができなくなった妻が、「轢死」自殺をした事例も新聞で報道されていた。三四郎の連想は同時代のメディア情報から考えて突飛ではなかった。しかし多くの場合、死骸は身元を特定することが困難なほど破損が激しい。どれだけ覚悟を決めていても、「汽車」が「高い音を立てて」近づいてくると逃げようとする。その瞬間機関車の車輪に巻き込まれて、人間の身体の原形は残らない。

三四郎が眼にした、闇の中で「提燈」の「灯」に照らされた「若い女」の遺体は、きわめて稀少な例であることがわかる。「顔は無創」で「若い女」であることが判断できるということは、この女が「汽車」の車輪が「右の肩から乳の下を腰の上迄」「引き千切つて」しまうまで、レールにしがみついていたということになる。三四郎が闇の中で眼にしたのは、悽惨をきわめる一人の女の死の姿だったのだ。このとき、もう一人の「汽車の女」が、三四郎の記憶に刻まれたはずなのである。

事実、野々宮の家に戻った「三四郎の眼の前には、ありくと先刻の女の顔が見え」たのであり、「あゝあゝ……」という「力のない声」が聞こえつづけていた。視覚と聴覚という知覚感覚的刺激の記憶は、しっかりと刻まれていたのだ。そして、「其二つの奥に潜んで居るべき筈の無残な運命とを、継ぎ合はして考へて見ると、人生と云ふ丈夫さうな命の根が、知らぬ間に、ゆるんで、何時でも暗闇へ浮き出して行きさうに思はれる」と意識していたのだ。[注7] 三四郎が「轢死」した女と野々宮との関係を考えているとき、「電報」が来て「妹無事、明日朝帰る」とある。これで「安心」して眠りについた三四郎は「危険」な「夢」を見る。

——轢死を企てた女は、野々宮に関係のある女で、野々宮はそれと知つて家へ帰つて来ない。只三四郎を安心させる為に電報だけ掛けた。妹無事とあるのは偽はりで、今夜轢死のあつた時刻に妹も死んで仕舞つた。さうして其妹は即ち三四郎が池の端で逢つた女である。……

最近の脳科学の研究成果は、一人の人間にとってあまりに耐えがたく辛い出来事が発生すると、近時記憶を保持する大脳古皮質の一領域である海馬が、睡眠中にその記憶をより安全なものに改変するという事実を明らかにした。つまり三四郎の脳は、「轢死」した第二の「汽車の女」をめぐる悽惨な新しい記憶を睡眠中の夢の中で書き換え、すべての責任を野々宮に転嫁し、自分と女たちとの責任関係をすべて切断し長期記憶に残らないように記憶を改変したことになる。

それだけではない。まだ会ったことのない野々宮の「妹」を、三四郎は夢の中で「池の女」と同一化して、殺してしまってもいる。「池の女」を「死んで仕舞った」ことにすれば、自分を脅かす第一の「汽車の女」の記憶も葬り去ることができる。こうして三四郎の無意識は、二人の「汽車の女」の記憶が、二度と意識に浮上することのないように封印することに成功したのだ。

だから、野々宮に使いを頼まれ、病室に入った瞬間眼にしたよし子の姿が「上へ掛けるものも真白である。それを半分程斜に捲つて、裾の方が厚く見える所を、避ける様に、女は窓を背にして腰を掛けた」という「斜掛けの胴を置き去りにし」た、「その轢死体の状態をなぞるよう」[注8]なポーズであったにもかかわらず、前夜の生々しい記憶は一切蘇ってくることはない。さらに「昨夜の轢死を御覧になつて」というよし子の質問に対し、「えゝ」と答えているにもかかわらず、三四郎の意識に「轢死」した「女」の記憶が浮上してくることはない。よし子の病室を出た直後、三四郎は「池の女」と再会する。「まともに男を見た」と、視線を交錯させたにもかかわらず、「汽車の女」を三四郎はもはや思い起こすことはない。そして「池の女」が野々宮よし子の見舞に来たことを知る。前夜の夢が全否定されても、三四郎がもう一人の「汽車の女」である、「轢死」した女の姿を想起することは決してないのである。

二人の「汽車の女」の記憶を封印し、彼女たちに体現されていた日露戦争後の日本の女性たちの現実への想像力を、切断してしまった三四郎について、地の文の書き手は、「三四郎の魂がふわつき出した」と指摘する。三四郎の記憶に刻まれているのは、病院で再会した「池の女」のリボンが、「野々宮君が兼安で買つたものと同じ」「色」と「質」であったということだけだ。そしてその後三四郎が「色々考へるうちに、時々例のリボンが出て来る」ようになり、地の文の書き手は、「それで夢を見てゐる」という。

三四郎が「池の女」に三度目に会うのは、広田先生と与次郎の引越しの日である。やはりここでも与次郎が、三四郎と東京「本郷文化圏」[注9]の人々をつなぐ媒介者になっている。広田先生と与次郎が引越すことになるのは、「今の持主が高利貸で、家賃を無暗に上げるのが、業腹だと云ふので、与次郎が此方から立退を宣告した」からではあるが、日露戦争後の東京における住宅費の高騰の現実が本郷文化圏の人々の生活にも影響を与えていた。日露戦争後の不況で、職を求めて多くの人々が東京に流入し、貸家は投機の対象にもなっていたのだ。敷金や礼金というシステムもこの時期に出来上っている。都市生活者にとってもっとも大きな支出は住宅費。本郷文化圏の住人たちでさえも安い住宅を求めて流浪していたのである。

野々宮の大久保の借家を「いか様古い建物」だと値ぶみしたときの三四郎の意識にも、そうした現実は浮かびあがっていた。「物数奇ならば当人の随意だが、もし必要に逼られて、郊外に自を放逐したとすると、甚だ気の毒である。聞く所によると、あれ丈の学者で、月にたつた五十五円しか、大学から貰つてゐないさうだ。だから已を得ず私立学校へ教へに行くのだらう」。第一高等学校の教授と帝国大学の講師は、ほぼ同じ給与であったから、広田先生の経済状況も、野々宮さんと同程度であったと考えられる。

日露戦争後の現実の女たちの「無残な運命」への想像力を持っていたときの三四郎は、「池の女」と眼差しを合わせたときに、「汽車の女」に「あなたは度胸のない方ですね」と言われたときのような「恐ろし」さを感じることができていた。では「魂がふわつき出し」、「夢を見てゐる」三四郎はどうであったのか。

オラプチユアス！　池の女の此時の眼付を形容するには是より外に言葉がない。何か訴へてゐる。

艶なるあるものを訴へてゐる。さうして正しく官能に訴へてゐる。けれども官能の骨を透して髄に徹する訴へ方である。

これが「池の女」の「眼が三四郎の眸に映った」ときの彼の意識の在りようだ。かつてのように「矛盾だ」とは感じない。すべては「グルーズの画」を見せた時「美学の教師」が使った「オラプチュアス」という言葉、すなわち男性を性的に誘惑する「官能」性の度合の強度に一元化されている。「卑しく媚びるのとは無論違ふ。見られるものの方が是非媚びたくなる程に残酷な眼付である」ととらえる三四郎の意識は、世紀末ヨーロッパの芸術的男性たちの、宿命の女《ファム・ファタル》幻想の欲望と重ねられ、「天然自然の女性本能としての「誘惑者」という神話[注10]にとらわれている。

そして「女は籃《ばすけっと》を椽の上へ置いて、帯の間から、一枚の名刺を出して、三四郎に呉れた」。この瞬間、「池の女」という普通名詞は、「里見美禰子」という固有名詞に転換する。肩書きは無論ない。「本郷真砂町」という家の住所が印刷されているだけだ。女の社会的同一性を示すのは、姓という家の名と、その所在地だけなのだ。「名刺」を配るということは、自らの固有名を活字で印刷して社会的に流通させることにほかならない。

与次郎が三四郎に引き合わせた本郷文化圏の男たちは、学会誌や「小雑誌」や新聞のゴシップ欄であれ、自らの固有名をあるいはペンネームを、社会化された活字媒体で流通させている。「池の女」は

「里見美禰子」という自らの家の名と固有名を、一枚の小さなカードに印刷し、自ら本郷文化圏の男たちに配布している。同時代の流行でいえば、「名刺」を配る風俗は芸者たちのものだった。性的商品である自分の源氏名を、不特定多数の男たちの間で流通させ、少しでも多くの買い手を獲得すること。芸者の「名刺」は性的商品の広告であり、印刷された名前は性的記号にほかならない。美禰子はなぜ「名刺」を配っているのか。

その理由の一端は、引越しの日の昼食のとき、美禰子に与次郎が依頼して作らせた「サンドヰツチ」を食べながらの、「アフラ、ベーン」という「英国の閨秀作家」が書いた、「オルノーコと云ふ小説」をめぐる議論からうかがい知ることができる。「アフラ、ベーン」は一七世紀のイギリスの女性職業作家で、はじめて文筆活動によって生活を支えた人である。そして彼女の書いた小説『オルノーコ』(一六八八)は「王国の奴隷」という副題をもち、奴隷制に依拠した大英帝国の繁栄の理不尽さと欺瞞を、奴隷にされたアフリカの「黒ん坊の王族」の立場から描いた小説であり、奴隷解放運動の思想の源泉ともなったのである。三四郎はこの小説を図書館で一度借りている。しかしその内容を「三四郎は奇麗に忘れてゐる」のだ。二人の「汽車の女」のことを忘れたように。

「面白いな。里見さん、どうです、一つオルノーコでも書いちやあ」と与次郎は又美禰子の方へ向つた。

「書いても可《よ》ござんすけれども、私《わたくし》にはそんな実見譚がないんですもの」
「黒ん坊の主人公が必要なら、その小川君でも可《い》いぢやありませんか。九州の男で色が黒いから」
「口の悪い」と美禰子は三四郎を弁護する様に言つたが、すぐあとから三四郎の方を向いて、
「書いても可《よ》くつて」と聞いた。其眼を見た時に、三四郎は今朝籃を提げて、折戸からあらはれた瞬間の女を思ひ出した。自から酔つた心地である。けれども酔つて竦んだ心地である。どうぞ願ひます抔とは無論云ひ得なかつた。

与次郎の提案はきわめて現実的だ。この時代に女性が経済的に自立をし、男性と対等な収入を得る職業は樋口一葉の例を出すまでもなく文筆業であった。実際に『三四郎』が発表された年にバッシングにさらされていた平塚雷鳥、保持研子、中野初子、木内錠子、物集和子が発起人となった「青鞜社」は三年後に文芸雑誌「青鞜」を発刊し、文筆による女性の経済的自立への道を開いていく。

美禰子が書く小説のモデルは三四郎。彼が奴隷にされた「オルノーコ」の位置を担うのだから、学歴エリートとして内面化していた、肌の「色」による人種差別主義は根底から覆されたかもしれない。

この与次郎の提案に乗ろうとした「書いても可くつて」という言葉を発したときの美禰子を、三四郎は固有名として認知していない。官能だけを見てとった「今朝」の「女」の「オラプチユアス」と名付けた視線の記憶を蘇らせるだけなのだ。このときの三四郎は「酔つた心地」なのであり、現実へ

の想像力は遮断されてしまっている。男に依存して生活する女ではなく、文筆によって、一人の人間として自立しようとする美禰子への協力を、結果として三四郎は断ってしまったのだ。そして、広田先生の引越しの日、遅れてやってきた野々宮宗八は、大久保の家を引き払って下宿するという、再びの引越しをほのめかす。

このことについて三四郎は「野々宮さんが一家の主人《あるじ》から、後戻りをして、再び純書生と同様な生活状態に復するのは、取も直さず家族制度から一歩遠退いたと同じ事で、自分に取つては、目前の疑惑を少し長距離へ引き移した様な好都合にもなる」という、野々宮と美禰子の結婚が遠ざかったことを喜ぶ、嫉妬の枠組でしか理解していない。美禰子の視線を官能と誘惑の意味においてしかとらえられなくなってしまったからである。

そう考えるなら『三四郎』という小説における佐々木与次郎の果たす役割は、官能と誘惑と嫉妬の文脈においてしか美禰子のことを捉えられなくなってしまった三四郎を、繰り返し美禰子という一人の人間の現実を認識する方向に引き戻すことにあったことが見えてくる。

「イプセンの人物に似てゐるのは里見の御嬢さん許ぢやない、今の一般の女性はみんな似てゐる」と言ってみたり、「君、女に惚れた事があるか」、「女は恐ろしいものだよ」と、三四郎が忘却しようとしていた「女」の「恐ろし」さを喚起する。そして三四郎が美禰子の直面している現実を突き付けられるのが、与次郎に「弐拾円」貸したという借金事件を通してである。「去年広田先生が此前の家を借りる時分に、三ヶ月の敷金に窮して、足りない所を一時野々宮さんから用達つて貰つた事がある。然るに其金は野々宮さんが、妹にヴイオリンを買つて遣らなくてはならないとかで、わざ〳〵国元の親父さんから送らせたものださうだ」。またしても引越しの物語。

東京帝国大学と第一高等学校の教師が、それぞれ切迫した経済状況におかれていたことがわかる。引越しの「敷金」が払えなかったのである。広田が野々宮から借金ができたのは、生活費以外の「ヴァイオリン」代が野々宮父から息子に送金されていたからだ。広田が「弐拾円」の借金を返せたのは、「受験生の答案調べ」の臨時「手当が六十円」入ったからだ。月給のすべては住宅費と衣・食のために使われ、生きていけるのは二人。野々宮の場合はよし子、広田の場合は与次郎が被扶養者だ。「弐拾円」とはほぼ一人分の生活費、なぜなら三四郎は、母から送ってきたばかりの二五円の仕送りから、与次郎に「弐拾円」を貸したからだ、それが本郷文化圏の生活の収支決算。与次郎は「弐拾円」を元手に競馬で増やそうと思ってすってしまったという。

三四郎の下宿の支払いが迫っても与次郎は「弐拾円」を返さない。そして美禰子に借りるように提案する。三四郎は問う「あの女は自分の金があるのかい」。明治民法では女性は禁治産者扱いであった。「弐拾円」もの金を自由にできるのかという疑問は当然だ。

三四郎が美禰子の家を訪れると、彼女は銀行に案内し、「里見美禰子殿」と記された「小口当座預金通帳」を渡し「三拾円」おろしてくるようにと言う。その後画家の原口に自分をモデルにした肖像画を画いてもらっている際に、美禰子は「でも兄は近々結婚致しますよ」と告げる。美禰子の兄恭介は野々宮と同学年。家持ちとはいえ、妻と妹の二人を養っていくことはできない。このとき里見家の財産分与は終了し、美禰子名義の口座に然るべき金額が入れられていたのだろう。それは美禰子が嫁ぐ男の家への里見家からの持参金でもある。「里見」という家の名が嫁ぎ先の男の家の名に変更される、わずかな執行猶予期間において、美禰子は三四郎に「三拾円」を渡すことができたのである。

原口のアトリエで三四郎が金を返そうとしたとき、美禰子が拒み、後になって「御金は、彼所《あすこ》ぢや頂けないのよ」と言うのは、原口が恭介の友人だからだ。兄の家である「里見」の名の下にある金銭を、美禰子が自由にできるはずはない。美禰子は三四郎に言う。「御金は私も要りません。持つて入らつしやい」と。その直後「髭を奇麗に剃つてゐる」「脊のすらりと高い細面の立派な人」が美禰子を迎えに来る。婚約者だ。同時に彼は、その直前まで野々宮よし子と見合いをしていた男でもある。

兄が結婚するためには、妹を別な男に嫁がせなくてはならない。兄の現金収入で扶養できるのは一人だけなのだ。その意味で、美禰子とよし子は同じ境遇にあった。『三四郎』のキーワードでもある「迷羊《ストレイ・シープ》」は、兄の結婚のために、愛なき結婚を受け入れざるをえない妹たちの表象だったのである。兄から別の兄へ、本郷文化圏という男たちの市場で性的商品としてやりとりされる妹たち。

しかし、野々宮よし子が兄が勧めた結婚を拒むことができたのは、両親が生きており、まだ在学中であり、なにより兄宗八が妹の意向を受け入れたからである。逆に美禰子が野々宮との結婚を望みながらも、「髭を奇麗に剃つてゐる」男と結婚せざるをえなかったのは、もとより両親が早く亡くなり、長男も死んで家族扶助を得る条件がなく、兄恭介の結婚がすでに決まっていたからだ。そして何よりよし子のように、兄にむかって自分の意思を表示することができなかったのかもしれない。あるいは野々宮宗八に、自分のおかれている切羽詰った状況を正確に伝えられなかったからなのか。

団子坂の菊見のとき、美禰子が三四郎に告げた「御貰をしない乞食なんだから」という言葉は、自分を扶養してくれる相手の訪れを待つしかない妹たちの現状を言いあてている。それは兄が相続する家から、まったく別の家へ出ていくしかない妹たちの宿命でもあり、その帰るべき家がわからない以上、妹である美禰子は「大きな迷子《まひご》」なのだ。その「迷子の英訳」が「迷へる子《ストレイ・シープ》」。

だからこそ、三四郎に「三拾円」を渡したときに訪れる「丹青会の展覧会」で、美禰子と三四郎が「長い間外国を旅行して歩いた兄妹の画」の前に佇む場面は象徴的なのだ。地の文の書き手は「双方共同じ姓で、しかも一つ所に並べて掛けてある。美禰子は其一枚の前に留つた」と記している。美禰子が「兄さんの方が余程旨い様ですね」と問いかけると「三四郎には此意味が通じなかつた」と地の文は書き記す。三四郎には兄の絵と妹の絵の区別がついていないのだ。美禰子は問いかける。

「一人と思つて入らしつたの」

「えゝ」と云つて、呆《ぼん》やりしてゐる。やがて二人が顔を見合した。さうして一度に笑ひ出した。美

禰子は、驚いた様に、わざと大きな眼をして、しかも一段と調子を落した小声になつて、
「随分ね」と云ひながら、一間ばかり、ずん〳〵先へ行つて仕舞つた。三四郎は立ち留つた儘、もう一遍エニスの堀割を眺め出した。先へ抜けた女は、此時振り返つた。三四郎は自分の方を見てゐない。女は先へ行く足をぴたりと留めた。向から三四郎の横顔を熟視してゐた。（傍点引用者）

傍点を付した部分は『三四郎』という長篇小説の中で、たった一度だけ美禰子の視点に地の文の書き手が立つ、唯一の文章なのだ。兄と妹の関係が孕む入り組んだ事情、そこに三四郎の眼を開き、これまで自分が発してきた思いを理解させ得たかに思えたとき、「三四郎は自分の方を見てゐない」ことに美禰子は気づく。ここに誰にも状況を理解してもらえることなく放置された、一人の妹の悽惨な姿が浮かんでくる。その直後、野々宮宗八が「里見さん」と呼びかける。妹自身の固有名ではなく、兄しか受け継ぐことのできない家の名で呼びかけてくるのだ。

注1◆高木文雄『漱石作品の内と外』（和泉書院　一九九四）に、三四郎の旅程と実際のダイヤの比較検証がある。

注2◆『三四郎』の連載が始まった一九〇八（明治四一）年に東京駅が着工し、大日本帝国の鉄道は、この駅を中心に、「上り」と「下り」という権力的な方向性で統合されることになる。

注3◆中山和子「『三四郎』――「商売結婚」と新しい女たち――」(「漱石研究」第2号　一九九四・五)。本論文において、美禰子が通っていた本郷教会で、アナーキスト石川三四郎が「自由恋愛私見」という演説をし、「財産を目的とする結婚、階級を目的とする結婚、勢力を目的とする結婚」を「攻撃」したことも指摘されている。

注4◆飯田祐子「女の顔と美禰子の眼――美禰子は〈新しい女〉か――」(「漱石研究」第2号　同前)。本論文においては「美禰子の眼に向けられた三四郎の視線は、同時代の小説がいわゆる〈新しい女〉に向けた視線と共通している」と指摘されている。

注5◆拙稿「解説――兄のゆくえ」(『三四郎』集英社文庫　一九九一)では、メディア小説としての『三四郎』の特質を分析した。

注6◆武田信明『三四郎の乗った汽車』(教育出版　一九九九)に、「轢死」をめぐる同時代状況の詳細な分析がある。

注7◆佐藤泉「『三四郎』――語りうることのあかるみのうちに」(「漱石研究」第2号　同前)。本論文ではこの引用部について、「だが、その時代から受け取った言葉の編成の内で語り得る全てがこの暗い闇に囲い込まれ縁取られた希薄なあかるみにすぎないとしても、外なる暗闇がそれを批判する場として現れることはない」と批判している。

注8◆村瀬士朗「「三」と「四」の図像学《イコロジー》――『三四郎』、切断される少女たち――」(「漱石研究」第2号　同前)

注9◆前田愛「明治四十年代の青年像――『三四郎』論――」(「國文學　臨時増刊」一九七一・九)。

注10◆中山和子前掲論文。

漱石深読

七

それから

誰か慌たゞしく門前を馳けて行く足音がした時、代助の頭の中には、大きな俎下駄《まないた》が空《くう》から、ぶら下つてゐた。けれども、その俎下駄は、足音の遠退くに従つて、すうと頭から抜け出して消えて仕舞つた。さうして眼が覚めた。

枕元を見ると、八重の椿が一輪畳の上に落ちてゐる。代助は昨夕《ゆふべ》床の中で慥《たし》かに此花の落ちる音を聞いた。彼の耳には、それが護謨毬《ごむまり》を天井裏から投げ付けた程に響いた。夜が更けて、四隣《あたり》が静かな所為かとも思つたが、念のため、右の手を心臓の上に載せて、肋《あばら》のはづれに正しく中《あた》る血の音を確かめながら眠に就いた。

ぼんやりして、少時《しばらく》、赤ん坊の頭程もある大きな花の色を見詰めてゐた彼は、急に思ひ出した様に、寐ながら胸の上に手を当てゝ、又心臓の鼓動を検し始めた。寐ながら胸の脈を聴いて見るのは彼の近来の癖になつてゐる。動悸は相変らず落ち付いて確に打つてゐた。彼は胸に手を当てた儘、此鼓動の下に、温かい紅の血潮の緩く流れる様を想像して見た。是が命であると考へた。自分は今流れる命を掌で抑へてゐるんだと考へた。それから、此掌に応へる、時計の針に似た響は、自分を死に誘ふ警鐘の様なものであると考へた。

冒頭の一文は、言葉を素材とする時間芸術としての文学表現では不可能な、二つの出来事が同時に生起したことを表現している。代助という登場人物の外側での「誰か慌たゞしく門前を馳けて行く足音が」するという出来事と、代助の内側の、「頭の中には、大きな俎下駄が空から、ぶら下つてゐ」るという出来事が同時に起きているのだが、線的な時間の流れの中で言葉を並べるしかないので、前後に配置されている。出来事に前後関係が与えられると、読者はほぼ自動的に前と後を原因と結果の関係で結びつけようとする。したがって、外側の「足音」が代助の内側で「俎下駄」の夢を生じさせたという解釈が成立する。外界からの知覚感覚的刺激が内界の感情や心理、そして身体諸器官を動かすという、代助自身も影響を受けている実験心理学[注1]的解釈。

しかし二つの出来事は同時に起きているのだから、前後関係は置き換え可能のはず。すると「代助の頭の中に、大きな俎下駄が空から、ぶら下つてゐた時、誰か慌だゞしく門前を馳けて行く足音がした」という異様な一文が現出する。ある人間の内界で生じた、意識と無意識の間《はざま》の夢が、外界の他者の行為を規定するという因果関係になる。実は『それから』という長篇小説の隠された物語が、ここに胚胎していくことになる。

『それから』という題名そのものが象徴しているように、この長篇は、実験的ともいえる時間論的小説なのだ。引用部だけを見ても、順序と持続と頻度という三つの異なったレベルで、物語言説と物語内容の時間がズレている。

代助の夢から朝の眼覚めへと、物語言説と物語内容が一致していた二段落目冒頭までの物語言説の言葉の線的連なりを先へ辿ると、「昨夕」という形で物語内容の時間は後戻りをしてしまう。第二段落を読んだ読者は、出来事の順序を、「椿」の「花の落ちる音を聞いた」、「心臓」の「血の音」を「確かめ」る、「眠に就いた」、「俎下駄」の夢を見た、「眼が覚めた」、「又心臓の鼓動を検し始めた」、と置き換えなければならない。読み進めてきた出来事の前後関係を置き換えるということは、同時に一旦成立させた因果関係を組み換えることでもある。

物語言説が先へ進んだにもかかわらず、物語内容の時間が過去へ遡るのは、主人公代助が突然「眠に就」く前の記憶を想起したからにほかならない。夢から覚醒し、眼を開いた代助の現在時の眼差しが「八重の椿」の花の姿を視覚的に把持し、その刺激が眠る前の暗闇の中で聴いた椿の花の「落ちる音」という、聴覚的刺激の記憶を、玉突き棒で玉を突くように代助に想起させたのである。一回限りの椿の花の「落ちる音」を記憶から想起した代助は、「眠に就」く前に、「心臓の上に」「右の手」をあてて何度も繰り返される「血の音を確かめ」たことも同時に想い起こしてしまう。一回性と反復性に分かたれる記憶。

眼覚めた直後の代助の知覚感覚が捉えたのは、椿の花の「大き」さであり「色」といった視覚的像であった。しかし「昨夕」の椿の花の「落ちる音」という聴覚的記憶の想起に伴って、「右の手」で「確かめ」た「心臓」の「血の音」という、触覚的記憶を共感覚的に想い起こしていた代助は、文字通り「思ひ出した様に」、「胸の上に手を当てゝ」、「心臓の鼓動を検し始め」るのだ。現在時の知覚感覚的刺激が記憶を突き動かして過去の出来事を共感覚的に想起させ、想起された記憶によって、現在時の身体の行為が誘発される。過去と現在が外と内、内と外を横断する知覚感覚的記憶の想起によって媒介されるのが『それから』における順序をめぐる時間のズレなのである。

「眠に就」く前と目覚めた後、同じ様に繰り返された、心臓の上に手をあてて、鼓動を確かめるという、代助の特異な行為の間に、一夜の「眠」の時間の持続がはさみ込まれていることに読者が気づいたとき、その行為が「彼の近来の癖になつてゐる」という表現が眼に飛び込んでくる。

「近来の」という言葉は、昨日今日のことではなく、かなり長い期間の時間の持続を表している。けれども生れつきや子どもの頃からということではなく、最近数年間のある時点からという意味合いでもある。一夜の「眠」りの時間の持続をはるかに上回る長い時間が「近来」という一言に凝縮されるという、物語内容の時間の持続と物語言説との大きなズレが生じている。

それだけではない。「寐ながら胸の脈を聴いて見る」という行為が「癖」であるということは、その行為が「近来」という時間の持続の中で、毎夜毎朝反復的に繰り返されたことを表している。「昨夕」と「眼が覚めた」朝については、一度ずつ言及された同じ行為が、ここでは何百回分か一言でまとめられているのだ。頻度の表現における物語内容と物語言説の大きなズレ。

しかも「癖」というからには、ある時点までは、意識的に「寐ながら胸の脈を聴いて」いた代助が、ある時点からは無意識に同じ行為を反復するようになった、という転換があったことが前提となる。それがわかって、はじめて「近来」という言葉の意味を読者は特定できるのだ。つまり冒頭部だけで、「近来の癖」という言葉が、いったいいつからのことを指しているのか十全に確定することはできない。そこに時間の三つの相のズレによって構成された大きな謎が蟠っている。この謎を代助の不意撃ちのような記憶の想起に即して、読者は解き明かしていくことになる。現在時の行為が「癖」となった起源の謎を解き明かす読み方をするには、過去の出来事の記憶を代助が想起する度毎に、一度与えた因果関係を組み換えていかねばならない。『それから』という題名を持つ長篇小説は、現在時に生起する結果としての出来事の原因を、代助の記憶の想起とともに読者自身が探しあてねばならない、「それ」探しの読みを要求している。

　しかし起源の「それ」と、「それ」をめぐる謎を解くことが、きわめて困難であることを、読者は冒頭から長篇小説の題名そのものによって突きつけられてしまうのだ。「胸に手を当て」て、触覚的に「鼓動」を確かめている代助は、その刺激を共感覚的に「温かい紅の血潮の緩く流れる様」という視覚イメージに「想像」によって置き直す。そのうえで、そのイメージを「命であると考へ」る。つまり生の象徴として概念化する。しかし、「それから」という長篇小説の題名である接続詞でつながれる次の文では「此掌に応へる、時計の針に似た響は、自分を死に誘ふ警鐘の様なものであると考へた」と、「死」を象徴する聴覚的イメージに反転する。同じ刺激が、神経をとおして異なる知覚感覚的像を代助の脳内に結び、まったく違った意味が瞬時に転換されながら付与されていくのだ。『それから』は、脳科学時代にも通用する、「神経」と「脳」[注2]の働き方の叙述によって把握されなおした記憶の物語なのだ。そして代助の記憶の中心に蟠っているのは一人の「女」なのである。

朝食を終え「端書《はがき》」と「封書」という、種類を異にする郵便物に目を通した代助は、「落椿も何所かへ掃き出されて仕舞つた」「書斎」に戻り、「重い写真帖」を「繰り始め」る。「中頃迄来てぴたりと手を留めた」ところに、「廿歳《はたち》位の女の半身」があり、代助は「凝《じつ》と女の顔を見詰めた」。この「女」は、「端書」で上京を知らせてきた、学生時代の友人平岡常次郎の妻三千代。二人の上京後、代助は三千代との「愛」に踏み込んでいくのである。

「封書」は京都から戻った代助の父、長井得からのもの。父は自分の恩人の縁続きである「多額納税者の娘」との縁談を持って帰ってきたのである。「端書」と「封書」という二種類の郵便物[注3]によって『それから』における代助の現在進行形の物語は、三千代への「愛」と、父の勧める「結婚」という、対立する二つの方向へ引き裂かれていくことになる。「代助が三千代への愛を〝想起〟したとき、彼は、それらが、そのことの〝忘却〟による症候にほかならないことを突然認識する」[注4]という形で、『それから』という長篇小説は想起と忘却の鬩ぎ合いの中で進んでいく。

第二章で平岡と三年ぶりに再会した代助は、別れて後の手紙のやりとりを想起する。三千代と結婚した後「京坂地方」の銀行に赴任した直後「平岡からは断えず音信《たより》があつた」のだが、代助は「返事を書く」度毎に「何時でも一種の不安に襲はれ」（傍点引用者、以下同様）ていた。「そのうち段々手紙の遣り取りが疎遠になつて、月に二遍が、一遍になり、一遍が又二《ふた》月、三月に跨がる様に間を置いて来ると、今度は手紙を書かない方が、却つて不安になつて、何の意味もないのに、只この感じを駆逐する為に封筒の糊を湿す事があつた。それが半年ばかり続くうちに、代助の頭も胸も段々組織が変つて来る様に感ぜられて来た。此変化に伴つて、平岡へは手紙を書いても書かなくつても、丸で苦痛を覚えない様になつて仕舞つた。現に代助が一戸を構へて以来、約一年余と云ふものは、此春《このはる》年賀状の交換のとき、序《ついで》を以て、今の住所を知らした丈である」、そして「二週間前に突然平岡からの書信が届い」て上京することが伝えられたのである。

　この「書信」が、代助の忘却していた「女」三千代を想起する契機になったのだ。代助の三年間と「近来の癖」との関わりが、そこから逆算すれば明らかになるように、先の「手紙」の来歴が叙述されていたことがわかる。代助と書生の門野との間で、森田草平の『煤煙』が話題にされていることから、『それから』の現在時は一九〇九（明治四二）年である。その春の代助の眼覚めの朝の二週間前まで、平岡とは長い間音信不通だった。

　「一戸を構へ」た後新しい住所を知らせたのが「年賀状」を出した「此春」だとすれば、「約一年余」の間平岡からの手紙が来るはずはない。代助の側からだけ手紙を出していたのが「半年ばかり」、その前の半年は「月に」「一遍」、「二月、三月」に「一遍」と平岡からの手紙の頻度が激減していく時期だ。物語言説の持続と頻度が、物語の内容と大きくズレる叙述。この叙述から平岡の側からの「音信」が代助にもたらされなくなったのが二年近く前からだったことが明らかになる。
第四章で「三千代が直に代助に話した」この三年間の来歴は次のような経緯であった。

三千代は東京を出て一年目に産をした。生れた子供はぢき死んだが、それから心臓を痛めたと見えて、兎角具合がわるい。始めのうちは、ただ、ぶら〳〵してゐたが、何うしても、はか〴〵しく癒らないので、仕舞に医者に見て貰つたら、能くは分らないが、ことに依ると何とかいふ六づかしい名の心臓病かも知れないと云つた。もし左様《さう》だとすれば、心臓から動脈へ出る血が、少しづゝ、後戻りをする難症だから、根治は覚束ないと宣告されたので、平岡も驚ろいて、出来る丈養生に手を尽した所為か、一年許りするうちに、好い案排に、元気が滅切りよくなつた。

代助は、三千代が子どもを産んで、その子どもが「ぢき死んだ」ことまでは知っていた。平岡と再会した際、「子供は惜しい事をしたね」と語りかけているからだ。したがって、三千代が「心臓を痛め」、その「心臓病」が「難症」だということも知っていた。ちょうどこの時期に、平岡からの「音信」が少なくなり、そして途絶えるのである。したがって「一年許り」して「元気」が「よくなつた」ことは、代助には知らされていなかったのである。

平岡との「音信」をめぐる記憶が代助に想起されるきっかけが、「細君はまだ貰はないのかい」という平岡の問いかけに対して、代助が「妻を貰つたら、君の所へ通知位する筈ぢやないか。夫《それ》よりか君の」と答えたことにあることも意味深長だ。地の文の書き手は、「と云ひかけて、ぴたりと已《や》めた」と、言葉の途切れに読者の注意を喚起している。もし「ぴたりと已《や》め」なければ、代助は「細君」あるいは「奥さん」という言葉を口にしていたはずだ。

第四章で地の文の書き手は、「代助は此細君を捕《つら》まへて、かつて奥さんと云つた事がない。何時でも三千代さん〳〵と、結婚しない前の通りに、本名を呼んでゐる」と述べている。もし新聞連載小説の読者が、二週間程前の「ぴたりと已めた」という言葉を忘却せずに記憶から想起したならば、そのときの代助が、「かつて」という形で、平岡宛のすべての手紙で「奥さん」という言葉は使用せず「三千代さん」という「本名」を書きつけてきたことを想起したのだということを理解できる。そうであればこそ、子どもの死をめぐる話題は、代助の側からの「三千代さんは何うした」という言葉から切り出されたのだ。同時に代助が「夫よりか君の」という言葉を口にし「奥さん」という言葉を呑み込むまで、手紙の中で「三千代さん」と書き続けてきたことを忘却していたことも明らかになる。代助の忘却と想起をめぐる地の文の厳密な叙述は、同時に読者自身の記憶の在り方を吟味しているのでもある。

『それから』という小説を、第四章まで読み進め、地の文の書き手による記憶の吟味に耐え抜いた読者であるなら、あの冒頭の「近来の癖」の背後にあった代助の「不安」の症候について、一定の因果関係を認識することができるはずだ。平岡から頻繁に「音信」が来ているとき、代助は「何時も丁寧な返事」を書いていた。しかしその都度「三千代さん〳〵と、結婚しない前の通りに、本名を呼んで」いたのだから、あたかも彼女が平岡の「奥さん」であることを認めようとしないような情動が働いていることを、代助は察知していたのかもしれない。それが手紙を「書く」ときに「何時でも」「襲はれる」「一種の不安」であった。

しかし三千代の出産した子どもがすぐ死に、さらに彼女が「心臓病」になったことを知らされた直後から、平岡とは「音信」不通になる。新しい生の誕生がただちに死に転換し、生を掌る「心臓の鼓動」が、ただちに死の恐怖をかきたてる状況におかれた「三千代さん」の安否を気づかう手紙を書いても返事は来ない。それが「手紙を書かない」ことに対する「不安」にほかならない。

代助は「三千代さん」という「本名」を書きつける度毎に、彼女のことを想起し、心臓病のことを考え、死の恐怖を感じつつ、自らも動悸が激しくなり、そのことを意識して「心臓の鼓動を検し」ていたのだ。けれども平岡からの返事が来ない中で、「代助の頭も胸も段々組織が変つて」しまい、「一戸を構へて」現在までの「一年余」は、三千代のことを想起することもなくなり、「心臓の鼓動を検」する行為は無意識化され、「癖」になってしまったのである。しかし、「二週間前に突然平岡からの書信が届」き、代助は「三千代さん」のことを想起し、彼女の「写真」を「凝と」「見詰め」ることになったのだ。

代助と一対一で再会した日、三千代は、「三年前結婚の御祝として代助から贈られた」、「金の枠に比較的大きな真珠を盛つた」「指輪を穿め」た「手」を「上にし」ていた。しかし、三千代は追憶を共有するために訪れたのではなかった。「放つて置けない性質《たち》」の「五百円と少し許」の借金を返済するための、代助への借金の依頼が三千代の用向きであった。このとき代助ははじめて、「自分が金に不自由しない様でゐて、其実大いに不自由してゐる男だと気が付いた」のである。そしてその借金が「病気の時の費用」ではないと三千代から聞かされた代助は、彼女の顔の中に、「漠然たる未来の不安を感じた」のである。過去の「不安」の記憶が、「未来の不安」に接合されていく。不安障害の典型的症候。

代助は兄の誠吾に金の工面を依頼するが断られ、仕方なく嫂の梅子に頼み込む。梅子は手厳しく代助に現実を突き付ける。「一人で御金を御取んなさいな」と言ったうえで「月々兄さんや御父さんの厄介になつた上に、人の分迄自分に引受けて、貸してやらうつて云ふんだから」と批判する。地の文の書き手は、代助について、この現実に「気が付かずにゐた」と指摘したうえで「大いに働いて、自から金を取らねばならぬといふ決心は決して起し得なかつた」と、読者の注意を喚起している。代助は、父や兄に経済的に寄生し、「働いて」「自から金を取らねばならぬ」ということを自覚していない。そのことに「気が付かずにゐ」つづけ、現実を指摘されても「決心は決して起し得なかつた」という代助の不決断が、この小説の悲劇性の中心にあることが、その都度明らかにされていく。

直接交渉には失敗するが、嫂梅子からは「二百円の小切手」が届けられる。代助はこの「中途半端な額《たか》」の小切手を三千代に渡す際に「五百円と少し」の平岡の借金をめぐる真相を知らされる。それは、依頼の額に足りないことを詫びた代助が、足りない分について「判を押して高い利のつく御金を借りるんです」と言ったことに対して、三千代が「それこそ大変よ。貴方」と言って語ったことである。

代助は平岡の今苦しめられてゐるのも、其起りは、性質の悪い金を借り始めたのが転々して祟つてゐるんだと云ふ事を聞いた。平岡は、あの地で、最初のうちは、非常な勤勉家として通つてゐたのだが、三千代が産後心臓が悪くなつて、ぶら〳〵し出すと、遊び始めたのである。それも初めのうちは、夫程烈しくもなかつたので、三千代はたゞ交際上《つきあひ》已《やむ》を得ないんだらうと諦めてゐたが、仕舞にはそれが段々高じて、程度《ほうづ》が無くなる許なので三千代も心配をする。すれば身体が悪くなる。なれば放蕩が猶募る。不親切なんぢやない。私が悪いんですと三千代はわざ〳〵断わつた。けれども又淋しい顔をして、責めて小供でも生きてゐて呉れたら嘸可《さぞよ》かつたらうと、つく〴〵考へた事もありましたと自白した。

『それから』が主題の一つにしている姦通罪において、「有夫ノ婦姦通シタルトキハ二年以下ノ懲役ニ処ス其相姦シタル者亦同シ」（改訂刑法一八三条）と、「有夫ノ婦」だけが罰せられ、有婦の夫がいくら買春をしても決して罰せられることはないという、男性中心主義的な、女性に対して徹底して不平等な法体系を象徴する悲しい告白である。三千代が心臓病となり、平岡の性的欲望の充足に応じられなくなったため、「放蕩」が「募」り、「性質の悪い金を借り」たため、「五百円」以上もの借金ができたのだ。

しかも、そのような平岡を責めることさえせず、三千代は「私が悪いんです」と、自分の責任として引き受けてしまっている。その責任は心臓病のために夫の性欲に応じられない、ということだけでなく、子どもを産んだのに死なせてしまったということまでもが含まれている。つまり産む性としての妻の役割を果たしていないということへの負い目が、三千代をして平岡を弁護させているのだ。産む性と産まない性、結婚と売買春が、この悲しい告白の中で隣接している。夫が買春をした結果つくった借金返済のためのさらなる借金を、代助に依頼しに行かされた三千代の妻としての、女性としての、そして何より一人の人間としての尊厳はどれほど踏みにじられていたのか。

しかし代助に平岡を批判することはできない。なぜなら代助自身が、金で女を買う男だからである。「判を押して高い利のつく御金を借りる」という発想が浮かぶのも、「学校を出た時少々芸者買をし過ぎて、其尻を兄になすり付けた」記憶が想起されたからにほかならない。そのときの兄の誠吾は「代助には一口《ひとくち》の小言も云は」ず、「奇麗に借金を払つてくれた」のだ。だから代助は平岡から依頼された借金を、兄に断られた翌日「自分が今茲《こゝ》で平岡の為に判を押して、連借でもしたら、何うするだらう。矢っ張り彼の時の様に奇麗に片付けて呉れるだらうか」とさえ考える。買春による借金に対するこの無責任な寄生性こそが、代助が自らの経済的現実に気がつかないで済む要因になっているというのに。そして「愛」の当事者になれない要因にも。「二百円の小切手」への返礼に、代助の家を訪れた際、三千代は田舎から東京の兄菅沼のもとへ出てきたばかりのときの髪型である「銀杏返し」に結っていた。そして、三本の百合の花を持ってくる。そして「好《い》い香《にほひ》でせう」と言って「自分の鼻を、瓣《はなびら》の傍迄持つて来て、ふんと嗅いで見せ」るが、代助は「さう傍で嗅いぢや不可ない」ととがめ、「西洋鋏を出して、ぷつり〳〵と半分程の長さに剪り詰め」てしまう。去勢を連想させる代助の挙動。それはまだ意識化されていない、過去の出来事の記憶の想起に、脅えているかのような行為でさえある。それが死者の記憶だからだ。

　三千代が「突然」発した「あなた、何時から此花が御嫌になつたの」という言葉によって、ようやく代助は、「昔し三千代の兄がまだ生きてゐる時分、ある日何かのはづみに、長い百合を買つて、代助が谷中の家を訪ねた事があつた」ことを想起する。「三千代はそれを覚えてゐた」のであり、代助は忘却していたのだ。代助とは異なるその鮮明な過去の記憶に基づき、「貴方だつて、鼻を着けて嗅いで入らしつたぢやありませんか」と三千代は言い放つ。

　三千代が、兄と代助と共に「百合の花」を見た記憶を想起したのは、上京した季節が「春」だったからだ。「菅沼の卒業する年の春」、菅沼の母が上京し、「窒扶斯《ちふす》」にかかって「大学病院」に入院する。「三千代は看護の為」の「附添」であった。しかし母は「とう〳〵死んで仕舞」、兄菅沼にも「窒扶斯」が「伝染」し、彼も「程なく亡くなつた」のだ。「春」という季節は、母と兄を一度に亡くした三千代にとって、死の記憶の季節にほかならない。兄の死が彼女と代助の関係を決定的に変えてしまったのである。父と二人切りとなって「国へ帰」った三千代は、「其年の秋」平岡と結婚する。「さうして其間に立つたものは代助であつた」という記憶の想起を三千代は促しているのかもしれない。

「田舎から出てきたときの銀杏返しに結い、昔のままに匂う百合をさげて現れたのは、三千代のひそかに企てた〝再現〟の昔である。しかし、代助の態度には昔をしのぶ様子はない」[注5]のである。死者と共有した出来事を仲立ちにして、三千代の側からの、過去の記憶を想起させようとする働きかけが、代助の記憶と知覚感覚、そして「脳」の在り方そのものを変容させていく。

佐川の令嬢との縁談を勧める「嫂の肉薄を恐れ」ると同時に、「三千代の引力を恐れた」代助は、その両者から逃亡するために、「蒼白く見える自分の脳髄を、ミルクセークの如く廻転させる為に、しばらく旅行しやうと決心」する。そして旅行の為の「旅費」を財布に入れて平岡の家を訪れ、一人放置されている三千代を見出すことになる。平岡が新聞社の経済専門の記者として就職した知らせを受けていた代助が、「生活費には不自由はあるまいと尋ね」ると、三千代は「貴方には、左様見えて」と、「代助の贈つた指環も、他の指環も穿めてゐな」い「指」を、「代助の前に広げて」見せる。生活費に困り、質入れしたことの意思表示。[注6] 代助は「紙入」の中の「紙幣を、勘定もせずに攫んで」「紙の指環だと思つて御貰ひなさい」と渡す。

旅費を失って逃げられなくなった代助は翌日、佐川の令嬢と事実上の見合をさせられる。四日後、佐川の令嬢を停車場で見送った代助は、「読書そのものが、唯一なる自己の本領の様」に思っていたにもかかわらず、「栞の挟んである所」の「前後の関係を丸で忘れて」しまっていることに気付く。「脳の活動」の在り方が変わってしまったのだ。「彼は立ち上がつて」、「さうして玄関に脱ぎ棄てた下駄を穿いて馳け出す様に門を出た」。『それから』という長篇小説の冒頭の代助の夢が、ここで反転させられている。「眼に付いた第一の電車に乗つた」代助は、「紙入を開け」る。「三千代に遣つた旅行費の余りが、三折の深底の方にまだ這入つてゐた」、「札の数を調べて見た」代助は、「其晩を赤坂のある待合で暮らした」のだ。代助の「紙入」の中で、夫平岡から生活費を渡してもらえない三千代に渡した金額と、「待合」で「女」を買う金額とが隣接させられている。彼は「愛」の当事者にはなれない。

翌日、「又三千代に逢ひに行つた」代助は、「小さい箱」の「中に」、「昔し代助の遣つた指環がちやんと這入つてゐ」るところを見せられる。「紙の指環」は生活費にではなく、「真珠」の「指輪」を質屋から受け出すために使われたのだ。しかし、一義的に意味付けることはできない。「指輪」を質入れして借りた金が生活費にあてられたことは事実であり、その借りた日数分の利子もついていたに違いない。代助の脳裏を「法律の制裁」という言葉が過る。

もちろん代助の「紙入」に入っていたのは、代助の金ではなく長井家の父や兄の金である。父が代助に佐川の令嬢との結婚を強く迫るのは、「地方の大地主」の方が「実業家」よりはるかに「鞏固の基礎を有して」いて、「さう云ふ親類が一軒位あるの」が「大変な便利」だからだ。次男である代助は、父と兄の事業を支えるための「露骨過ぎる此政略的結婚」の道具に使われているのである。土地こそが金融業者から金を借りる際の、最も確かな担保になる。「指環」を代助に見せた三千代は、「北海道にゐる父」からの手紙をも代助に読ませる。「三千代の父はかつて多少の財産と称へらるべき田畠の所有者であつた。日露戦争の当時、人の勧に応じて、株に手を出して全く遣り損なつてから、潔よく祖先の地を売り払つて、北海道へ渡つたのである」。金融商品としての株取引きに失敗した典型例。

兄誠吾も「我々も日糖の重役と同じ様に、何時拘引されるか分らない身体なんだから」と言うように、『それから』の現在時は、一九〇九（明治四二）年に発生した日糖事件と重ねられている。大日本精糖株式会社の重役が、経営破綻を避けようとし、代議士に贈賄し、「輸入原料砂糖戻税法」の期間延長と「砂糖官営法案」の提出をしようとした疑獄事件だ。「ある新聞ではこれを英国に対する検挙と称した。其説明には、英国大使が日糖株を買ひ込んで、損をして、苦情を鳴らし出したので、日本政府も英国へ対する申訳に手を下したのだとあつた」のだ。地の果ての国で株取引きをする英国大使。

梅子が代助に渡したのが「二百円の小切手」であれば、当然金融業者を仲立ちにしなければ現金化できない。「放蕩」で「高利」の借金をし、部下の使い込み事件で銀行を止めざるをえなかったと説明した平岡だけでなく、『それから』の登場人物のほとんどが金融業者の収奪にあっている。金融資本主義下の人間関係の内実が暴かれていく。

「金融家」は「株式取引の投機的要素を著しく強化したが、それは、地の果ての国々での価値を表わす株の騰落、つまり相場変動の真の背後関係がおよそ監視の目の届かないものになってしまったからである。このことは詐欺に対して実質的に無限の可能性をもつ活動舞台を開いたことになり、世界中の主な金融中心地のすべての商業や株式取引のモラルは、わずか二・三十年の間に地に墜ちてしまった」、「詐欺にしても」「世論の見せかけの情報なしには栄えることができないため、以前の産業資本および商業資本の時代と異なり、ジャーナリズムに対する影響力、更にはその報道機関の一部の掌握が詐欺にとっての死活の課題となった」[注7]。平岡は「経済部の主任記者」、金融資本主義の時代を、『それから』のすべての登場人物が生きているのである。

兄菅沼の死後、平岡との結婚を「周旋」した代助に対し、彼の「愛」の告白の後三千代は、「何故棄て丶、仕舞つたんです」と、ずっと三年間抱えてきた思いを訴える。代助は「僕が悪い。堪忍して下さい」とあやまっているが、「何故」という原因と理由を問う問いかけには答えていない。そして代助は最後まで父親からの「物質上の供給」への期待を捨て切れないのだ。三千代とのことを平岡に告白した際、代助は記憶を改変して、「平岡、僕は君より前から三千代さんを愛してゐたのだよ」という「物語」[注8]を創作してしまう。それは「詐欺」ではなかったのか。

思えば、三千代が「百合の花」を持って「銀杏返し」に結って代助のもとを訪れたとき、最も伝えようとしたかったのは、代助からもらった「二百円の小切手」を、借金の返済ではなく、生活費に使ってしまったという、自分は決して「詐欺」をするつもりはなかったという一点だった。

「私、本当に済まない事をしたと思つて、後悔してゐるのよ。けれども拝借するときは、決して貴方を瞞して嘘を吐く積ぢやなかつたんだから、堪忍して頂戴」と三千代は甚だ苦しさうに言訳をした。

この三千代の「苦しさ」を、『それから』に登場してきた男たちの誰が共有していただろうか。「百年に一度の危機」と言われる中で、「詐欺」でしかない金融資本主義が崩壊してしまった二〇〇九年が、『それから』百周年の年であったことは、あながち偶然ではないのかもしれない。

注1◆第七章に「此間、ある書物を読んだら、ウエーバーと云ふ生理学者は自分の心臓の鼓動を、増したり、減したり、随意に変化さしたと書いてあつたので、平生から鼓動を試験する癖のある代助は、ためしに遣つて見たくなつて、一日に二三回位怖々ながら試してゐるうちに、何うやら、ウエーバーと同じ様になりさうなので、急に驚ろいて已めにした」とある。E・H・ウェーバー（一七九五～一八七八）は、ドイツの

生理学者・心理学者で精神物理学の創設に寄与する、刺激と感覚との相関を研究し、「ウェーバーの法則」を発見した。

注2◆吉田凞生「代助の感性――「それから」の一面――」(「國語と國文學」一九八一・一)は、『それから』を「感性的事実としての代助についての記録と喩」ととらえている。吉田論をふまえた佐藤泉「『それから』――物語の交替――」(「文学」一九九五・一〇)に、「思想の密度だけでなく身体的に極めて繊細な感情を語る文体の要請によって、『それから』では、脳というより末梢感覚が語るデリケートな身体的内面、神経の繊細なふるえそのものが中心的になるような主題の領域を示した」という指摘がある。

注3◆竹盛天雄「手紙と使者――『それから』の劇の進行」(「文学」一九九一・一)に、「封書」と「端書」に、「「先祖の拵らえた因縁」と「自分の拵らえた因縁」との二つの「因縁」をひきだしてくる威力をひめていた」という指摘がある。

注4◆柄谷行人「解説」(『それから』新潮文庫　一九八五・九)。

注5◆中山和子「「それから」――〈自然の昔〉とは何か――」(「國文學」一九九二・一)

注6◆斉藤英雄「「真珠の指輪」の意味と役割――『それから』の世界――」(「日本近代文学」一九八二・一〇)

注7◆ハナ・アーレント『全体主義の起原2　帝国主義』(みすず書房　一九八一)。

注8◆石原千秋「反=家族小説としての『それから』」(「東横国文学」一九八七・三)。石原論文を批判した中山昭彦「〝間〟からのクリティーク――『それから』論」(「國語國文研究」一九九四・一二)に、「〈現在から見出された愛の物語〉が正当なのか。或いは〈過去から存在する愛の物語〉をとるべきなのか。前者が内面描写として顕現し、後者が平岡との対話の中で呟かれるという違いはあるが、しかし、もともとはともに代助の内部で織り上げられた物語である以上は、どちらがより客観的なのかといった議論はここでは不毛である」という指摘がある。

漱石深読

八

門

宗助は先刻《さつき》から縁側へ坐蒲団を持ち出して日当りの好ささうな所へ気楽に胡坐をかいて見たが、やがて手に持つてゐる雑誌を放り出すと共に、ごろりと横になつた。秋日和と名のつく程の上天気なので、往来を行く人の下駄の響が、静かな町丈に、朗らかに聞えて来る。肱枕をして軒から上を見上ると、奇麗な空が一面に蒼く澄んでゐる。其空が自分の寐てゐる縁側の窮屈な寸法に較べて見ると、非常に広大である。たまの日曜に斯うして緩くり空を見る丈でも大分違ふなと思ひながら、眉を寄せて、ぎら〱する日を少時《しばらく》見詰めてゐたが、眩《まぼ》しくなつたので、今度はぐるりと寐返りをして障子の方を向いた。障子の中では細君が裁縫《しごと》をしてゐる。

「おい、好い天気だな」と話し掛けた。細君は

「えゝ」と云つたなりであつた。宗助も別に話がしたい訳でもなかつたと見えて、夫《それ》なり黙つて仕舞つた。しばらくすると今度は細君の方から、

「ちつと散歩でも為て入らつしやい」と云つた。然し其時は宗助が唯うんと云ふ生返事を返した丈であつた。

二三分して、細君は障子の硝子の所へ顔を寄せて、縁側に寐てゐる夫の姿を覗いて見た。夫はどう云ふ了見か両膝を曲げて海老の様に窮屈になつてゐる。さうして両手を組み合はして、其中へ黒い頭を突つ込んでゐるから、肱に挟まれて顔がちつとも見えない。

「先刻《さつき》」という言葉が意味を結ぶためには、〈いま〉という現在時と、〈ここ〉という身体が内在している空間が不可欠である。宗助と名指された登場人物の身体が生きる〈いま〉と〈ここ〉に即して、冒頭の一段落は記述されている。言葉としては明示されていない〈いま〉は、「ごろりと横になつた」という第一文の文末から小説世界の現在時を刻みはじめる。地の文の書き手は、姿勢を変えたことを示すこの文末で、宗助の動作を一旦は対象化して読者に提示する。

けれども第二文では、宗助の聴覚が「往来」の「下駄の響」を受動的にとらえている状態を、宗助の身体知覚に即して記述することに限定している。第三文は宗助の能動的な視覚の経験に寄り添い、第四文では自分の身体が内在している〈ここ〉としての「縁側」の狭さと、視覚がとらえている空の「広大」さを比較している宗助の意識の動きに即した表現となる。

第五文の前半では、宗助の「思ひ」を半ば内的独白のように記述しながら、「眉を寄せて」と外側から宗助の表情と行動を対象化し、「今度はぐるりと寐返りをして障子の方を向いた」と三度目の姿勢の変化を対象化して記述していく。そして、宗助の視覚がとらえたであろう、もう一人の作中人物としての細君の存在に言及することになる。

作中人物の身体的知覚感覚や意識の在り方への、地の文の書き手の距離のとり方のレベルは、すべての文で異なっている。ここに『門』という小説の文体の重要な特質があらわれているのだ。主要な作中人物である宗助と御米という「夫婦」のそれぞれに対し、地の文の書き手がどのような距離をとっているのかが、このテクストの読みどころの一つなのである。「夫婦」は「二人」と記される場合もあれば、「彼等」と記される場合もあり、それぞれ距離のとり方の質が異なっているのである。

宗助と御米の会話を間にはさんで、地の文の書き手の位置は、宗助の居る縁側から、「障子の中」の御米の側に移動する。部屋の中から「障子の硝子」をとおして、「夫の姿を覗いて見た」と、地の文の書き手は「細君」の動作を対象化して記述する。次の文は、その「細君」の視覚に即して「夫の姿」を〈いま〉〈ここ〉でとらえている。[注1] したがって「どう云ふ了見か」「窮屈になつてゐる」という評価的表現は、地の文の書き手のみならず「細君」の意識にも属している。そして引用部の最後の一文は、より「細君」の視覚と意識に近づいていく。

「宗助の姿勢を語る「どう云ふ了見か」「窮屈になつて」「黒い頭を突つ込んで」「ちつとも見えない」といった具合の否定的なニュアンスを持つ言葉の連なり」が「関係を避けた〈胎児〉のイメージを喚起するのである」[注2]。「否定的なニュアンスを持つ言葉の連なり」は、地の文の書き手による宗助の姿勢に対する評価や、同時にその姿勢を見ている「細君」の心身への抑圧ともなっていた。なぜなら『門』という小説の宗助と御米夫婦の間においては、胎児をめぐる記憶が「共有」されていなかったことが、御米の心身の鬱屈をめぐる主要な原因となっていたからである。「記憶の深層に互いを呼び入れることを拒否」[注3]する夫婦の姿が『門』では描かれている。

御米の心身に明確な変調があらわれるのは第十一章、「暮の二十日過」の夜。宗助が「指で圧して見ると、頸と肩の継目の少し脊中へ寄つた局部が、石の様に凝つてゐた」のである。宗助はこのとき祖父から聞いた「早打肩《はやうちかた》」の話を「記憶の焼点に浮」かべる。宗助はようやく「記憶」を想起しうるようになるのだ。冒頭の「秋日和」の日には、御米に「近来の近の字はどう書いたつけね」と自らの「記憶」の喪失を「神経衰弱の所為」[注4]にしていた宗助が、決定的に変化する瞬間となっている。無意識のうちに過去を切り捨てようとしていた宗助が、御米の心身の訴え[注5]によって、過去を想起するようになるのであった。

　事実、御米の心身の変調の前触れが兆していた「秋も半ば過ぎ」、宗助は「京都に居た時分は別として、広島でも福岡でも、あまり健康な月日を送つた経験のない御米は、此点に掛けると、東京へ帰つてからも、矢張り仕合せとは云へなかつた」という過去を想起し始めている。ここに刻まれた地名こそ、「胎児」の「記憶」と結びついている。

　年末近くなり「御米の発作は漸く落ち付」くことになる。「新年の頭を拵らえ」に「髪結床」に行った宗助は、帰りに宗助の借家の崖上にある大家の坂井の家を訪れる。そこで「甲斐の国から反物を脊負つて」きた「織屋」の男から「銘仙」を買って帰宅した宗助は、「子供さへあれば、大抵貧乏な家でも陽気になるものだ」と坂井家に対する感想を御米にもらす。

　其云ひ方が、自分達の淋しい生涯を、多少自ら窘める様な苦い調子を、御米の耳に伝へたので、御米は覚えず膝の上の反物から手を放して夫の顔を見た。宗助は坂井から取つて来た品が、御米の嗜好に合つたので、久し振りに細君を喜ばせて遣つた自覚があるばかりだつたから、別段そこには気が付かなかつた。御米も一寸宗助の顔を見たなり其時は何にも云はなかつた。けれども夜に入つて寐る時間が来る迄御米はそれをわざと延ばして置いたのである。

引用部の第一文は、宗助の言葉を受けとめた御米の内心の動きをとらえつつも、彼女の身体の反応を外側から対象化している。第二文は宗助の自己中心的な「自覚」にふれつつも、御米の反応に「気が付かなかつた」ことを、やはり外側から暴露している。第三文は御米の行動だけを記述するが、第四文ではその行動の背後にあった彼女の意図にまで地の文の記述は踏み込む。実際御米は、「床に入つた」後、宗助に「貴方先刻小供がないと淋しくつて不可ないと仰しやつてね」と確認し、「私《わたくし》にはとても子供の出来る見込はないのよ」と「泣き出」すのだ。「発作の治まるのを」「待つて」、宗助は「御米の説明」に耳を傾ける。

地の文がまず明らかにするのは「夫婦」あるいは「二人」に「共有」されていた「子供」についての記憶。「京都を去つて、広島に瘠《やせ》世帯を張つてゐる時」、御米は「始めて身重になつた」。しかし「胎児」は「五ヶ月」で「流産」してしまう。宗助はその理由を「世帯の苦労」にあったと判断する。広島から福岡に移った後、御米は再び妊娠する。「流産」しないように気をつけていたにもかかわらず、「赤児」は「月足らずで生れて仕舞」う。室内を「人工的に煖めなければ不可ない」と言われたが、「宗助の手際」では「室内に暖炉」を付けるだけでも大変だった。そして「一週間の後」「赤児」は「亡骸」となる。

「すると三度目の記憶が来た。宗助が東京に移つて始ての年に、御米は又懐妊したのである」。「胎児」は順調に育っていた。「胎児は出る間際迄健康であつた」が、出産の際臍の緒が二重に「胎児」の首にからむ「臍帯纏絡《さいたいてんらく》」となり、死産したのだ。原因は、出産の「五ヶ月前」、御米が「井戸端で滑つて痛く尻餅を搗《つ》いた」ことにある。それを「産後の蓐中《ぢよくちう》」に御米に告げたのは宗助であった。

宗助と御米「二人」に「共有」されている「記憶」においては、二人目の「胎児」の死までは、「二人」の共同責任として位置づけられている。とりわけ宗助は、自らの経済的余裕の無さを責任の中心として自覚していたのである。しかし三人目に関しては「罪は産婆にもあつた。けれども半以上は御米の落度に違なかつた」という「記憶」の在り方なのだ。それが御米にとって、決定的な精神的傷となり、宗助と「共有」することのできない「記憶」の領域となってしまったのだ。

御米の夫に打ち明けると云つたのは、固より二人の共有してゐた事実に就てではなかつた。彼女は三度目の胎児を失つた時、夫から其折の模様を聞いて、如何にも自分が残酷な母であるかの如く感じた。自分が手を下した覚がないにせよ、考へ様によつては、自分と生を与へたものの生を奪ふために、暗闇と明海《あかるみ》の途中に待ち受けて、これを絞殺したと同じ事であつたからである。斯う解釈した時、御米は恐ろしい罪を犯した悪人と己を見做さない訳に行かなかつた。さうして思はざる徳義上の苛責を人知れず受けた。しかも其苛責を分つて、共に苦しんで呉れるものは世界中に一人もなかつた。御米は夫にさへ此苦しみを語らなかつたのである。（傍点引用者、以下同様）

たとえ「二人」で、同じ「事実」の経験を「共有」していたとしても、それは「記憶」を「共有」していることにはならない。問題は、その「事実」を、どのように言葉で解釈したのか、ということ。「三度目の胎児」が「臍帯纏絡」で死んだという「事実」[注6]、すなわち「其折の模様」を言葉でまず語ったのは「夫」である宗助であった。その「夫」の言葉を「聞いて」御米が「感じた」のは、自分が「残酷な母」だということだ。その感情の動きに基づいて「考へ」たとき「夫」の言葉は、あたかも御米が、「胎児」を「絞殺したと同じ事」という「解釈」を導き出す役割を果したのである。

その「解釈」が彼女一人の内面で成立した以上、「夫」の言葉は、「恐ろしい罪」の宣告となる。しかし、そのような「解釈」は、あくまで御米自身の中で行われているために、その「罪」は彼女一人で背負うしかない。自分に「罪」を宣告した「夫」と、その「罪」の「苛責」を「共有」することはできないのだ。「罪」を宣告する者と、「罪を犯した悪人」とが、その「苛責」を「共有」し、「共に苦し」むことはありえない。

このとき、「夫婦」でありながら、宗助と御米との関係は、検事と被告、裁判官と罪人という関係に置き換えられてしまっている。ここに御米の孤独の深さがある。「二人」で居ることが、逆に「共に苦しんで呉れる」相手は「世界中に一人も」いないということをいつも鋭くつきつけ、言葉を交わせば交わすほど、「可責」の「苦しみ」は語ることができないという絶望を深めるだけだったのだ。

しかし、御米が宗助に「打ち明け」たのは、彼自身の言葉の「残酷」さではなかった。産後の「三週間を床の中で暮らし」、「亡児」のための「葬儀を営」む夫の姿を眼で追い、「俗名」もつけぬのに「戒名」だけつけられた「位牌」が「茶の間の箪笥の上へ載せ」られ「線香を焚い」ている気配を「床の中」から察知しつづけていたのだ。そして「御米は広島と福岡と東京に残る一つ宛《づゝ》の記憶の底に、動かしがたい運命の厳かな支配を認めて、其厳かな支配の下に立つ、幾月日の自分を、不思議にも同じ不幸を繰り返すべく作られた母であると観じた時、時ならぬ呪咀《のろひ》の声を耳の傍に聞いた」のだ。御米は「同じ不幸を繰り返す」、常に不幸へと回帰する円環的時間意識に取り憑かれてしまったのである。

御米が「奇麗に床を払つ」たのは、ちょうど「更衣《ころもがへ》の時節」。「着物を着換える時、箪笥を開けたら」、自分が「三週間」前に「絞殺」したばかりの「赤児」の「位牌」に手が触れてしまう。そして御米は「ある易者の門」を潜ったのだ。易者は「貴方には子供は出来ません」と宣告し、「何故でせう」という御米の問いに、「貴方は人に対して済まない事をした覚がある。其罪が祟つてゐるから、子供は決して育たない」と「云ひ切つた」のであった。御米が宗助に「打ち明け」たのは、この易者の「一《いち》言《げん》に心臓を射抜かれる思があつた」ということ。宗助は「馬鹿気てゐる」と受け流しただけ。

　ここまでが十三章。そして十四章では「宗助と御米とは仲の好い夫婦に違なかつた。一所になつてから今日迄六年程の長い月日をまだ半日も気不味く暮した事はなかつた」と直前までの御米と宗助の間の「残酷」な無理解と齟齬が存在しなかったかのような叙述になる。そして地の文の書き手によって、宗助が学生時代の友人安井を裏切り、彼の愛人であった御米と肉体関係を結ぶまでの顚末が、抽象化された形で宗助の意識に即して語られていくことになる。それは京都での出来事であった。「事は冬の下から春が頭を擡《もた》げる時分に始まつて、散り尽した桜の花が若葉に色を易へる頃に終つた。凡てが生死《せうし》の戦であつた」と地の文の書き手は叙述する。御米が「赤児」を「絞殺」することになってしまったのは、まさに「事」が「終つた」季節だったのだ。彼女が易者の宣告に過剰反応したのは当然だ。

　安井を裏切ったという事件が「人に対して済まない事をした」ことであるとすれば、それが「曝露」された後、「世間は容赦なく彼等に徳義上の罪を脊負し」、その結果「彼等は親を棄てた。親類を棄てた。友達を棄てた。大きく云へば一般の社会を棄てた。もしくは夫等から棄てられた。学校からは無論棄てられた。たゞ表向丈は此方から退学した事になつて、形式の上に人間らしい迹を留めた」と地の文の書き手は叙述する。この叙述をとおして、地の文の書き手は、あたかもこれまで『門』という長篇小説を読みつづけてきた読者の読む意識を試しているかのようにふるまっている。つまり宗助と御米を「夫婦」として一体化して認識するのか、それとも、「二人」で経験した「事実」が「共有」されていても、その「解釈」が「共有」されていたわけではないと読むのか、という審問に私たち読者はかけられている。

文脈の流れからは、「彼等」という言葉で宗助と御米の「二人」のこととして書かれているのだから、連続する文章の述語の主語はすべて「彼等」だと、通常はそのように判断することになるだろう。しかし注意深い読者であるなら、「棄てられた」という受身形の述語に変換された後の、「学校から」「棄てられた」という受動態と、それを能動態に変換した「表向丈は此方から退学した」という対関係は、宗助一人にしかあてはまらないことに気づくはずだ。その事実を起点にするなら、「生れ故郷」の「東京」を一人出奔し、京都に安井の愛人として身を寄せていた段階で、御米は宗助より早く「親を棄て」「親類を棄て」「一般の社会」も「棄て」ていたことが見えてくる。しかもたった一人の覚悟の中で。

先の引用部の直後に、地の文の書き手は、「是が宗助と御米の過去であった」と、「彼等」を分離して叙述している。読者に問われているのは、一つひとつの叙述が、本当に「彼等」や「二人」に「共有」されていたかどうかという判断を、自ら下すのか否か、ということなのだ。

この一文の直後に十五章が始まる。

此過去を負はされた二人は、広島へ行つても苦しんだ。福岡へ行つても苦しんだ。東京へ出て来ても、依然として重い荷に抑えつけられてゐた。佐伯の家とは親しい関係が結べなくなつた。叔父は死んだ。叔母と安之助はまだ生きてゐるが、生きてゐる間に打ち解けた交際《つきあひ》は出来ない程、もう冷淡の日を重ねて仕舞つた。今年はまだ歳暮にも行かなかつた。向からも来なかつた。家に引取つた小六さへ腹の底では兄に敬意を払つてゐなかつた。二人が東京へ出たてには、単純な小供の頭から、正直に御米を悪《にく》んでゐた。

やはり「二人」と一括された叙述ではある。「苦しんだ」という述語の主語は「二人」である。「重い荷に抑えつけられてゐた」までは「共有」されていた経験だと判断できる。「佐伯の家」は客観化された表現だが、「叔父」「叔母」となると宗助の血縁関係を示す名称となる。小六にとって宗助が「兄」となるのも、宗助に即した家族内呼称だからだ。そして小六が「悪んでゐた」対象である「御米」だけは固有名で分離される。小六に嫂《あによめ》として認められていないことをことさら示すように。

御米の心身を追いつめていたのは、宗助と「共有」しえなかった「胎児」の記憶だけではない。「東京へ出」てからの「佐伯の家」と小六との関係こそ、御米の身心を硬直させていたのだ。「小六をはじめとする宗助の縁者たちから注がれる、宗助の人生を狂わせた女というまなざしを内面化せざるを得なかった御米は、自分を押し潰しそうな〈罰される姦婦〉の物語」[注7]に絡めとられることに静かに抗っていたのである。

「宗助の人生を狂わせ」た指標は二つ。京都帝国大学を「退学」したため、学歴エリートとしての立身出世コースから離脱したことと、父の死に際して野中家の家督相続、とりわけ、土地と家の相続に失敗したことである。第三章で「宗助は五六日前伊藤公暗殺の号外を見た」とあり、冒頭の「秋日和」の日が「日曜」とある。伊藤博文がハルビンで、朝鮮の独立運動家安重根に暗殺されたのが一九〇九年一〇月二六日であることから計算すれば、『門』の冒頭は一〇月三一日だったことがわかる。宗助と御米がいっしょになって「六年程」なのだから「二人」が安井を裏切ったのは一九〇三年。日露戦争の直前のこの年の「更衣の時節」に、メディアは日露開戦一色となり、戦争の準備が着々となされていった。「京都」の帝大を退学となり、学歴エリートコースからはずれ、野中家の父親からも勘当同然となった宗助は、経済的に自立するしかない。日本海軍の拠点である呉と宇品港を持つ「広島」は、日露開戦を目前に控え、人とモノと金が日本中で最も集中する都市であった。だから宗助は御米を連れて「広島」に引越したのだ。

「京都からすぐ広島へ行つて、其所に半年ばかり暮らしてゐるうちに父が死んだ」。御米の中で「胎児」が「五ヶ月迄育つて突然下りて仕舞つた」のと前後してのこと。勘当同然だった宗助は、父親の残した土地と家屋については、正式な相続の手続きをしないまま、すべて佐伯の「叔父」にまかせてしまったのだ。宗助の父は長男だったがゆえに、土地と家屋を先代から相続し、父の長男である宗助は、「相当に資産のある東京もの丶子弟として」「派出な嗜好を学生時代には遠慮なく充たした男」だったのである。

佐伯の「叔父」は「事業家で色色な事に手を出しては失敗する、云はゞ山気の多い男であつた」し、宗助の父から「旨い事を云つて金を引き出し」ていたのである。長男ではないために、「佐伯の家」に養子に入ったのであろう。そのような叔父に「宗助は自分の家屋敷の売却方に就て一切の事」を「一任して仕舞つた」のであり、それは「急場の金策に対する報酬として土地家屋を提供した様なもの」であったと、地の文の書き手は叙述している。

父の残した「借金」を返済し、「妾」に「相当の金を遣つて」「暇を出」し、「道具類」を「売り払い、宗助の「手元に残つた有金は、約二千円」。「半分丈を叔父に渡して」「小六の学資」と「当分叔父の家に引き取つて世話をして貰ふ」ための養育費にあてようとしたのだった。宗助が「広島」に持って帰ったのは結局「千円」。宗助が最初の子どもの流産で感じた「愛情の結果が、貧のために打ち崩され」た状況から抜け出す手段として、父の遺産が使われたことは明らかであろう。

「それから半年ばかりして、叔父の自筆で、家はとう〳〵売れたから安心しろと云ふ手紙」が宗助のところへ来る。しかし金額等の詳細は記されていない。宗助は「少なからず不満を感じた」のだが、そのままになってしまう。

「京都」から「広島」へ移ったのが「更衣」の頃であれば、「半年」後の宗助の父の死はその年の暮か年明けすぐということになろう。「それから半年」なのだから、一九〇四年の「更衣」の頃である。一九〇四年二月八日の奇襲攻撃で日本海軍は黄海の制海権を握り、一〇日にロシアに宣戦布告し日露戦争が始められていく。陸軍は仁川に上陸し、五月には遼東半島に入り満州を攻撃するにいたる。つまり日露戦争当初の初戦の勝利に、国内の多くの人々が興奮しているときに、野中家の土地家屋の売買が成立したのである。それから「三ヶ月」して、上京しようとするが、宗助は「腸窒扶斯《チフス》」にかかり、「六十日余りを床の上に暮らした上に、あとの三十日程は充分仕事も出来ない位」になったのだ。それで半年である。日露戦争の最後の段階で「宗助は又広島を去つて福岡の方へ移らなければならない身」となったのだ。「三ヶ月」仕事をしていない中、宗助は「東京の家を畳むとき、懐にして出た金は、殆んど使ひ果たしてゐた」ことになる。「福岡」における貧困が、二人目の未熟児として生まれた子の、暖房費の不足の原因だったことがわかる。

「福岡」に引っ越してから「二年」後、つまり日露戦争が終った後の大不況の中で、宗助は、「もとの同級生で、学生時代には大変懇意であつた杉原と云ふ」「高等文官試験に合格して」「或省に奉職」している友人の紹介で、「東京」の役所への就職が決っていったのである。そして「東京」に戻ってからも土地家屋問題を明確にしなかった。その一年後、佐伯の「叔父」は「脊髄脳膜炎」で死ぬ。

「叔父」が死ねば、野中家と佐伯家の直接的な関係は消滅する。佐伯家は「叔母」と「安之助」のものになるのだから、「叔母」は小六に対する扶養と、「高等学校を卒業する迄と思つて」いた学資の支給とを停止することを宗助に申し入れて来たのだ。理由は、帝国大学を卒業する「親譲りの山気」のある安之助が「結婚」し、手がけようとしている事業に、多額の資金が必要だから、ということであった。

「叔母」と、小六の扶養をめぐる交渉を行った宗助は、はじめて父の土地と家屋の処分をめぐる詳細を「叔母」から知らされる。「宗助の邸宅を売払つた時」、「借財を返した上」、「猶四千五百円とか四千三百円とか余つた」、ところが「叔父」は「余つた分は自分の所得と見傚して差支ない」と言っていた。しかし宗助の邸宅で「儲けたと云はれては心持が悪いから」、「小六の財産」にしてやる、とも言ったという。その理由は「宗助はあんな事をして廃嫡に迄されかゝつた奴だから、一文だつて取る権利はない」ということ。「あんな事」とは、もちろん、御米と一緒になったことにほかならない。

「叔父」はこの金を「小六の名義で保管」すると言いながら、その前に「神田の賑やかな表通りの家屋に変形」し、「まだ保険を付けないうちに、火事で焼けて仕舞つた」と「叔母」は言う。結果として宗助は、自らが相続するはずであった父親の遺産を、父の弟である「叔父」にとられてしまったのであり、しかもそのことが、佐伯家においては御米との一件があったことを理由に正当化されていたことを、宗助は知らされたのだ。それが『門』という新聞連載小説の物語内部の現在時なのである。

『門』の連載が始まるのは一九一〇（明治四三）年三月一日。その直前の二月一四日に、『門』の三章の宗助と御米、そして小六の間で話題になる、伊藤博文を暗殺した安重根の死刑判決が確定する。[注8]御米は宗助と小六に、「どうして、まあ殺されたんでせう」と伊藤が暗殺された理由を問うのだが、小六は「短銃《ピストル》をポン〳〵連発したのが命中したんです」と、誤解をして暗殺方法を答える。御米が再び「だけどさ。何うして、まあ殺されたんでせう」と再び質問したことに対し、宗助も理由は答えず

「矢っ張り運命だなあ」と受け流す。このやりとりは『門』の連載の八回目。ちょうどこの頃、裁判における安重根の供述書の紹介をとおして、一般の新聞読者には、「どうして」（どのような理由で）暗殺されなければならなかったかが明らかにされていったのである。それは、日露戦争の開戦前から、伊藤博文が韓国を「併合」（植民地化）するために着々と手を打っていったことの、全外交過程であった。そして伊藤博文の五ヶ月目の命日である三月二六日に安重根の死刑が旅順で執行されたのだ。

宗助の遺産相続が、御米との事件を契機に失敗する全過程が、日露戦争と、大日本帝国による韓国に対する植民地的支配が急速に強化されていく期間と重ねられているのである。伊藤博文の暗殺が話題になったとき「満洲」を「物騒な所」「危険な様な心持」がすると言っていた小六は、佐伯が学資を出さないことをめぐる話題に転じた際、「僕は学校を已めて、一層今のうち、満洲か朝鮮へでも行かうかと思つてるんです」とも言う。「満州や朝鮮は」「危険な場所であると同時に、一攫千金を夢見る場所でもあった」[注9]のだ。

かつて、イギリスという「工業先進国から資本ともどもども金探しの男たちが、山師が、大都会のモッブが、暗黒大陸へとやって来た」[注10]のと同じように、大日本帝国から「満洲」や「朝鮮」に国内の過剰労働力としての男たちが渡っていったのが『門』の時代。崖下の宗助の借家の大家である崖上の邸宅に住む坂井の弟も満州に渡り、近所の老夫婦は「韓国統監府」に勤めている息子の仕送りで暮しており、宗助と御米に裏切られた後、安井もまた満州に渡っている。『門』は「二〇世紀初頭の日本帝国にあって、ドメスティックなものが、いかにコロニアルなものに支えられていたかを端的に示している」[注11]のである。

小六の生活と大学進学をめぐる佐伯家との交渉は、常に御米が、「宗助の人生を狂わせた女」であるとする「宗助の縁者たち」の「まなざし」を御米自身に喚起する。それだけではない。「叔母」との交渉の後、宗助は御米が指摘した「叔母」の「若」さについて、「あの年になる迄、子供をたつた一人しか生まないんだからと説明した」のだ。このとき、地の文の書き手は、「御米には自分と子供とを連想して考へる程辛い事はなかつたのである」と唐突に指摘するが、その理由はすでに述べたとおりである。

御米は「さうして斯う云はれた後では、折々そつと六畳へ這入つて、自分の顔を鏡に映して見た」のであった。しかし、その鏡の置いてある「六畳」は、御米自身が、「あの六畳を空けて」小六を「あすこへ」入れて、学資をいくらか佐伯から援助してもらえば「大学卒業迄遣つて行かれやう」と提案し、小六の部屋になってしまう。御米の避難所《アジール》は存在しなくなる。小六が引越して来る前に、すでに御米は「少し心持が悪くなり出して」いたのである。『門』という小説の現在時において生起するすべての出来事が御米を心身の病に追い込んでいったのだ。「同じ不幸を繰り返す」という過去の記憶に基づく御米の円環的時間意識は、小六をめぐる生活の激変という直線的時間の進行によって脅かされていく。[注12] 宗助は小六をめぐる騒動とは別な自らの直線的時間に追われているが、御米にはそれを打ち明けていない。宗助の「身体と頭に楽がない」のは、「日露戦争後の財政再建の一環としての公務員削減＝行政整理問題」[注13]であった。御米の心身が危機的状況に追い込まれたその夜も、宗助の頭を占領していたのは「来年度に一般官吏に増俸の沙汰があるといふ評判」であり、「又其前に改革か淘汰が行はれるに違ないといふ噂」であり、「自分は何方《どつち》の方へ編入されるのだらう」ということであった。なぜなら「自分を東京へ呼んで呉れた杉原」は、「課長として本省にゐない」からである。

こうした、自らの心身を危機に追い込んでくる野中家の、首都東京に土地を所有する中産階級から賃金労働者家庭への没落過程をめぐる精神的抑圧に対し、御米が半ば無意識に企てる静かな抵抗は、野中家の最後の遺産である「抱一の屏風」を、「貴方、あの屏風を売つちや不可なくつて」と宗助に相談した上で、「道具屋」に売ってしまう、という行為に結実している。当初「道具屋」は買いたたこうとするが、「御米は断るのが面白くなつて」、「とう〱三十五円」にまで値段を引き上げたのである。

しかし、それまで没交渉だった崖の上の大家の坂井と、泥棒事件をきっかけに交流が始まり、「抱一の屏風」が「道具屋」から「八十円」で坂井に売られたことを宗助は突き止める。そして一切の事情を坂井に「打ち明け」て、「宗助と坂井とは是から大分親しくなつた」のである。「一般の社会を棄てた」宗助が自ら「社会」とのかかわりを取り戻す契機を創ったのは御米。坂井の家に「屏風を見」に行くことも、宗助が「帰つた」「炬燵」へ、「御米も足を温めに来た」とき、「話し合つ」て決めたのである。日常のきわめて小さな変化が、御米の売った「抱一の屏風」によってもたらされたのだ。

そして坂井の弟が満州へ渡り、今は「蒙古へ這入つて漂浪《うろつ》いてゐる」ことを聞き、今度日本に戻ってくる際に、「向《むかふ》から一所に来た」「友達で」「安井」という男を連れてくると坂井に聞かされ、宗助は

「自己の心のある部分に」「人に見えない結核性の恐ろしいものが潜んでゐる」ことを「自覚」した。そして鎌倉へ参禅するという口実で逃亡する。鎌倉で宗助が唯一深く自覚したことは、自分が「無力無能な赤子である」ということであり、それは「自尊心を根絶する程の発見であつた」。帰京後の宗助は坂井から、「安井」という弟の友人が「京都大学に居たこともある」と聞かされる。不安は消し去られることはない。

安井との過去の記憶を、宗助に即して、地の文の書き手が叙述するようになる十四章以後、きわめて稀な、御米の意識に即した叙述が最後の二十三章にあらわれる。役所の「局員課員の淘汰」が「略《ほぼ》片付《かたづ》」き、「月が改つて」「一段落だと沙汰せられた」日、帰宅した宗助は御米に「まあ助かつた」と「六づかし気に云」う。

其嬉しくも悲しくもない様子が、御米には天から落ちた滑稽に見えた。

「胎児」をめぐる記憶を宗助に「打ち明け」た御米は、「同じ不幸を繰り返す」という暗闇の円環から解放されつつあるのかもしれない。少なくとも「夫にさへ此苦しみを語らなかつたのである」という状況は突破したのだった。次の段階は、「夫」である宗助が御米と「共に苦しんで呉れ」なければならない。「夫婦」でも「二人」でも「彼等」でもない、宗助と御米という固有名に軸足を置いて読んできた読者は、次のように考えるだろう。そのためには宗助が、坂井家で聞いた「安井」という男の話を、御米に「打ち明け」るしかない。坂井の家の書生として小六をあずかってもらうことになった以上、いずれ「安井」のことが明らかになるのは時間の問題だからだ。
そのように考える読者にとって、はじめて「午《ひる》」のうちに洗湯に行った宗助が、御米に「繰り返し聞かせた」、「まだ鳴きはじめだから下手だね」「えゝ、まだ充分に舌が回りません」という二人の洗湯の客の「鶯の問答」は、宗助自身の無意識の自覚を語っていると読めなくもないのである。

注1◆前田愛「山の手の奥」(原題「漱石と山の手空間――『門』を中心に」『講座夏目漱石4　漱石の時代と社会』所収　有斐閣　一九八二)は、「安井は満州に帰還し、小六は坂井家に引きとられることで、宗助夫婦にふりかかった二つの危機が回避されるにしても、二人が共有していた〈いま〉と〈ここ〉にくいいった裂目は二度と修復されることがないだろう。『門』というテクストは、御米が〈ここ〉において、宗助が〈いま〉において、日常的な世界からの背離をそれぞれに体験してしまった劇として解読されるからである」と指摘している。
　また佐藤勝「『門』の構造」(『講座夏目漱石3　漱石の作品下』所収　有斐閣　一九八一)では同じ冒頭部を分析し、「この叙述を支配しているのは宗助の視点ではない。むしろ宗助の顔を「ちつとも見えない」とする御米のところに視点は移動していて、そこから宗助は見られている」と指摘している。
注2◆石原千秋「(家)の不在――『門』論」(『日本の文学』第八集　一九九〇・一二)
注3◆千田洋幸「過去を書き換えるということ――『門』における記憶と他者」(『漱石研究』第17号　二〇〇四・一一)

注4◆石原千秋『漱石の記号学』（講談社選書メチエ　一九九九）に、「夫婦がそれと自覚しながら隠し持っている危機のモチーフ」が露呈する際に「神経衰弱」という言葉があらわれるという指摘がある。また「明治の中頃から大正期にかけて」は「精神的障害や原因不明の身体的障害が、男に起こると神経衰弱、女に起こるとヒステリということにされてしま」ったという指摘もある。

注5◆内藤千珠子「女の「血色《かほいろ》」」（『シリーズ言語態5　社会の言語態』所収　東京大学出版会　二〇〇二）には、「お米の身体は、実のところ、当時の新聞言説のなかに編み上げられた女性表象の結節点に位置するものにほかならない」という指摘があり、妊娠や出産の「不可能性に関するいっさいの原因や責任を女性の身体にのみ帰して処理する認識構成」が同時代言説の中で出来上がっていたことを明らかにしている。

注6◆久米依子「「残酷な母」の語られ方――『門』と出産イデオロギー」（「漱石研究」第17号　同前）は、「出生前の胎児は肺呼吸するのではなく、臍帯からの母体血で酸素を送られるのだから、臍帯が気管を絞めて窒息するという説明は誤りだ」と指摘している。

注7◆北川扶生子「失われゆく避難所《アジール》――『門』における女・植民地・文体」（「漱石研究」第17号　同前）

注8◆『門』の小説内的時間と日露戦争や韓国の植民地化の問題とのかかわりの詳細は、拙著『ポストコロニアル』（岩波書店　二〇〇一）を参照されたい。

注9◆押野武志「「平凡」をめぐる冒険――『門』の同時代性」（「漱石研究」第17号　同前）

注10◆ハナ・アーレント『全体主義の起原2　帝国主義』（みすず書房　一九八一）

注11◆五味渕典嗣「占領の言説、あるいは小市民たちの帝国――『門』と植民地主義を考えるために」（「漱石研究」第17号　同前）

注12◆福井慎二「『門』の幾何学紋様――時間意識の構造をめぐる語り手・作者の分裂」（「漱石研究」第17号　同前）は、〈円環的時間〉と〈直線的時間〉に引き裂かれ、〈螺旋的時間〉としての「普通の日常」に復帰できない宗助と御米の時間意識のズレを分析している。

注13◆五味渕前掲論文。

漱石深読

九

彼岸過迄

敬太郎は夫程《それ》験《げん》の見えない此間からの運動と奔走に少し厭気が注《さ》して来た。元々頑丈に出来た身体《からだ》だから単に馳け歩くといふ労力だけなら大した苦にもなるまいとは自分でも承知してゐるが、思ふ事が引つ懸つたなり居据つて動かなかつたり、又は引つ懸らうとして手を出す途端にすぽりと外れたりする反間《へま》が度重なるに連れて、頭の方が段〻云ふ事を聞かなくなつて来た。で、今夜は少し癪も手伝つて、飲みたくもない麦酒《ビール》をわざとポン〳〵抜いて、出来るだけ快豁《かいかつ》な気分を自分と誘つて見た。けれども何時《いつ》迄経つても、特更《ことさら》に借着をして陽気がらうとする自覚が退《の》かないので、仕舞に下女を呼んで、其所《そこ》いらを片付さした。下女は敬太郎の顔を見て、「まあ田川さん」と云つたが、其後から又「本当にまあ」と付け足した。敬太郎は自分の顔を撫でながら、「赤いだらう。こんな好い色を何時迄も電燈に照らして置くのは勿体ないから、もう寐るんだ。序《ついで》に床を取つて呉れ」と云つて、下女がまだ何か遣り返さうとするのをわざと外して廊下へ出た。さうして便所から帰つて夜具の中に潜り込む時、まあ当分休養する事にするんだと口の内で囁《つぶや》いた。

小説テクストの冒頭で読者は「敬太郎」という作中人物の固有名にまず出会う。だからといって、敬太郎が何者であるかは皆目わからない。しかしそれは当り前のことだ。なぜなら固有名詞には、普通名詞のような意味は与えられていないからだ。小説の作中人物が何者であるかは、その小説を最後まで読み終ってみなければわからない。とりあえずは、この人物が男性であり、おそらく長男であろうと類推できるだけだ。しかし普通名詞もただちに意味は結ばない。敬太郎が「此間から」「運動と奔走」をしてきたことは理解できるが、その「運動」が何であり、「奔走」が何であるかは定かにはならない。もちろん「此間」がいつのことなのかもわからない。

敬太郎が何をやってきたのかということの意味が確定しないのは、「運動」も「奔走」も、複数の意味を持つ漢字二字熟語だからだ。「運動」は、形や性質や意味が変化すること一般を指すことから、物体が空間的位置を変えること、生物の身体の能動的な動きといった抽象的意味から、目的を達成するために活動をすることや、近代になってからはスポーツの翻訳語としても用いられている。「奔走」は字義としては「かけまわる」であり、馳走することや大切にすることとしても用いられ、転じて物事がうまく行くように多方面をかけまわって努力するという意味にもなる。

この二つの漢字二字熟語が結合されていることによって、敬太郎が何事かをうまく実現するために、多方面に働きかける活動をしてきたらしい、ということまでは類推できる。しかし、その活動は現時点では、「験の見えない」状況にあるのだ。「験」の古い意味は仏教の修行を重ねたしるしや、加持祈禱のききめをあらわし、そこから転じて縁起や前兆、功能や効果といった一般的な意味を持つようになった言葉。したがって敬太郎の何事かをうまく実現しようとした活動は、ほとんど効果を生み出していないので「厭気が注し」たのだという朧げな意味を結ぶだけである。

しかし、必死で第一文の意味を確定しようとしていた読者の努力を嘲笑うかのように、第二文は「運動」と「奔走」の意味を別の方向へ押し戻すのだ。すなわち「身体」が「単に馳け歩くといふ労力」を保障するだけのものであるという具合に。読者が一旦「運動」という言葉の意味から排除しようとした、物体としての生物の身体の動きという要素が復活し、「奔走」は「単に馳け歩く」という意味に差し戻されてしまうのである。第一文と第二文の間において、一度結審したかに思えた文の意味が再審に付されているのである。

敬太郎の「身体」の在り方に対する文の意味が宙吊りにされたのと同じように、敬太郎の「頭」が「思ふ事」も意味を結ばない。一方で「引つ懸つたなり」「動かなかつたり」、他方で「引つ懸らうとして」「すぽりと外れたり」しているように、「思ふ事」については、意味を結ばないというよりは、むしろまったく相反する語義が結合されている。同時に敬太郎の「身体」と「頭」も対義語的あるいは反意語的に結合されているのである。読者は『彼岸過迄』という小説の第二文において、早くも小説の意味を確定することに対する二重拘束状態《ダブル・バインド》、矛盾する二つのメッセージを送られた者が、どちらも選べず行動不能になる状態に落とし入れられてしまうのだ。そうした読者の置かれている状況を引き受けるかのように、敬太郎がまったく引き裂かれたような、小説の中の現在時における行動に出るのが第三文である。しかしここで「今夜」という現在時が明示されることによって、ここまで宙吊りにされつづけてきた「此間からの」という過去との対応が形式的につけられ、読者は表層において決定不能から解放されることにもなる。

敬太郎は「飲みたくもない」のに「麦酒をわざとポン〳〵抜」く。実際の気分は「厭気が注し」、「癪」であるにもかかわらず、「快豁な気分」をわざと演技して「誘つて見」るのだから、第四文にあるように「特更に借着をして陽気がらう」としている自分の気分と行為の矛盾に対する「自覚」は高まるばかりとなる。自分一人ではどうしようもなくなり、「仕舞に下女を呼んで」、散らかった部屋を「片付」させる。炊事や雑事を担わせられた、召使われる女性としての「下女」がいる家屋に、敬太郎という男が生活していることを読者は認知する。

その「下女」が敬太郎に対して、第五文で「まあ田川さん」と呼びかけることをとおして、読者は敬太郎の姓が「田川」であることを知ると同時に、この一連の出来事が血縁的家族が営む家庭生活の外部であることを理解することにもなる。そして「下女」が二度までも「まあ」という驚きの声を発する理由が、敬太郎の顔の色にあったことは、第六文で彼自身が「下女」に対して投げかける「赤いだらう。こんな好い色を何時迄も電燈に照らして置くのは勿体ないから、もう寐るんだ」という言葉によって明かされる。『彼岸過迄』という小説の、とりあえずの起点となっている「今夜」が、「電燈」

によって「照ら」され続けていたことに読者はあらためて気づかされる。「『彼岸過迄』が書かれた時代は、日本における照明の歴史を振り返ると、従来のランプや瓦斯燈から電燈へとシフトしてゆくその転換期の真っただ中に当たっていた」[注1]。帝都東京への電力供給が、相模川水系の開発により火力発電から水力発電に変わり、電気料金が下げられ、一般家庭でも深夜一二時以後の電燈の使用が可能となり、さらに消費電力の削減を可能にするタングステン電燈が普及することによって、「電燈」の時代に入っていったのであった。

事実、敬太郎が何者であるのかを必死で探ろうとする読者の読書行為を、小説内部で代行するように、敬太郎は同じ下宿に住む「毎日新橋の停車場」へ「通勤してゐる」森本という「一切がXである」男の過去を探索する。その日の探りを入れるきっかけは、森本から「さう云やあ昨夕貴方の部屋に電気が点いて居ない様でしたね」という問いに、敬太郎が「電気は宵の口から煌々と点いてゐたさ」と応じるところにあった。

「電燈」と「電気」の時代はまた、「鉄道」の時代でもある。「鉄道」に勤めている森本との会話を通じて、敬太郎の「運動と奔走」の内実が「電車に乗るのと、紹介状を貰つて知らない人を訪問する」就職活動であったことを読者は知る。「此間」とは「学校を出て以来」だということも。森本は「何《ど》うです、御厭でなきや、鉄道の方へでも御出なすつちや」と敬太郎に就職口の斡旋をもちかけてもいる。「鉄道」の時代は、日露戦争後の大日本帝国が、植民地帝国になったことを示してもいる。「満鉄の方が出来るとか、朝鮮の方が纏まるとかすれば、まだ衣食の途以外に、幾分かの刺戟が得られるのだけれども、両方共二三日前に当分望がないと判然」したことが、敬太郎の「厭気」と「癪」の理由であったことを理解する過程で、読者は「海豹島」へはまだ行っていないが、「北海道」で働いたことのある森本に敬太郎が強い関心を抱いていたことをあわせて知らされる。その森本は「六ヶ月許」の「下宿代」を「滞」らせたまま姿を消す。後に「差出人の名前の書いてない一封の手紙」を受け取った敬太郎は、森本が「大連で電気公園の娯楽掛りを勤めてゐる由」を知らされる。大学を卒業しても内地に就職口を見つけることができず、植民地の就職先の「望」さえ失った敬太郎を尻目に、森本は新しい職に就いているのだ。

「大連」は日露戦争後の日本の租借地。満鉄関係の居留民が、子どもを連れて移住し、あるいは植民地で結婚して子どもが出来て成長したからこそ、メリーゴーラウンドをはじめとする電気仕掛けの遊戯施設が、内地に先がけてつくられたのだ。内地の鉄道に勤めていては、「下宿代」も払えなかった森本は、植民地に出稼ぎに行き「来年の春には活動写真買入の用向」で「出京する筈だから」、そのときに「借金」は「屹度返してやる積です」と書き送って来たのである。『彼岸過迄』という小説テクストには「当時日本が実質的に植民地化したところのほぼすべてが出そろっている」のであり、それは「日本の植民地政策の政治的、軍事的支配の産物である鉄道というメディア」[注2]によってもたらされたのでもある。

「活動写真」という最新のメディアに「大連」の森本が関っていることに象徴されるように、『彼岸過迄』という小説には、「速達の手紙、電話、電報、電車等、時間と空間を短縮する近代化のメディアが次々と登場する」[注3]ことになる。しかし、複数の短篇を結合して、一つの長篇小説とする『彼岸過迄』[注4]を貫いて、人と人とが直接対面して言葉を交わすうえで、最も重要な役割を担うのが、森本が敬太郎に残していった奇妙な「洋杖《ステツキ》」なのである。第一の短篇「風呂の後」の末尾は、「洋杖は依然として、傘入《かさいれ》の中に差さつてゐた。敬太郎は出入の都度、夫を見るたびに一種妙な感に打たれた」と結ばれる。「洋杖」が「傘入」の中に在ることは、森本の不在の証拠。森本は手紙の末尾近くに「僕の洋杖」を「紀念のため是非貴方に進上したい」と書いていた。

この「洋杖」には森本自身の手で蛇の頭が「彫つ」てある。「胴から下のない蛇の首が、何物かを呑まうとして呑まず、吐かうとして吐かず、何時迄も竹の棒の先に、口を開いた儘喰付《くっつ》いてゐる」のだ。明らかに対義結合、オクシモロンによる描写。この対義結合《オクシモロン》、すなわち「論理的に不整合、もしくは矛盾する二つの語や句を、巧みに結合し、更にその不整合や矛盾を立言することによって、常識的な見方では捉えられないような現実を描写し、あるいは示唆する技法」[注5]によって、家庭や家族関係を一切捨てた流浪者となった森本のメディアとなった敬太郎は、「停留所」という短篇以後、須永という友人の家庭と家族の関係を読者に伝達するメディアとして機能しはじめるのだ。

対義結合《オクシモロン》としての森本の「洋杖」は、敬太郎がそのことを意識した瞬間から、彼を二重拘束状態《ダブル・バインド》に縛りつける。「彼は自分で此洋杖を傘入の中から抜き取る事も出来ず、又下宿の主人に命じて、自分の目の届かない所へ片付けさせる訳にも行かないのを大袈裟ではあるが一種の因果のやうに考へ」（傍点引用者、以下同様）るようになってしまう。敬太郎を主人公とした三人称の物語の書き手が、地の文において対義結合《オクシモロン》を用いる度に、敬太郎は、二重拘束状態《ダブル・バインド》に陥り、行動できなくなってしまう。その突破口が切り開かれるのもやはり「停留所」においてである。

友人の須永から、彼の母の「妹婿」にあたる田口要作を、就職口探しのために紹介してもらった敬太郎は、何度も面会に失敗する。内幸町の田口の家を訪問する度に、敬太郎は様々な口実をつけられて断わられてしまうのだ。その結果、田口の家に行くのか行かないのかをめぐって再び二重拘束状態《ダブル・バインド》になってしまう。「この不決断を逃れなければ」と考えた敬太郎は「売卜者《うらなひしゃ》の八卦に訴へ」ることを決断する。二重拘束《ダブル・バインド》による二者択一の選択不可能性の前で、敬太郎は「加持、祈禱、御封、虫封じ、降巫《いちこ》の類に、全然信仰を有つ程、非科学的に教育されてはゐなかつた」にもかかわらず、「方位九星に詳しい神経家」であった「彼の父」のことを記憶から想起する中で、「大道占ひの弓張提灯」を探しに街へ出る。「電燈」の対極にある古い灯を求めて。冒頭で敬太郎が「験」にこだわっていた理由がようやくここで読者に明らかにされる。

しかし、「売卜者の八卦に訴へ」ると決めても、どの、そしてどこの「売卜者」を選ぶのかという、選択の前提が必要となる。そこで敬太郎は父ばかりではなく、「江戸時代の浅草を知つてゐる彼の祖父《ぢい》さん」の記憶までを想い起し浅草を徘徊するが「卜者《うらなひ》は丸で見当らなかつた」のである。もはや一切の選択前提も選択もかなぐり捨てて、すなわちあらゆる因果関係の連鎖を断ち切ってすべてを偶然にまかせるしかない。この瞬間、敬太郎は自分に繋がる、「祖父」から「父」へという父系の無力さを、そうとは意識せぬままいやという程思い知らされたのだ。

敬太郎は「国に少し田地を有《も》つて」いて、「俵が幾何《いくら》といふ極《きま》つた金に毎年替へられるので、二十や三十の下宿代に窮する身分ではなかつた」が、「須永のやうに地面家作の所有主《ぬし》」ではなかったので、彼のように「役人にも会社員にもなる気のない」生活はすることができず、必死で就職活動をせざるをえなかったのである。「母一人残つてゐる所は両方共同じ」だった。

思えば、「満鉄の方」も「朝鮮の方」も「当分望がないと判然」したとき、敬太郎は「自分の無能力」を正面から突き付けられていた。帝国大学を卒業したにもかかわらず、「糊口の為の」就職口がないということは、すべての学校での競争に勝ち抜き、学歴エリートとしての頂点に達したはずなのに、実社会に身を置く場所がないことだ。それは学歴エリートとしての存在そのものを否定されたことにほかならない。実際、「全く無学即ち学がない」と自認する森本から職を世話しようと持ちかけられたとき、敬太郎の学歴エリートとしてのステイタスは全否定されていたのである。

獲得したばかりの植民地にすら就職先がないならば、新たな植民地侵略をするしかない。学生時代の敬太郎が、「浪漫趣味《ロマンチック》の青年」と「児玉音松」の南洋探険に憧れ、「新嘉坡《シンガポール》の護謨林《ごむりん》栽培」を「学生のうち既に目論んで」いたのはそのためだ。[注6] しかし「護謨通」の友人に、「あの辺で出来る護謨の供給が、世界の需用以上に超過して、栽培者は非常の恐惶を起すに違ないと威嚇」されたため、この計画は捨ててしまう。「供給」「需要」「恐惶」という資本主義システムの用語に、敬太郎の生きる時代が現れている。

戦争という巨大な暴力によって獲得した植民地に対する、略奪と収奪と搾取によって生き延びている人々は、職を失えば路上生活者になるしかない。敬太郎が自らの「奔走」について、「往来に落ちたばら銭を探して歩くやうな」という比喩を用いていたのは、正確な認識だったのだ。その比喩に導かれるようにして、「文銭占なひ」という「白い字」に、「真赤な唐辛子が描いてある」「奇体な看板」の店に入り、「純然家庭的の女」である「裁縫《しごと》をしてゐた婆さん」を、「自分の未来に横たはる運命の予言者」として敬太郎は選びとる。男系から女系への転換。

「占なひには陰陽の理で大きな形が現はれる丈」という「婆さん」が敬太郎に伝えたのは、「貴方は自分の様な又他人《ひと》の様な、長い様な又短かい様な、出る様な又這入る様なものを持つて居らつしやるから、今度事件が起つたら、第一にそれを忘れないやうになさい」ということだけであった。対義結合《オクシモロン》の三連続、二重拘束《ダブル・バインド》による選択不可能性の三つ巴。はたして「此禅坊主の寐言に似たもの」は、敬太郎の運命を開くことになるのであろうか。

「文銭占なひ」から四日目、田口から電話があり、面会が実現する。田口に「何でも遣ります」と答えた敬太郎に、そのまた四日後「田口から電話が掛」り、「速達便」で仕事の依頼をすると通告される。その手紙に書かれた「用事は待ち設けた空想よりも猶浪漫的《ロマンチック》であった」。

今日四時と五時の間に、三田方面から電車に乗つて、小川町の停留所で下りる四十恰好の男がある。それは黒の中折に霜降の外套を着て、顔の面長い脊の高い、瘠せぎすの紳士で、眉と眉の間に大きな黒子があるから其特徴を目標《めじるし》に、彼が電車を降りてから二時間以内の行動を探偵して報知しろといふ丈であつた。

一旦は、「自分が危険なる探偵小説中に主要の役割を演ずる一個の主人公の様な心持」になっていた敬太郎は、しかしただちにこの依頼の難しさに気づく。その瞬間「文銭占なひ」の「婆さん」に言われたことを思い起こす。敬太郎は、あの三連続の対義結合《オクシモロン》を「書き付にして机の抽出に入れて置いた」のであった。そして謎めいた言葉を「森本」の「洋杖」に結びつける。

森本から自分に譲られたのだから「自分の様な又他人の様な」であり、長い蛇の頭の部分だけが彫られているから「長い様な又短かい様な」にあてはまり、「何物かを呑まうとして呑まず、吐かうとして吐かず」という状態なのだから、「出る様な又這入る様なもの」に違いないと敬太郎は判断する。三つ巴の対義結合《オクシモロン》、三竦《さんすく》み（なめくじは蛇を、蛇は蛙を、蛙はなめくじを食う）の二重拘束《ダブル・バインド》から解放されたかに思えた敬太郎は、「森本」の「洋杖」を手に小川町の「停留所」に向かう。

「敬太郎が小川町の通りへ出たのは定刻の十五分前だが、彼の前には思いもかけない陥穽が待ちうけていた。三田方面から来る電車は、小川町の丁字路で二手に分れ、東の須田町に向う線は神田通りに入ってから右へ曲ってそこが停留所になる。駿河台から水道橋方面へ向う線は、同じ神田通りながら反対側の西寄りに停留所がある。本郷三田間の電車に乗り慣れていた敬太郎は、この二つの停留所があることにはじめて気づき、当惑するのだ」[注7]。またしても選択前提の根拠などかけらもない二者択一の不可能性による二重拘束《ダブル・バインド》に敬太郎は直面する。

「運を天に任せて」と敬太郎が自分の意志による選択を放棄しかけた瞬間、彼を一人の男が「突き除ける様にして」電車に飛び乗り、その拍子に「洋杖を蹴飛ばし」た。地面に落ちた「洋杖」の、「蛇の頭」は「偶然東向に倒れて」いたので、敬太郎は「矢つ張り東が好からう」と選択するのであった。

もとより「洋杖」の握りの部分が「天」の差し示した方向だとする根拠は一切ない。「洋杖」の先こそ方向を示すにはふさわしいとさえ言える。しかし、敬太郎は「東」を選んだのだ。それは純粋に彼の自由意志による選択ではない。偶然に敬太郎と出会い、ぶつかってきた他者を介在させての選択だったのである。

「東」側の「停留所」を選んだものの「黒の中折の男はいくら待つても出て来なかつた」。やがて「空は段々光を失つて」行く。「瓦斯と電気の光がぽつ〳〵其所らの店硝子を彩どり始めた」頃、敬太郎は、自分から「一間許《ばかり》の所に、廂髪に結つた一人の若い女」を見出すことになる。敬太郎は田口との契約とは無縁に、この女を観察しつづける。闇の中で「電燈」が照らし出す女の顔。「宝石商の電燈は今硝子越に彼女の鼻と、豊《ふつ》くらした頬の一部分と額とを照らして、斜《はす》かけに立つてゐる敬太郎の眼に、光と陰とから成る一種妙な輪廓を与へ」ていた。

「例刻の五時が疾うの昔しに過ぎたのに」、女の姿に見入っていた敬太郎は、当の「黒の中折」の男がこの女と待ち合わせをしていた相手だったことに気づかされる。しかし、帽子と「脊の高」さと「瘠せぎす」だけでは、田口が依頼した男その人であると判断することはできない。決め手は「眉と眉の間に大きな黒子がある」かどうかだ。女が男の前に立っているため、確かめることはできない。敬太郎は「黒子の有る無しを見届ける」ことは「差し控えた方が得策だ」と判断した。男同士の契約を女が切断する。

そして「二人の後を跟《つ》けて」、「西洋料理屋」に入る。幸いにそこで男の「黒子」を確認することが出来るのだが、少なくともそれまでは、敬太郎の行動は、田口の依頼に即していないのである。依頼された行為の代理的遂行から、他者である「若い女」を介在させることによって、わずかにずれた敬太郎の欲望に即した行動の中に、彼の自由意志の発動の余地が切り拓かれたのである。

しかし、このような「探偵」行為では、「田口の役に立ちさうな種は丸で上がつてゐない」わけで、続く「報告」と題された短篇において、敬太郎は田口の問いかけに満足に答えることはできない。追いつめられた敬太郎は、田口に、「思ひ切つた自分の腹をずばりと云つて」しまうことになる。

「要領を得ない結果許で私も甚だ御気の毒に思つてゐるんですが、貴方の御聞きになる様な立ち入つた事が、あれ丈の時間で、私《わたくし》の様な迂闊なものに見極められる訳はないと思ひます。斯ういふと生意気に聞こえるかも知れませんが、あんな小刀細工をして後なんか跟けるより、直に会つて聞きたい事丈遠慮なく聞いた方が、まだ手数が省けて、さうして動かない確かな所が分りやしないかと思ふのです」

敬太郎のこの素直な申し出に、田口は「貴方に夫丈の事が解つてゐましたか。感心だ」と応答し、敬太郎の提案した「方法」こそが「最も簡便な又最も正当な方法ですよ」と諾うのであった。そして敬太郎が「眉と眉の間に大きな黒子がある」男と直接会えるよう紹介状を書く。しかし、その「松本恒三」という男の矢来の家を最初に訪問したのが雨の日だったため、敬太郎は「雨の降らない日に御出を願へますまいか」と面会を謝絶される。その謎が敬太郎の心に蟠る。翌日は晴れたので、敬太郎は「森本」の「洋杖」を突いて松本を訪問し、彼が須永の母の弟であることを知ると同時に、小川町で一緒にいた「若い女」が、田口の長女、すなわち須永の従妹の千代子であったことを知る。

敬太郎が謎を解き明かすことを通じて、読者も『彼岸過迄』の作中人物相互の関係を理解していくことになる。しかし、それまでの行動するメディアとしての敬太郎の位置は転換する。森本の「洋杖」を媒《なかだち》に、都市を徘徊しながら須永の叔父田口、松本、そして千代子について探偵をしてきた敬太郎は、千代子、須永、松本のそれぞれの話を聞く聴き手に転換するのである。

松本に面会するまでの晩秋の出来事から年が明け、「梅の音信《たより》の新聞に出る頃」田口の世話で「相当の位置」を得た敬太郎が、「ある日曜の午後」、須永と彼の家の二階に居るとき、千代子がやってきて、「何故松本が雨の降る日に面会を謝絶したかの源因を話して」くれたのが、「雨の降る日」である。事情を知らない敬太郎と、すでに知っている須永という、異質な聴き手二人に向けた、千代子の一人称の語りが三人称に変換されて叙述される。

実はこの日敬太郎が須永の家を訪れたのは、田口家の書生の佐伯から、「偶然千代子の結婚談を耳にした」からで、真相を確かめようとしたのだが、千代子が来たため「立ち入つた話は一切持ち出す機会がなかつた」のである。そこで敬太郎は「次の日曜」に須永を郊外に連れ出し、「柴又の帝釈天の傍」の「川甚」で食事をし、千代子の結婚問題にふれ、「君は貰ふ気はないのかい」と須永に問いただす。この時も敬太郎は「洋杖を持つて来」ていた。ここまでが三人称で語られ、須永の一人称の語りに接続するのが「須永の話」の前半。

須永は、父の死に際の気になる言葉と母の反応、その「何年前かに実扶的里亜《ヂフテリア》で死んで仕舞つた」妹の話という形で二つの死をめぐる記憶を語ったうえで、千代子と自分の関係を敬太郎に伝える。その中心は母が千代子と結婚することを須永に要求したところにおかれていた。高等学校のときに一度千代子のことを「仄めかし」て、「大学の二年になる迄、凝と懐に抱いた儘一人で温めてゐ」て、「春休みの頃の花の咲いたといふ噂のあつた或日の晩」、「千代子の生れた時呉れろと頼んで置いた」と打ちあける。この時須永は「此問題は卒業する迄解決を着けずに置かうと云ひ」、それから千代子との関係に蟠りを抱きはじめる。結婚の約束のことを田口にも確かめ、田口もその妻も千代子と須永の結婚は望んでいない感触を得たことを敬太郎に告白する。

そして須永が大学の「三年生位の時の出来事」として、千代子と二人で田口家で語らったとき深い親密感を抱いたことを語り、「僕は天下の前にたゞ一人立つて、彼女はあらゆる女のうちで尤も女らしい女だと弁護したい位に思つてゐる」とまで敬太郎に宣言する。

そして須永の告白の現在時に戻り、一旦三人称の叙述に転換したうえで「僕が大学の三年から四年に移る夏休みの出来事」として、イギリス留学から帰った高木という男と鎌倉に田口一家と共に避暑に行き、須永が千代子と高木の関係に嫉妬の感情を抱き、東京に帰ってから千代子と激しく言い争い、「貴方は卑怯です、徳義的に卑怯です」と千代子に宣告されるところで「須永の話」は終る。

「須永の話」からは、彼が母親と血がつながっていないのではないかと疑い、母親は自分と血のつながっている千代子を嫁にすることで、老後の安心を得ようとしているのだと考えていることが推察できる。その敬太郎と読者が共有した推論に、確証を与えるのが「松本の話」で、冒頭から聴き手である敬太郎に対する、松本の一人称の語りになっている。
松本が須永に出生の秘密を明らかにするのは、須永が「卒業する二三ヶ月前」、松本は、「たしか去年の四月頃だつたらうと思ふ」と語っている。須永の実の母は、「御弓」と言う須永家の「小間使」で、「彼を生むと間もなく死んで仕舞つた」のである。この松本の話を聴いた後、須永は関西に旅行する。そのときの須永からの手紙の引用で、「松本の話」はしめくくられる。
短篇を連ねて長篇小説にした『彼岸過迄』の冒頭で、小説の物語内容の時間の起点としての「今夜」と、「此間から」という確定することのできない過去について、物語言説を読み進めていきながら、やがてそれは敬太郎が大学を卒業してからのことであると、読者は自ら年立てを構成してきた。同じように、「雨の降る日」、「須永の話」、「松本の話」とめぐる出来事の時系列についても、読者は語りの現在時から指摘される時間に言及する言葉を契機にしながら、自分でそれを並べ替えなければならないのである。注8
「雨の降る日」からは、年立てにかかわる情報は排除され、「夫は珍らしく秋の日の曇つた十一月のある午過であつた」という指摘があるだけだ。この「日」をどこに位置づけるかは、読者の選択にまかされている。選択前提は与えられていない。しかし、語りが遂行された順序は「雨の降る日」、「須永の話」、「松本の話」となる。敬太郎だけでなく、須永もまた「雨の降る日」について語る千代子の聴き手であった。叙述は三人称に変換されているが、実際は千代子の一人称の語りであった。『彼岸過迄』という物語言説の順序に即して、一旦は意味を確定したかに思っていた読者は、あらためて意味の再審に立ち会わされることになる。たとえば次のような叙述が、もし一人称で語られていたら、どうなっていたかと。

「さあ宵子さん、まんまよ。御待遠さま」

千代子が粥を一匙宛《づゝ》掬つて口へ入れて遣る度に、宵子は旨《おい》しい〳〵だの、頂戴〳〵だの色色な芸を強ひられた。仕舞に自分一人で食べると云つて、千代子の手から匙を受け取つた時、彼女は又丹念に匙の持ち方を教へた。宵子は固《もと》より極めて短かい単語より外に発音出来なかつた。さう持つのではないと叱られると、屹度《きつと》御供《おそなへ》の様な平たい頭を傾げて、斯う？　斯う？　と聞き直した。それを千代子が面白がつて、何遍も繰り返さしてゐるうちに、何時もの通り斯う？　と半分言ひ懸けて、心持横にした大きな眼で千代子を見上た時、突然右の手に持つた匙を放り出して、千代子の膝の前に俯伏になつた。

「何うしたの」

千代子は何の気も付かずに宵子を抱き起した。すると丸で眠つた子を抱へた様に、たゞ手応がぐたりとした丈なので、千代子は急に大きな声を出して、宵子さん〳〵と呼んだ。

『彼岸過迄』の「結末」には、敬太郎が「千代子といふ女性の口を通して幼児の死を聞いた」と明記されている。これらの言葉は、もともとは千代子の一人称で語られたのだ。したがって引用部における「千代子」は、すべて「私」に変換されなければならない。それだけではない。宵子の発した声も、千代子は声色で再現していたことになる。死にいたる直前の「極めて短かい単語より外に発音出来なかつた」、しかしまだそのときは生きていた幼児《おさなご》の声を再現しながら、その子を極度の緊張へと追いつめていった自分の声も、あのときのまま、もう二度とかえってはこないあのときのまま再現しなければならなかった千代子。

宵子が死に至るまでの一瞬一瞬を再び取り戻そうとするかのように、過去の、しかし今生きている自分と、過去の、しかし最早死んでしまった幼児の声を使い分けて、その場を自らの語りによって再現することが、どれだけそのときの千代子を追いつめていったことであろうか。

最後の「宵子さん〳〵」という千代子の呼び声は、すでに彼岸に往ってしまった宵子の魂を、いや宵子の存在そのものを、此岸に呼び返すような切迫したものではなかったのか。

しかも、この場を再現する千代子の語りは、宵子が息を引き取った後、何度も反復された語りでもあったのだ。「千代子は途切れ〳〵の言葉で、先刻《さつき》自分が夕飯の世話をしてゐた時の、平生《ふだん》と異ならない元気な様子を、何遍も繰り返して聞かした」。その相手は宵子の父である松本と母である御仙であった。「叔父さんにも叔母さんにも洵《まこ》とに済みません」と言った後の再現の語りは、宵子を自らの声でこの場に蘇生させようとする切実さに満ち満ちていたはずだ。

同時に語れば語るほど、宵子の命が失われたことだけが突き付けられてくる。その過去の記憶が、過去そのものとして千代子自身の声と身体によって今、ここに再現前させられているのである。「大学三年」のときの記憶を語った須永は、「昔の記憶を語る言葉が互の唇から当時を蘇生《よみがへ》らせる便《たより》として洩れた。僕は千代子の記憶が、僕よりも遥かに勝れて、細かい所迄鮮やかに行き渡つてゐるのに驚ろいた」と語っているが、その思いはまさに、一週間前の千代子の声と身体によって「蘇生」らされたのではないか。須永は千代子の「唇から」、宵子が死んだ「当時を蘇生らせる便」を聴きとり、自分の父の死、そして妹の死の「当時を蘇生らせ」、そのときの血のつながっていない母の悲しみを受けとめ直していたのかもしれない。千代子の再現の語りの最後は、彼女が御仙に「宵子さんと瓜二つの様な子を拵えて頂戴」と言い、御仙が「宵子と同じ子ぢや不可《いけ》ないでせう、宵子でなくつちや」と存在のかけがえのなさを主張した声。かけがえのない存在として、お互いを認めあうこと。そこに自己にとっての他者の存在の要がある。

幼児の死の記憶を媒介にして、須永と千代子が、それまでの蟠りから、新しい関係に踏み込んでいく、その現場に、聴き手としての敬太郎は立ち会っていたのかもしれない。敬太郎が聴き手から一歩踏み出したとき、友人の須永に発する言葉は、田口に言った一言。「直に会つて聞きたい事丈遠慮なく聞いた方が」いい。母に対しても、千代子に対しても。

注1◆柴市郎「あかり・探偵・欲望――『彼岸過迄』をめぐって」(「漱石研究」第11号　一九九八・一一)

注2◆押野武志「〈浪漫趣味〉の地平――『彼岸過迄』の共同性」(「漱石研究」第11号　同前)

注3◆同前

注4◆夏目漱石は「彼岸過迄に就て」(「東京朝日新聞」一九一二・一・二)で次のように述べている。「「彼岸過迄」といふのは元日から始めて、彼岸過迄書く予定だから単にさう名づけた迄に過ぎない実は空しい標題である。かねてから自分は個々の短篇を重ねた末に、其の個々の短篇が相合《あいがつ》して一長篇を構成するやうに仕組んだら、新聞小説として存外面白く読まれはしないだらうかといふ意見を持してゐた。が、つい夫を試みる機会もなくて今日迄過ぎたのであるから、もし自分の手際が許すならば此の「彼岸過迄」をかねての思はく通りに作り上げたいと考へてゐる」

注5◆佐藤信夫、佐々木健一、松尾大『レトリック事典』(大修館書店　二〇〇六)

注6◆佐藤泉「『彼岸過迄』――物語の物語批判」(「青山学院女子短期大学紀要」一九九六・一二)には、「この冒険物語風に構造化された無意識は政治的無意識でもある」という指摘がある。

注7◆前田愛「謎としての都市――『彼岸過迄』をめぐって」(「現代詩手帖」一九七七・五)

注8◆『彼岸過迄』の時間構成について、論争的にかかわった論文として、玉井敬之『夏目漱石論』(桜楓社　一九七六)、秋山公男「『彼岸過迄』の方法(一)――読者本位と作者本位の共存」(「論究日本文學」一九八〇・五)、「『彼岸過迄』試論――「松本の話」の機能と時間構造」(「國語と國文學」一九八一・一)、山田有策「「彼岸過迄」敬太郎をめぐって」(「別冊國文學　夏目漱石必携Ⅱ」学燈社　一九八二)、酒井英行『漱石　その陰翳』(有精堂出版　一九九〇)、小泉浩一郎「『彼岸過迄』の時間構造をめぐる補説」(『夏目漱石論――〈男性の言説〉と〈女性の言説〉』所収　翰林書房　二〇〇九)などがある。

漱石深読

十

行人

梅田の停車場《ステーション》を下りるや否や自分は母から云ひ付けられた通り、すぐ俥《くるま》を雇つて岡田の家に馳けさせた。岡田は母方の遠い縁に当る男であつた。自分は彼が果して母の何に当るかを知らずに唯疎い親類とばかり覚えてゐた。

大阪へ下りるとすぐ彼を訪《と》ふたのには理由があつた。自分は此処へ来る一週間前或友達と約束をして、今から十日以内に阪地で落ち合はう、さうして一所に高野登りを遣らう、若し時日が許すなら、伊勢から名古屋へ廻らう、と取り極めた時、何方も指定すべき場所を有《も》たないので、自分はつい岡田の氏名と住所を自分の友達に告げたのである。

「ぢや大阪へ着き次第、其処へ電話を掛ければ君の居るか居ないかは、すぐ分るんだね」と友達は別れるとき念を押した。岡田が電話を有つてゐるかどうか、其処は自分にも甚だ危《あや》しかつたので、もし電話がなかつたら、電信でも郵便でも好いから、すぐ出して呉れるやうに頼んで置いた。友達は甲州線で諏訪まで行つて、夫《それ》から引返して木曾を通つた後、大阪へ出る計画であつた。自分は東海道を一息に京都迄来て、其処で四五日用足旁《かたぐ》逗留してから、同じ大阪の地を踏む考へであつた。

「自分」という自称の言葉を使用する書き手は、自らの意志ではなく、「母から」の「云ひ付け」で、「梅田の停車場」で鉄道列車から「下りるや」、そこから「俥を雇つて」、「岡田の家」にむかう。「母」と「自分」が所属する家と、「岡田の家」とが、長距離を走る鉄道と短距離を「馳け」る人力車という、二つの交通機関で接続されている。その交通機関を利用して移動する「自分」は「母」の「云ひ付け」に基づいて行動する使者[注1]の役割を担っている。「岡田」という家の名、すなわち姓を表す固有名が、一人の「男」を指していることが第二文で明示されることによって、建造物としての家と制度としての家に、「家」という一言が分岐する。岡田が「母方の遠い縁」につながる者だとすれば、その対関係として父方が想起され、制度としての家が母系と父系に分岐する。

しかし「自分」は、岡田のことを「疎い親類」だと記憶しているが「母の何に当るか」は「知らずに」いるのである。知っているが知らないという、他者への認識の在り方の分裂が第三文で示されている。はたして、そのような「自分」に使者がつとまるのであろうか。

実は「自分」にとって使者の役割は、ことのついでであったのだ。引用部の第二段落では、岡田の家が、建物でもなく、制度でもなく、一緒に関西旅行をする「友達」と、「阪地で落ち合」うための連絡場所、「氏名と住所」さえわかればいい、地図上の一点でしかなかったことが明らかにされる。「友達」と、「一所に高野登り」をし、可能であれば「伊勢から名古屋へ廻」る旅に出発する中継点が岡田の家だったのである。「自分」は旅人であった。確かに、『行人』という題名の意味は、使者と旅人の

二つに分裂しているのである。注2

「自分」と「友達」という二人の旅人が、旅の途中で合流するためには、交通手段だけではなく交信手段が不可欠だ。「友達」は、「電話」という交信手段による連絡を提案するが、「自分」は「岡田が電話を有つてゐるかどうか」知らない。明治四〇年代において、「電話を有つてゐるかどうか」は、その家の階級を識別する指標でもあった。電話による株式取引きが広がったため、株式市場にかかわる個人投資家たちがこぞって電話の開設を急いだために、電話を引くための手数料に割増金が加算されるような状況にすらなっていた。土地と家屋を所有し、月々の給与から生活費を差し引いた残高を、株式市場への投資にまわすことのできる、中産階級以上であるかどうかが、「電話を有つてゐるかどうか」で判断された時代だったのだ。

「自分」と「友達」は、「電話」を使って交信することが、すでにあたりまえになっている階級に属している。しかし、岡田はどうかわからない。したがって「電信でも郵便でも好いから、すぐ出」せるように、「岡田の氏名と住所」を、「自分」は「友達」に知らせたのである。階級と同時に交信手段も分岐する。「友達」が、『行人』の連載が始まった前年、一九一一（明治四四）年に一本化された「甲州線」、すなわち中央本線を使って名古屋経由で東京から大阪へ出て、「自分」の方は「東海道」線で京都経由で大阪に入る。起点としての東京から、二つに分岐した移動の線が、再び交わる予定の地点が大阪だったのである。『行人』というテクストでは、一が二にそして三に分岐する。

「自分」と自称する書き手は、長野家の次男二郎。岡田は「五六年」前までは、長野家の「食客」として「書生」のような役割をし、「高商を卒業」した後、二郎の「父が周旋した」「大阪のある保険会社」に就職をしたのである。そして、「一年程して」「上京」し、「お兼さん」と結婚をして大阪に住み着いたのだ。お兼さんは「父が勤めてゐたある官省の属官の娘」で、長野家に「仕立物などを持つて出入りしてゐた」女性である。

二郎にとって、お兼さんは、階級的には「下卑た家庭に育」ちながら、そういう「面影」が「見えなかつた」ので、「自分と同階級に属する未知の女に対する」ような「畏まつた言語」を、「岡田夫人」となった彼女に対して二郎は「使つた」のである。「食客」と「属官の娘」との結婚は、彼の「父と母が口を利いて」まとめたのである。

二郎が「母から云ひ付けられた」使者としての役割は、長野家で給仕などをしている使用人の「お貞さん」と、岡田の知り合いの「佐野」という男との間の結婚話をまとめることであった。同じ使用人に関する縁談でも、「五六年」前までは、父の影響力の下での結婚話であったのが、今回は母の影響下によるものとなる。長野家の家父長的家制度が転換したのである。官吏であった父が引退し、父から長男の一郎に家督が相続されることによって、父方ではなく母方のつながりで、お貞さんの結婚話は進められたのである。二郎は岡田夫婦と共に佐野と会い、「あれ程仲の好い岡田さん夫婦の周旋だから間違はないでせう」という手紙を家に書き送る。

使者の役割をそれなりに果たした二郎は、友人の三沢が大阪で入院してしまったため、結果的に旅人になりそこねてしまう。そこに、東京から母と、兄一郎そして彼の妻直が大阪にやってくることになる。ここに『行人』の三つめの意味、「使者をもてなす官名」[注3]が二郎に振りあてられる。同時にお貞さんの結婚をめぐる使者の役割も十分果たしていなかったことを二郎は突きつけられ、母と兄夫婦が岡田を介して佐野と会見して、この結婚話はまとめられていく。

結婚は年の暮に佐野が東京へ出て来る機会を待つて、式を挙げるやうに相談が調つた。自分は兄に、「お目出た過る位事件がどん〳〵進行して行く癖に、本人が一向知らないんだから面白い」と云つた。

「当人は無論知つてるんだ」と兄が答へた。

「大喜びだよ」と母が保証した。

自分は一言もなかつた。しばらくしてから、「尤もこんな問題になると自分でどん〳〵進行させる勇気は日本の婦人にあるまいからな」と云つた。兄は黙つてゐた。嫂《あによめ》は変な顔をして自分を見た。

「女丈ぢやないよ。男だつて自分勝手に無暗と進行されちや困りますよ」と母は自分に注意した。するとと兄が「一層その方が好いかも知れないね」と云つた。其云ひ方が少し冷か過ぎた所為か、母は何だか厭な顔をした。嫂も亦変な顔をした。けれども二人とも何とも云はなかつた。

一郎の一言がもたらした気まずい沈黙の中に、『行人』における長野家の構成員一人ひとりに内在している、家と家族と結婚をめぐる問題が集約されているといえよう。しかし、話の流れを方向づけたのは二郎であった。

二郎がまず問題にしたのは、佐野との結婚それ自体ばかりでなく、その日取りまで決まってしまっているのに、当事者であるお貞さん「本人」が何も「知らない」ということである。「面白い」という言い方にあからさまな批判の調子はないにしろ、ある種の違和感は表明されている。しかし、そのかすかな違和感は、一郎と母の言葉によって否定される。「当人は」「知つてる」し「大喜びだ」と結合すれば、お貞さんは、佐野との結婚を納得し喜んでいるし、急病でこの旅行には参加できなかったにせよ、すべては使者としての母一行にまかせてあるという意味になる。

二郎はそのように会話の関連性を受けとめ、「日本の婦人」には、自らの結婚話を「自分で」「進行させる勇気」はないと発言する。この二郎の言葉に「変な顔」をするのは直一人。母は、「女」だけでなく「男」も勝手に一人で進めては「困」る、とつけ加える。前の会話の連なりでは、一郎と母は同じ意見であったかのようであるのに、「一層その方が好いかも知れない」という表面的な同意を示す彼の声が、同意とは裏腹な「冷か」さによって発せられたため、気まずい沈黙が、女たちのゆがんだ表情とともに現象したのである。

二郎が問題にしたのは、結婚を決める際の女性の側の意志であり、結婚話を進める主体の問題である。二度「変な顔」をする直は、明らかに二郎の言葉にも一郎の言葉にも、違和を感じていることを、その表情で表現していたということになるだろう。

二郎が問題にしたのは、写真をやり取りしただけで、当事者であるお貞さんを抜きに岡田の知り合いである佐野との結婚を、長野家の人々だけで決めてしまっていいのか、という、典型的とも言える見合い結婚における、愛の主体が不在であるという問題だ。

そのように考えてみるならば、『行人』というテクストには、二郎もわずかに関与しながら進行していくお貞さんと佐野の、見合いから結婚式にいたるまでの経緯に、「いく組かの夫婦の物語」が重ねあわされ、「お貞さんの結婚を考える際の合わせ鏡[注4]」のように、当の二郎によって配置されて記述されていることが見えてくる。いずれも「五六年前」に結婚をした夫婦である。

一組目は岡田夫婦。二郎が「結婚してからあゝ親しく出来たら嘸《さぞ》幸福だらうと羨ましい気もした」と記すように、「幸福な家庭」の典型として位置づけられている。しかし、夫である岡田の方は「是であいつと一所になつてから、彼是もう五六年近くになるんだが、どうも子供が出来ないんでね、何ういふものか。それが気掛で……」と悩んでいる。それは彼の中に「妻たるものが子供を生まなくつちや、丸で一人前の資格がない様な気がして……」という産む性としての妻をめぐる規範意識があるからだ。

この岡田の言葉に対し、「単にわが女房を世間並にする為に子供を欲する」と批判しているにもかかわらず、二郎はお兼に対して「奥さん、子供が欲しかありませんか」と立ち入った問いかけをしてしまう。お兼は「私《わたくし》兄弟の多い家に生れて大変苦労して育つた所為か、子供程親を意地見《いぢめ》るものはないと思つて居りますから」と、きっぱりと反論する。彼女は、世間的な夫婦観と結婚観に対し、独自な立場を保っているのだ。

しかし、二郎は岡田が子供を欲しがっていることを告げ、夫婦の性生活にまで立ち入るかのように「奥さんは何故子供が出来ないんでせう」と、あたかもお兼の責任であるかのように、妻は産む性であるべきことを突きつけるのだ。ここに自らの無神経さが二郎自身によって書きつけられている。

二組目は、二郎の友人の三沢が語って聞かせる、岡田夫婦とは正反対の、「今から五六年前彼の父がある知人の娘を同じくある知人の家に嫁らした」（傍点引用者、以下同様）件である。この娘は「一年経つか経たないうちに」離婚する。その理由は次のように三沢によって語られる。

其娘さんの片付いた先の旦那といふのが放蕩家なのか交際家なのか知らないが、何でも新婚早々たび〳〵家を空けたり、夜遅く帰つたりして、其娘さんの心を散々苛め抜いたらしい。けれども其娘さんは一口《ひとくち》も夫に対して自分の苦みを言はずに我慢してゐたのだね。その時の事が頭に祟つてゐるから、離婚になつた後でも旦那に云ひたかつた事を病気のせゐで僕に云つたのださうだ。

こう語りながら三沢は、「僕はさう信じたくない」と、三沢の家でその「娘さん」を引きとったあと、彼が出かける度に、「早く帰つて来て頂戴ね」と言いつづけたことを、自分に向けられた本心であると解釈しているのである。そして、その「娘さん」の「精神」の「病気が悪くなればなる程」「気に入るやうになつたのさ」とも二郎に告げる。三沢の語ったのは、男である「知人」から「知人」への紹介によって取り結ばれる見合い結婚が、一人の女性の「精神」と身体を亡した事例であった。

この事例においては、「新婚早々」、産まない性として国家が公認していた制度である売買春の世界において、夫が自らの性的欲望を実現し、新妻を裏切り続け、「精神の異常」にまで追い込んだ、という大日本帝国における性をめぐる抑圧が典型化されている。

一人の女性を、「精神の異常」に追い込み、「病院」で死なせた責任が、男の側に問われることはない。

「娘さん」の「三回忌」の「法要」に出た三沢は二郎に怒りをぶつける。それは「彼女の父に当る人や、母に当る女」が、彼に対して示した「当こすり」に対してだ。「露骨にいへばさ、あの娘さんを不幸にした原因は僕にある。精神病にしたのも僕だ、と斯うなるんだね。さうして離別になつた先の亭主は、丸で責任のないやうに思つてるらしいんだから失敬ぢやないか」。

二郎が心撃たれた、「娘さん」に対する三沢の純愛は、世間においては一切理解されていなかったのである。しかし、「娘さん」のかつての夫の「放蕩」と、三沢が無縁だったわけではない。旅行の計画が破綻した理由は三沢が突然入院したことにあったわけだが、その要因は、彼が一人の「芸者」と体調が悪いのに無理に深酒をしたことにある。そして、その相手の「芸者」も三沢と同じ病院に入院していることがわかる。二郎と三沢は、その「芸者」を「あの女」と呼び合い、擬似恋愛競争を演じることになるのだ。

二郎はこの時「綺羅を着飾つた流行の芸者と、恐ろしい病気に罹つた憐な若い女とを」「心のうちに対照」する。「器量と芸を売る」ことで「芸者屋の娘分」となっているのだから、それが「出来なくなつた」らどうなるかと考え、「芸者」に売られたのなら、「生みの親は身分のあるものでない」「経済上の余裕がなければ、何う心配したつて役には立つまい」とまで思うのだ。ここに、明治という時代に女という性が位置づけられていた現実がある。

ならば、その三沢こそ一人の人間としての女性の意志を尊重するような形での結婚を模索するのかといえば、そうではない。帰京後も三沢が、その「娘さん」の話ばかりするので、母から依頼された妹重との結婚話を、なかなか持ち出すことのできなかった二郎を尻目に、「宮内省に関係のある役人の娘」といち早く結婚を決めていく。あまつさえその結婚相手と「打ち合せをして」、「雅楽所」で「彼女と仲の好い友達」と、二郎の見合いを実現させてしまうのだ。不幸な結婚をもたらし、「娘さん」を精神的病いの中で死なせてしまった仲人という役割を、自らの父同様、三沢は平然と親友の二郎に対して演じてみせたのである。

「娘さん」の「三回忌」の「法要」のことを二郎に語った際には「何故そんなら始めから僕に遣らうと云はないんだ。資産や社会的の地位ばかり目当にして」と怒りを表明していた三沢から、二郎は見合い相手の「家族やら地位やら教育やらについて得らるゝ限りの知識を」「供給して貰つた」のである。純愛としての恋愛に基づく結婚は憧れとしてはあっても、現実は、知人から知人へ、友人から友人へといった男同士の間で、女がやりとりされるということなのである。事実、二郎は妹のお重と三沢との縁談はなかったかのようにふるまっている。

二郎を窮地に追いつめるのは三組目の夫婦。すなわち兄一郎と直。「嫂とお兼さんは親しみの薄い間柄」とあることから、岡田がお兼と結婚した頃に、一郎との見合い結婚で直が長野家に入ってきたであろうことがわかる。[注5] それ自体長野家の「経済上の余裕」とかかわっていたといえよう。「五六年前」であれば、父と一郎両者の収入があったはずだ。しかし、家族の成員が一人増えれば、一人減らさなければならないようなぎりぎりの状況であったのであろう。

しかし、父親が「社会から退隠したと同様」になった段階で、お貞がまず「自分の家の厄介もの」になったのである。それだけではなく二郎が妹お重と三沢との結婚話を母の依頼でまとめようとしていたのは、お貞より先にお重の結婚先を決める意向が、長野家の総意だったからである。そして、兄一郎との関係が悪くなった二郎も長野家を出ていくことになるのだ。

なぜ一郎と二郎の関係が悪くなったのかといえば、関西旅行中の奇妙な依頼が引き金になっている。お貞の見合い結婚をめぐる気づまりな会話の後、岡田による「使者のもてなし」を断り、母、一郎、直という三人の使者は、二郎を「もてなし」役として和歌の浦の旅に出る。その旅の途中、二郎は一郎に、三沢と「娘さん」の話をする。すると一郎は、「Hから聞いた」と、すでにその話を知っていたのである。「Hとは兄の同僚で三沢を教へた男であつた」。しかも二郎が聞かなかった、「三沢が其女の死んだとき、冷たい額へ接吻したといふ話」まで一郎は知っていたのである。

ここから一郎の記憶が三沢の話を媒介に、「今から五六年前」に遡っていったことは容易に推測できる。そして一郎は「己《おれ》は何うしても其女が三沢に気があつたのだとしか思はれんがね」と言い、さらに「娘さん」が「精神病患者」だとすれば、「其女の三沢に云つた言葉は、普通我々が口にする好い加減な挨拶よりも遥に誠の籠つた純粋のものぢやなからうか」と解釈し、「噫々《あゝ》女も気狂にして見なくつちや、本体は到底解らないのかな」とまで言うのである。三沢の話に基づく記憶の想起に伴って、一郎の中では、自分の結婚生活全体が問い直されることになってしまったのだ。二郎と「二人限《ぎり》で」と言って和歌の浦の東照宮に行った際、一郎は「実はお直の事だがね」と切り出し、次のような問いを二郎に突きつける。

「お直は御前に惚てるんぢやないか」

兄の言葉は突然であつた。且普通兄の有つてゐる品格にあたひしなかつた。

「何うして」

「何うしてと聞かれると困る。夫れから失礼だと怒られては猶困る。何も文を拾つたとか、接吻した所を見たとか云ふ実証から来た話ではないんだから。本当いふと表向こんな愚劣な問を、苟しくも夫たる己《おれ》が、他人に向つて掛られた訳のものではない。ないが相手が御前だから己も己の体面を構はずに、聞き悪い所を我慢して聞くんだ。だから云つて呉れ」

この問いに二郎が答えられるはずがない。もし「お前はお直に惚れてるんじゃないか」と問われたのなら、それは二郎自身の気持ちの在り方を答えればいいのだから、自らの責任において返答できる。しかし、一郎は直の気持ちについて聞いているのだから、他者である直の感情の在り方について二郎に答えることはできない。もし二郎がここで、「そんなことは嫂さんにお聞きなさい」とでも切り返せば、つまり一郎と直という夫婦の間の直接的対話の方向へ転換すれば、事態は錯綜しなかったのかもしれない。しかし「何うして」と問い返したために、二郎は予期せぬ窮境に陥っていく。

もし「何うして」という問い直しに一郎が答えるとすれば、本人が認めているように「文を拾った」とか「接吻した所を見た」という「実証」を示さなければならない。しかしそのような証拠は一郎にはない。もし正面から答えるとすれば、直が長野家に嫁いでから、一郎が見た限りでの、直と二郎とのかかわりの一つひとつについて語らなければならなくなる。それらすべての場面――直が二郎に対して言葉をかけたなり、表情を向けたなりしたところを、一郎が第三者として目撃し、それについて嫉妬したということを洗いざらい語らなければならない。それは文字どおり「苟しくも夫たる」者が「他人に向つて掛」ける「問」であれば「愚劣」のきわまりとなるだろう。

なぜそのような問いを、二郎に発しなければならないところに一郎は追いこまれたのか。一郎は、「他の心《ひと》」、とりわけ「女の心」がわからないと言う。そしてメレディスを引用しながら、「おれが霊も魂も所謂スピリツトも攫まない女と結婚してゐる事丈は慥《たしか》だ」と二郎に言い切る。そのうえで一郎は「実は直の節操を御前に試して貰ひたい」と、異様な使者の役割を二郎に担わせたのだ。[注6]

使者としての任務は、「御前と直が二人で和歌山へ行つて一晩泊つて呉れゝば好い」というもの。二郎が断ると、一郎は「ぢや頼むまい。其代り己は生涯御前を疑ぐるよ」と追いつめていく。二郎は、「兄は腹の中で、自分と嫂の間に肉体上の関係を認めたと信じて、わざと斯ういふ難題を持ち掛けるのではあるまいか」とまで、「疑ひ出す」ことになる。二郎が疑われる唯一の理由は、一郎と直の見合い結婚の前に、直と知り合っていた、という一点だけである。

結果としてこの異様な使者の依頼は、二郎が「姉さんにとくと腹の中を聞いて見る」ために「あした昼一所に和歌山へ行つて、昼のうちに返つて来」るという内容に変更され、翌日実行されることになる。しかし、突然天候が悪化し、嵐にみまわれることになり、結果として直と二郎は和歌山で一泊することになる。

使者としての二郎は、別室に呼び出され、「直の性質が解つたかい」と問いただされ、「解りません」とだけ答えると、一郎は激して報告を求めてくる。詳しい事は東京へ帰ってから報告するとして、「姉さんの人格に就て、御疑ひになる所は丸でありません」とだけ二郎は宣言する。この言葉に「兄は急に色を変へた」と書き手としての二郎は記している。

ここで見逃すことができないのは、異様な使者の役割を担わされた二郎が、一郎への詳細な報告を拒んだこの一連の応答を記述した手記の中に、その手記を書いている「今」が顕在化させられていることだ。

自分は此時の自分の心理状態を解剖して、今から顧みると、兄に調戯《からか》ふといふ程でもないが、多少彼を焦らす気味でゐたのは慥であると自白せざるを得ない。尤も自分が何故それ程兄に対して大胆になり得たかは、我ながら解らない。恐らく嫂の態度が知らぬ間に自分に乗り移つてゐたものだらう。自分は今になつて、取り返す事も償ふ事も出来ない此態度を深く懺悔したいと思ふ。

ここで二郎が言う「自白」と「懺悔」という、内省的な罪の意識が、書く行為を遂行する「今」を貫いていたのであろう。いったい書き手としての二郎は、自らの行為のどこに罪を感じていたのだろうか。

『行人』というテクストの末尾で、書き手としての二郎が退き、書き手の位置を一郎の友人Hさんに受け渡していることに、この罪の所在が象徴されている。注7

二郎の依頼で一郎と旅行に出かけた旅人としてのHさんは、やはり二郎の依頼に基づき、一郎の言動について、使者としての詳細な手紙を書き送る。これが『行人』というテクストの末尾である。当初は、哲学的かつ神学的な議論をHさんとの間で交わしていた一郎は、Hさんと二人で生活を送ることのできる別荘に腰を落ちつけた段階で、はじめて自分の家庭と家族のことを語りはじめる。

Hさんの手紙の最後近くで、一郎はお貞の結婚と自らの結婚を結びつけながら、次のように語っていたことが明らかにされる。「君は結婚前の女と、結婚後の女と同じ女だと思つてゐるのか」、「嫁に行く前のお貞さんと、嫁に行つたあとのお貞さんとは丸で違つてゐる。今のお貞さんはもう夫の為にスポイルされて仕舞つてゐる」、「何んな人の所へ行かうと、嫁に行けば、女は夫のために邪になるのだ。さういふ僕が既に僕の妻を何の位悪くしたか分らない。自分が悪くした妻から、幸福を求めるのは押が強過るぢやないか。幸福は嫁に行つて天真を損はれた女からは要求出来るものぢやないよ」。

一郎が問題にしているのは、「家」における結婚の中での「嫁」の役割と、「家庭」における結婚の中での「妻」の役割両方において、「女」は、「夫」によって「スポイル」される、すなわちその「人格」を損ねられてしまうということだ。ここにおいて、一郎は、結婚という制度それ自体に内在させられている「夫」と「妻」、男と女との間の非対称な権力的な人間関係に言及しているのである。事実その前に一郎は、自分の「妻」である直に、暴力を行使していたこともHさんに告白している。

「一度打《ぶ》つても落付いてゐる。二度打つても落付いてゐる。三度目には抵抗するだらうと思つたが、矢つ張り逆らはない。僕が打てば打つほど向《むかふ》はレデーらしくなる。そのために僕は益《ます》〳〵無頼漢《ごろつき》扱ひにされなくては済まなくなる。僕は自分の人格の堕落を証明するために、怒を小羊の上に洩らすと同じ事だ。夫の怒を利用して、自分の優越に誇らうとする相手は残酷ぢやないか。君、女は腕力に訴へる男より遥に残酷なものだよ。僕は何故女が僕に打たれた時、起《た》つて抵抗して呉れなかつたと思ふ。抵抗しないでも好いから、何故一言でも云ひ争つて呉れなかつたと思ふ」

大学教師である一郎の論理が、完全に破綻していることは、誰が読んでも明らかであろう。男が「怒」を「腕力に訴へる」からこそ、女は「抵抗」できないのである。「云ひ争つて」しまえば、さらに暴力が行使される恐怖があるからこそ、「一言でも」発することはできないのだ。男が「自分の人格の堕落を証明」する前に、女の「人格」が破壊されているのである。

事実聞き手であるHさんも、一郎の言説に違和を表明している。暴力を妻にふるいながらも、その「原因に就いては」「殆んど何事も語らない」、ただ「自分の周囲が偽で成立してゐる」と言うだけであると。そこに家庭内での男から女への暴力の、根源的理不尽さが露呈されてもいる。

このHさんの手紙を、自らの手記に引用している書き手としての二郎にとって、一郎が直に暴力を行使していることをHさんに告白する言葉の中で「人格」という二字が用いられていることは衝撃的だったに違いない。和歌の浦の旅の後、一郎がそのように二郎が投げつけた「人格」という二字を受けとめていたことを、Hさんの手紙を読むことで二郎は初めて突きつけられたのだ。

Hさんの手紙のテクストを引用することによって、一郎の「人格の堕落」と、二郎の発した「姉さんの人格」が対関係を結ぶことになる。一郎がHさんの手紙の末尾近くで言う「僕が既に僕の妻を何の位悪くしたか分らない」という言葉の原因と理由は、「人格の堕落」としての一郎の暴力と直接的に結びつけられることになる。Hさんの手紙を読んだうえで、この手記を書き始めたという設定を、『行人』という小説テクストの末尾で与えられる、二郎という書き手にとっての、一郎の暴力をめぐる系譜が、テクストの「記憶」から引き出されていくことになる。

和歌の浦に旅することに決めた後、岡田との別れ際、一郎が「気六づかしや」だったことを彼は思い出す。このとき二郎は、「昔し兄と自分と将棋を指した時、自分が何か一口云ったのを癪に、いきなり将棋の駒を自分の額へ打付た騒ぎを、新しく自分の記憶から呼び覚した」のである。岡田は、「奥さんの方でも随分気骨が折れるでせう」という言葉を残して去る。二郎は岡田の言葉には返答せず「お兼さんに宜しく」と言うだけであった。

一郎の「直の節操を御前に試して貰ひたい」という申し出を正面から断ったとき、二郎は「何時もの兄ならもう疾に手を出してゐる時分であつた。自分は俯向きながら、今に兄の拳が帽子の上へ飛んで来るか、又は彼の平手が頰のあたりでピシヤリと鳴るかと思つて、凝つと癇癪玉の破裂するのを期待してゐた」のである。それだけ二郎にとって、一郎の暴力は日常的だったのだ。

そして長野家を出て下宿した二郎のもとへ突然直が訪れたとき、「彼女と兄の関係が」「唯好くない一方に進んで行く丈であるといふ厭な事実を聞かされた」後、直は次のような言葉を残して去っていく。

「男は厭になりさへすれば二郎さん見たいに何処へでも飛んで行けるけれども、女は左右《さう》は行きませんから。妾《わたし》なんか丁度親の手で植付けられた鉢植のやうなもので一遍植られたが最後、誰か来て動かして呉れない以上、とても動けやしません。凝《ぢつ》としてゐる丈です。立枯になる迄凝としてゐるより外に仕方がないんですもの」

この直の言葉の中に、「家」という制度と「見合い結婚」における「女」の位置が正確に刻まれている。このとき直は、「彼女の里方の定紋が付い」た「提灯」を持った「車夫」の引く俥に乗って二郎の下宿を訪れていた。この直の訪れ方と彼女の言葉を総合して二郎の意識に浮かんだのは、「兄が」「嫂に対して今迄にない手荒な事でもしたのではなからうか」という推察だ。「打擲といふ字は折檻とか虐待とかいふ字と並べて見ると、忌はしい残酷な響を持つてゐる。嫂は今の女だから兄の行為を全く此意味に解してゐるかも知れない」と二郎は推量する。この二郎の推察と推量をＨさんの手紙は、はっきりと裏づけていたのだ。Ｈさんの手紙の中の一郎の「残酷」という言葉と、二郎の「残酷」という言葉が対立的な対関係を結んでいく。そして「打擲」という言葉があらわれたとき、読者は二郎の一郎の暴力に対する記憶の系譜の発端が、有馬温泉ではなく和歌の浦に行くことになったことから始まったことを想起させられる。それは二郎が、有馬温泉について「車夫が梶棒へ綱を付て、其綱の先をまた犬に付けて坂路を上るのださうだが、暑いので犬がともすると渓河《たにがは》の清水を飲もうとするのを、車夫が怒つて竹の棒で無暗に打擲《うちたゝ》くから、犬がひん〳〵苦しがりながら俥を引くんだといふ話」をしたために、一郎の提案で和歌の浦行きが決まったことだ。「ちやうちやく」という音読みと「うちたゝく」という訓読みに分岐分裂させられた「打擲」という二文字が不気味に二郎の書く意識に突き刺さっていたのである。

　そして二郎が書き手の位置を譲ったＨさん自身、一郎から突然暴力をふるわれていた。直に対して暴力をふるっていることを告白した後、二人の間で「神といふ言葉」が話題になり、Ｈさんが「神」の意志にすべてをまかせ、「我」を投げ出していると主張すると、一郎は「突然手を挙げて、私の横面をぴしやりと打」ったのである。そしてＨさんが怒ると、一郎は「少しも神に信頼してゐないぢやないか」と言い返したのである。この突然のHさんへの暴力に対して、一郎が謝罪をし、滞在場所を別荘に移した後、一郎はお貞についての話をHさんにする。その際Hさんに「お貞さんは君を女にした様なものだ」と言う。「女は夫のために邪になる」という一連の認識は、こうした経緯の中で一郎からHさんに伝えられるのだ。

見合いの際には、長野家がお抱え車夫を持っているのと同じ、家の格として直が選ばれたように、家と家の階級の対等性が重視される。『行人』のすべての結婚がそのような対等性において実現している。しかし結婚した男と女、夫と妻との間においては、決定的な落差がある。暴力を行使する男と、ただそれに耐える女。長男であるHさんは「生れて始めて手を顔に加へられた」と書いている。だからこそ、暴力が「人格」を損ねることへ想像力が働かなかった。一郎も同じであったはずだ。しかし夫と妻の間では、暴力が一方的にふるわれることが日常化される。それが、女としての妻の「人格」を損ねることに気がつくまで、二郎の投げかけた「人格」という言葉を一郎が「記憶」に保持しつづけたことを、二郎は気づいたのだ。だから彼は、その頃を手記執筆時の「今の自分」から振り返りながら「人格の出来てゐなかつた当時の自分」と書くことができたのである。

注1◆「行人」に「使者そのものの意味がある」と最初に指摘したのは小宮豊隆「解説」(『漱石全集第十巻』岩波書店　一九五六)である。

注2◆王理恵「『行人』論――共振する沈黙への旅立ち――」(「成城国文学」一九八七・三)に、「旅人。そして、使者。漱石が、激しい病と闘いながら執筆したこの作品の題名は、ある人間についての「性格」あるいは「役割」の規定であると同時に、その人間が外界や人とかかわる行為の過程《プロセス》をも示している」という指摘がある。

注3◆荒正人「解説」(『漱石文学全集　七』集英社　一九七二)。またこれをふまえて藤井淑禎は「ここでは直接的には母一行を迎える二郎を指すと理解すべきだろうが、二郎の役割と岡田の役割は、相似形ないしは入れ子状になっている」(「注解」『漱石全集第八巻』岩波書店　一九九四)と指摘している。

注4◆須田喜代次「「行人」論(2)――「男の道徳」「女の道徳」――」(「大妻女子大学文学部紀要」第21号　一九八九・三)。また駒尺喜美は「一郎の結婚生活を、ほかのいく組かの結婚生活との対比の中で位置づけている」(「「行人」論――到着点と出発点と――」『漱石　その自己本位と連帯と』所収　八木書店　一九七〇)と述べている。

注5◆水村美苗は「一郎とお直の結婚は、まさにそれがあたり前の見合い結婚の域をでるものではなかったことによって、〈自然〉と〈法〉との二項対立を前提としていないのである。恋愛の世界において人間の意志は共同体の意志と真っ向から対立する。見合いの世界において人間の意志と共同体の意志は未分化の状態にある。要するに、見合い結婚というのは周囲がその気になり、当人も結婚する気があるときに「お手軽」に成立するものなのである。われわれはまずこの『行人』のテクストの基本をなす与件を確認せねばならない」(「見合いか恋愛か――夏目漱石『行人』論(上)」「批評空間」一九九一・四)と述べている。

注6◆水村美苗は「見合い結婚というものは、〈自然〉と〈法〉という対立を排除したところで成り立つものであり、それは右のような内面性に規定されるべき「主体」を排除したところで成り立つ。お直が一郎と結婚したとき、ほかのさまざまな条件はともかく、お直の「スピリット」だけは、不問に付されていたはずな

のである。見合い結婚が「お手軽」なのは、「スピリット」を不問に付すというまさにそのことによる」(「見合いか恋愛か――夏目漱石『行人』論(下)」「批評空間」一九九一・七)と述べている。

注7◆竹腰幸夫は「Hさんの客観的な一郎観というものが二郎の人格の陶冶を早め、一郎への理解を深めた」(「『行人』の主題」「中央大学国文」一九七一・二)と指摘している。また佐藤泉は「Hさんの手紙の内容が語り手の成長に関与する際のおそらく圧倒的な重要度と、これが下位であることは矛盾しない。助言者より助言を受けて成長する者が主である」(「「行人」の構成――二つの〈今〉二つの見取り図――」「国文学研究」一九九一・三)と指摘している。

漱石深読

十一

心

私は其人を常に先生と呼んでゐた。だから此所でもたゞ先生と書く丈で本名は打ち明けない。是は世間を憚かる遠慮といふよりも、其方が私に取つて自然だからである。私は其人の記憶を呼び起すごとに、すぐ「先生」と云ひたくなる。筆を執つても心持は同じ事である。余所々々しい頭文字抔《など》はとても使ふ気にならない。

私が先生と知り合になつたのは鎌倉である。其時私はまだ若々しい書生であつた。暑中休暇を利用して海水浴に行つた友達から是非来いといふ端書を受取つたので、私は多少の金を工面して、出掛る事にした。私は金の工面に二三日を費やした。所が私が鎌倉に着いて三日と経たないうちに、私を呼び寄せた友達は、急に国元から帰れといふ電報を受け取つた。電報には母が病気だからと断つてあつたけれども友達はそれを信じなかつた。友達はかねてから国元にゐる親たちに勧まない結婚を強ひられてゐた。彼は現代の習慣からいふと結婚するにはあまり年が若過ぎた。それに肝心の当人が気に入らなかつた。夫《それ》で夏休みに当然帰るべき所を、わざと避けて東京の近くで遊んでゐたのである。彼は電報を私に見せて何うしやうと相談をした。私には何うして可いか分らなかつた。けれども実際彼の母が病気であるとすれば彼は固より帰るべき筈であつた。それで彼はとう〳〵帰る事になつた。折角来た私は一人取り残された。

「私」という書き手の、一人称的表現[注1]から書き出された第一文は、ただちに「其人」という、この文で述べようとする対象を指示する三人称的表現に接続する。そして、「私」と「其人」とが、実際に言葉を交わしあっていた一定の幅を持った時間の中で、その時間の始まりから終りにいたるまで、「常に」「私」の側から「其人」に言葉を発する際には、「先生」という二人称的呼称で「呼んでゐた」ことが明らかにされる。

「呼んでゐた」という述語の「た」止めにより、「私」という一人称的表現は、「先生」という呼びかけの言葉をはさんで、過去において「其人」と同じ時間と空間を生きた登場人物として半ば三人称化されることになる。一つの言葉の人称的なゆらぎそのものが第一文には刻まれている。もちろん、その人称的なゆらぎは、この第一文を読む読者である私たちの、言葉の意味を確定しようとする欲望によって生み出されているのでもある。

その人称性のゆらぎが、どのような言葉の運動の中で発生するかは、第二文で明らかにされていく。「だから此所でもたゞ先生と書く丈で」という表現において書き手は、読者の読書行為における「此所」と、自らが「先生」という二文字を「書く」行為の今とを擬似的に一致させようとしている。「私」という書き手を指示する言葉は書き込まれていない。当然読者は前文とのつながりにおいて、自らの意識の中で「書く」という述語の主語として、「私」という一人称的表現を措定しようとする。なぜならその読書行為の前提において、そうと意識することなく読者が、「私」という書き手と一人称二人称的な関係に入ろうとする欲望が働いているからだ。

文字として顕在化しない「私」を追い求めるように、読者の意識は「先生」という二文字が現象する「此所」において、書く主体としての「私」を、読書行為の今において想像力的に現象させる方向に誘導される。この瞬間、そうとは意識せぬまま、読者は第一文において明示された、「私」が「其人」を「先生」と「呼んで」きた二者関係に割って入る方向に歩み出てしまっている。しかし「先生」という呼びかけの声と、「先生」という「書」かれた二文字とは、まったく異質である。第一文と第二文は、音声言語と文字言語との、コミュニケーション行為における人称的関係性の決定的な違いを、ことさらに際立たせようとしているかのようだ。

「私」を一人称的に内面化し、親密な二人称的関係に入り込もうとした読者は、次の瞬間「本名は打ち明けない」という強い拒絶の表明に直面させられる。「私」が読者に対し、何を明らかにし、何を秘匿するかは、すべて「私」の一存による取捨選択で決められてしまうのだ。そのような「私」との間における、情報に関する主と従の関係に入っていくのかどうか、読者は決断を迫られている。

第三文の「是は」という指示語は、第二文全体を指している。書き読む行為における「此所」と今の共有という親密性の身振りと、「本名は打ち明けない」という強い拒絶と秘匿、受けとめ方によってはコミュニケーションの断絶ともとれる矛盾を孕んだ文章が、「是」と一括りにされることによって、その矛盾は後景に退く。提示されるのは「打ち明けない」理由。

「世間を憚かる遠慮」という言い方において、読者は一旦「世間」一般と等しく余所余所しい他者として退けられているかのようだが、その方向での意味確定は「よりも」とやわらかく退けられ、再び「其方が」という指示語によって、読者はこれまで読み進めてきたわずかな言葉の記憶を想起させられることになる。しかし、その「其方」という指示語の意味を確定するのは、そう簡単ではない。

「本名を打ち明けない」相手が「世間」であれば、それは「書」かれた文字が社会的に公表されるということを前提とした、文字言語によるコミュニケーション回路の中の論理となる。しかし、「其方」は文字言語コミュニケーションの回路だけを指し示しているとは断定できない。

なぜなら、「其方」の直後に、「私」という一人称的表現が再び明示的に顕在化し、「私に取つて自然だから」と断言するからである。「私」は、「書く」だけでなく、「先生」と「其人」に音声言語で呼びかけていた存在でもあったことが第一文では示されていた。すると「其方」という指示語は、「先生」と音声的に、すなわち対面的で直接的な〈いま・ここ〉を共有した場でかかわるときの呼び声と、「其人」を「本名」とは異なった形で三人称的に対象化し、「先生」という二文字によって他者に伝達する二つのレベルを指していることになる。

読者に問われているのは、「先生」という呼び声で「其人」をかつて「常に」「呼んでゐた」ことと、今「此所」で「其人」について、「本名」ではなく「先生」という二文字で書きつけている「私」という書き手の言う「自然」を受け入れるかどうかだ。それを読者自身の「自然」として内面化するかどうかが問われている。
同時にあらためて顕在化した書き手としての「私」が、あえて読者に対して「其方が」「自然だから」と断らなければならないのは、「私」という書き手が「其人」のことを、これから「先生」という二文字の呼称で書き示し続けることに、すでにどこかで不自然さを感じているからにほかならない。「先生」という二文字は、自然と不自然の二項対立の間に宙吊りにされている。[注2]
もし読者が第三文において、「私」の言う「自然だから」という理由を受け入れて、情報について「私」とより強い主と従の関係を結ぶ方向に歩み出せば、第四文は特別な意味作用を開示することになる。第一文の文章構造をなぞるように、「私は」という一人称的表現と「其人」という三人称的表現をつなげながら、第一文では、「其人」にただちに助詞「を」が接続されていたのに対し、第四文では「の記憶を」となっている。さらに、直接「先生」と呼びかけるのではなくその「記憶を呼び起すごとに」、「先生」という音声言語を「云ひたくなる」という欲望が述べられていく。「云ひたくなる」の「る」止めは、明示的に「呼んでゐた」という第一文の「た」止めとの、すなわち現在と過去との、対比と対照を際立たせている。
『心』というテクストを読み始めたばかりの読者にとって、これまで「私」から与えられてきた情報における「其人」の「記憶」とは、「私」が「其人」を「先生と呼んでゐた」ことと、その二文字を書きつけているということだけだ。もし読者が、「私」の言う「自然」を受け入れて、過去において「先生」と呼びかけ、かつその二文字を今書きつける「私」という書き手の意識にシンクロナイズするとすれば、「其人」は「先生」であるという等式だけが成立する。

しかし、読者が内面化したこの等式が、第四文において過去と現在における「其人」と「其人の記憶」に分かたれる。同時に「先生」は、過去において「常に」発せられていた声と、今書きつけられている文字に、やはり分裂させられる。この声と文字の分裂を不自然なことではなく、「自然」だと認めて「私」に同調して読むことを決めた読者は、この分裂の裂け目に姿をあらわした、声と文字を隔てる、「記憶」という言葉に愕然とさせられることになるのだ。

「記憶を呼び起す」たびごとに「私」は「先生」と「云ひたくなる」のだが、その欲望を実現することはできない。読者は「私」の「自然」においてそれまでの文章の「記憶」を共有し、「私」と同調して主従の関係を結び、その欲望を半ば共有しながらも、「其人」が不在であるためにやはりその実現を断念せざるをえない。この論理的階梯の異なった「其人」との位置関係における読者のシンクロナイズによって、第五文がさらに第一文とのかかわりを濃厚にしながら意味確定されることになる。

「筆を執つても心持は同じ事である」ということは、「其人」の「記憶を呼び起す」ことによって、「先生」と声を発して「云ひたくな」ったにもかかわらず、その二人称的呼びかけの対象が不在のために、「筆を執つて」、「先生」という二文字を書くしかない。それが第一文を過去として退けた後の、第二文における「書く」ことをめぐる宣言だったことがわかってくる。

そうであるとすれば、読者としては、第五文の意味を、それまで読んできた「私」が「筆を執つて」書いてきた、百文字余りの言葉の記憶を総動員して、意味を確定しなければならない。いったい「心持は同じ事」とはどういうことなのか。

「私」は「其人」の「記憶を呼び起すごとに」、まずは「すぐ」に「先生」と「云ひたくなる」。それは過去のある時期、「其人」を「先生」と呼んでいたからにほかならない。「記憶を呼び起す」とは、過去の出来事を現在時の意識において想起することにほかならない。しかし現在においては「云ひたくなる」がそうはできない。したがって、「先生」という声を「其人」に対して発する代替行為として、「筆を執つて」、「先生」という二文字を書くのである。書くことによって「世間を憚かる」ことが起きるかもしれないが、自らの「自然」に即して、「先生」について書いていく、というのが「心持」の内実であろう。

過去のある時点までは、「其人」を常に「先生」と声に出して「呼んでゐた」が、「先生」という二文字を「此所」に書きつける今においては、最早「其人」は、「記憶を呼び起す」ことができるだけの対象、すなわち「呼んで」みることが不可能な、そして「先生」と音声に出して「云ひたくな」っても、決して声を発して呼びかけることのできない相手なのだという事実が、第一文の「た」と第四文と第五文の「る」の間に闇の淵のように横たわっている。それは死という淵にほかならない。[注3]

なぜなら、かつては声によって呼びかけることのできたある人が、最早そうすることはできなくなり、三人称化された形で、多くの場合は「本名」という固有名で対象化して文字で記すしかないという事態は、理論的には、そのように言葉を発しようとしながら生きている人にとって、ある人が「記憶を呼び起す」ことでしか蘇ることのない死者となってしまったということだからである。

第一文と第四文第五文の間を死の淵が隔てているとすれば、第二文と第三文とは、その死の淵そのものだということになる。

この五つの文によって、「私」という書き手が自らの手記の読者と創り出した、言葉によるコミュニケーションをめぐる主と従の関係は、きわめて独自なシステムであると言わざるをえない。「私」が、「其人」を「先生」と言語化することは「自然」である、という三位一体の枠組が、読者との間であたかも信仰における教義《ドグマ》のように機能させられている主と従の関係の独自性が一つ。「先生」が音声言語のときは二人称的表現となり、文字化されると三人称的になるという一語の人称性のゆらぎが二つめ。三つめは、すでに詳細に分析したように、要所要所に指示語が使用されることによって、一つひとつの言葉の意味が、このテクストの言葉の外部に出ていかないように、すべてテクスト内部の参照項によってしか確定できないようになっていることだ。この特徴も冒頭の五つの文の結合の教義《ドグマ》的性格を強めている。

したがって、「私」の書く手記において、この後「先生」という二文字が書きつけられるたびごとに、読者はこの冒頭の五つの文の教義《ドグマ》を想起することを余儀なくされてしまう。『心』という小説テクストにおける「上　先生と私」、「中　両親と私」という、冒頭にあらわれた「私」という書き手の一人称的表現によって統括されている部分を読み進めていく過程において、読者は、「先生」という言葉があらわれてくる際には、必ず冒頭部に意識を回帰させることになる。

このようにして形成された「先生」像、つまり『心』というテクスト内部の言葉の集積の記憶だけを基に、読者は「下　先生と遺書」を読み進めていくことになる。[注4]「先生」が「私」という一人称で書き綴る長い手紙を読む行為を実践する際、読者は「上」、「中」で形成された「先生」像を解釈枠組として用いていくことになるのだ。

だからこそ、冒頭の五つの文と同じ段落に配置されている第六文、「余所々々しい頭文字抔はとても使ふ気にならない」が、『心』という長篇小説のテクストを貫通する、長い射程をもった記憶想起の装置となるのである。「下　先生と遺書」の十九章に、第六文と対応する「私は其友達の名を此所にKと呼んで置きます」という叙述があらわれるまで、読者は『心』というテクストの中で、「余所々々しい頭文字」を探し続けることになるのだ。[注5]なぜなら、冒頭の五つの文で、言葉の意味の確定はテクストの内部で行うという暗黙の規範が読者に対して枠づけられていたからである。そして『心』という小説テクストにおいて、この「K」という「余所々々しい頭文字」が、「先生」という言葉が指示していた「其人」の、一人称的表現である「私」と対になっていくのが、「下　先生と遺書」の後半なのである。

冒頭の第二段落の第一文が「私が先生と知り合になつたのは鎌倉である」と始まるように、この後「先生」と「私」の出会いをめぐる経緯が語られる書き出しであるにもかかわらず、なぜか鎌倉に行く要因となった「友達」のことが詳細に書き記されることになる。その理由を考えるうえで見逃せないのは、第二文において「其時私はまだ若々しい書生であつた」という叙述が入っていることだ。

「先生」との出会いの頃を叙述する際、「私」は、ことさらに自らの「若」さを強調している。「私は若かつた。けれども凡ての人間に対して、若い血が斯う素直に働かうとは思はなかつた」(傍点引用者、以下同様)と記述した直後に次のような叙述が現れる。「私は何故先生に対して丈斯んな心持が起るのか解らなかつた。それが先生の亡くなつた今日になつて、始めて解つて来た」。「先生」と出会ったときの「若」さの強調は、その時には「解らなかつた」、「先生に対」する「心持」について、ようやく「解つて来た」その「先生」が「亡くなつた今日」との強い対比を示すためであったことが明らかにされている。「亡くな」って「始めて」ということは、もし「亡くな」っていなければ、「私」の成長はありえなかったということにもなる。

そうであるなら、「暑中休暇」中の鎌倉での「海水浴」への「友達」からの「呼び寄せ」の「端書」、そのための「金の工面」、「友達」の「母が病気」だということを知らせる「国元」からの「電報」、その「友達」が「親達に勧まない結婚を強ひられてゐた」こと、そして「友達」の帰郷という一連のエピソードは、「先生」と出会ってから、「先生の亡くなつた今日」にいたるまでの、「先生」とのかかわ

りの「記憶」を、「私」が想起するうえで不可欠のものであったことがわかる。注6

「先生」の手紙の中における、「暑中休暇」、「友達」、「金」、親の「病気」をめぐる記述は、「私」の叙述と、どのような緊張関係におかれているのか。「先生」の両親は「腸窒扶斯《ちふす》」という「同じ病気」で「殆んど同時」に「前後して死んだ」のである。その後、「東京へ来て高等学校へ這入」った「先生」は、「暑中休暇」すなわち「夏休み」に帰郷するたびごとに、叔父から「叔父の娘即ち私の従妹に当る女」との結婚を勧められた。しかし「先生」は「此従妹を妻にする気にはなれ」なかったのだ。

そして「三度目」の「暑中休暇」の帰郷の際、「先生」は父の残した財産問題をめぐって「叔父と談判を開」いたのであった。「談判といふのは少し不穏当かも知れませんが、話の成行からいふと、そんな言葉で形容するより外に途のない所へ、自然の調子が落ちて来たのです」と「先生」は記している。この「談判」をとおして、「先生」は叔父が財産を「胡魔化した」ことを知り、従妹との結婚も、その事実を隠蔽するためだったと「先生」は解釈する。「先生」は、本来自分が父から相続することになっていた「畠地などを売」って、すべてを「金」に代えて「永く故郷を離れる決心」をする。

この「財産」から「出る利子の半分」以下で「学生として生活する」ことができたからこそ、「先生」は軍人の「遺族」である「未亡人と一人娘」とが住む家に下宿し、養家から縁を切られ、実家からも「勘当」され、経済的に困窮していた親友の「K」を、同じ下宿に招き入れ、彼の生活費をも肩代りすることになる。それは元金を崩すことなく、「利子」だけで「学生」二人が生活できたからである。

「先生」は「K」を「神経衰弱」から立ち直らせるために「奥さんと御嬢さんに、成るべくKと話しをする様に頼み」、「K」に対して「もし我等二人丈が男同志で永久に話を交換してゐるならば、二人はたゞ直線的に先へ延びて行くに過ぎないだらう」と言い、異性である「奥さんと御嬢さん」と話すことを勧める。その行為について「先生」は、「私は其時御嬢さんの事で、多少夢中になつてゐる頃でしたから、自然そんな言葉も使ふやうになつたのでせう」と、手紙の読み手である「私」に説明をしているのである。「先生」はこの時期「奥さんに御嬢さんを貰ひ受ける話をして見やうかといふ決心をした事がそれ迄に何度となく」あるような状態だったのである。

結果として「先生」は、「K」と「御嬢さん」の関係に嫉妬を抱くようになる。そのきっかけは、「先生」があるとき帰宅すると、「Kの部屋」に「K」と「御嬢さん」が「二人」で「坐つてゐ」ることを発見したことにある。そのようなことは、「先生」と「K」が「専攻の学問が違つて」いたために「自然出る時や帰る時に遅速が」あったからなのだが、このときの「御嬢さん」の「御帰り」という「挨拶」に対し、「先生」は過剰反応してしまったのだ。「私には気の所為か其簡単な挨拶が少し硬いやうに聞こえました。何処かで自然を踏み外してゐるやうな調子として、私の鼓膜に響いたのです」と、「先生」は「私」に対して説明している。

「御嬢さん」と「K」との関係をめぐって、嫉妬を抱きはじめた「先生」は、「夏休み」に「K」を誘って「房州」へ行き、なんとか自分の「御嬢さん」への思いを「K」に伝えようとする。「暑さと疲労とで自然身体の調子が狂つて来る」ような状態で歩き抜いた夜、「先生」は「K」から「精神的に向上心がないものは馬鹿だ」と言われてしまい、「御嬢さん」への自分の思いを、この「夏休み」の旅行で「K」に告白することができなくなるのだ。

そして東京に帰った後、逆に「K」から「御嬢さん」に恋をしていることを告白された「先生」は、「恋の行手を塞がう」として、「K」に対して、「精神的に向上心のないものは馬鹿だ」という同じ言葉を二度投げつける。[注7] その後「Kはしばらくして、私の名を呼んで私の方を見ました。今度は私の方で自然と足を留めました」という対峙の中で、「覚悟」という言葉で「先生」は「K」を追い詰めた、と「私」に説明しているのだ。

そして「先生」が、「K」に先んじて「奥さん」に「御嬢さん」との「結婚」を申し込み、その事実を知った後「Kは自殺して死んで仕舞つた」と「先生」は「私」への手紙で書き送っていたのである。

両親を「病気」で失い、その結果相続した財産によって得た「金」で、「友達」を援助しようと思ったにもかかわらず、「結婚」をめぐる嫉妬の感情によりその「友達」を裏切り、自殺に追い込むことになったのが、「暑中休暇」の際にその「友達」が発した一言を本人に投げ返したからだという形で、冒頭のエピソードは「先生」の手紙の内容全体とかかわっていることが見えてくる。

その意味で「先生」の手紙は、「自分の言動の意味は他人が決定するのであり、自分は事後的にしかその意味を知ることはできないのだ、という苦い認識体験を語っている」のであり、「発話行為の意図と結果の間に齟齬が不可避的に生じるということであり、それは主体にとっては予測しえないものである」[注8]ということができる。

重要なことは、こうした「先生」の手紙の解釈枠組は、常に「先生」によって、「自然」という意味付けがなされることで成立していたという事実である。引用では傍点を付して強調したが、「先生」は要所要所に「自然」という言葉を配置し、一つの出来事に対する自分の解釈を一義化しようとしていたのである。個別「先生」の解釈であるにもかかわらず、「自然」という言葉によって、それがあたかも普遍的であるかのように位置づけていたのだ。

ここであらためて、冒頭の第三文において、「私」が「私に取つて自然だからである」と主張していたことを想起しなければならない。この場合の「自然」は、決して普遍性をあらわさない。あえて「私に取つて」と形容することで、「自然」自体がきわめて個別的であり、それぞれの個人によって異なることを明示している。その意味で、この「私」による冒頭の解釈枠組を一つの規範として受け入れた読者は、「先生」の手紙において、「自然」という言葉が出てくるたびごとに、それは普遍的な「自然」ではなく、あくまでも、個別「先生」に「取つて」の「自然」ではないかと批判し、反論しながら読み進めなければならないのである。

しかし「私」は「自然」という言葉で、自己の解釈枠組を読者に提示していたのではなかった。その「自然」を読者自身が、文章の構造そのものから内面化するような文体を確立することによって、読者自身が自発的に「先生」との論争的かかわりを実現する方向で語っているのである。

この「私」によって設定された解釈枠組に即して「下　先生と遺書」を読み進めていく読者が、「自然」という言葉が出てくるたびごとに反論することは、もう一つの重要な意味を帯びている。それは、「先生」の手紙の中で、「自然」という言葉が、「故意」という言葉と二項対立的に布置されているからだ。

通常の意味作用であれば、「故意」とは、心あってことさらにたくらむこと、ということになる。しかし「故意」という言葉には法的な意味があり、それは自分の行為が一定の結果を生ずることをわかったうえで、その行為を行ったかどうかということである。結果への認識があれば「故意」として罪が認定される。その認識がなければ「過失」ということになる。もし手紙に出てくる「自然」という言葉を、すべて「故意」に置き換えるなら、「先生」は意図的に「K」を自殺に追い込んだという罪状認定が成立する。

「先生」が「故意か自然か」という二項対立を持ち出すのは、「私」への長い手紙の冒頭近くである。「先生」が「貴方に対する私の」「義務」として、「此手紙を書き出しました」と述べ、自分の生活の中では、「義務」については「故意か自然か、私はそれを出来る丈切り詰めた生活をしてゐた」と書きつけるのである。

実は、この「長い手紙」を「先生」から受け取る「私」にとって、その冒頭部はきわめて重要な意味を持っていたのだ。なぜならそこに「電報」がかかわってくるからだ。「先生」は「其後私はあなたに電報を打ちました。有体に云へば、あの時私は一寸貴方に会ひたかつたのです。それから貴方の希望通り私の過去を貴方のために物語りたかつたのです。あなたは返電を掛けて、今東京へは出られないと断つて来ましたが、私は失望して永らくあの電報を眺めてゐました。あなたも電報丈では気が済まなかつたと見えて、又後から長い手紙を寄こして呉れたので、あなたの出京出来ない事情が能く解りました」と「先生」は記している。

「先生」は、「私」に直接「会ひたかつた」のだ。そして直接会って、対面的に、音声言語によって、「私の過去を貴方のために物語りたかつた」のだ。そして、それができないことを「私」から「電報」で知らされて「失望して」しまったのである。そして、「私」からの「長い手紙」によって、「私」の父親が病気で危篤状態にあることを知らされ、直接会うことを断念したのだった。そして「来るに及ばないといふ簡単な電報を再び打つた」と「先生」は書いている。

この「電報」と「手紙」のやりとりがなされた日々は、『心』という虚構テクストの中で、特権的に明治天皇の葬儀の際の乃木希典の殉死と重ね合わされ、一九一二年九月一三日という現実の歴史的時間を基点として日付までをも書き込むことができるように位置づけられている。[注9]「先生」の「長い手紙」は、「記憶して下さい。私は斯んな風にして生きて来たのです」と、自らの「K」との過去を書き終えたうえで、明治天皇の死と乃木の殉死にふれ、乃木の殉死の新聞報道があった後、「二三日して、私はとう〳〵自殺する決心をした」と「私」に書き送っている。

まさに、この「電報」と「手紙」のやりとりをしている日々に、「先生」は「自殺する決心」をしていたことになる。そして「此手紙が貴方の手に落ちる頃には、私はもう此世にはゐないでせう。とくに死んでゐるでせう」と「長い手紙」の末尾近くに「先生」は記すのである。

それに応答するように、「私」は、「先生」の長い手紙のこの部分を、「中　両親と私」の末尾近くで引用している。そして「私ははつと思つた。今迄ざわ〳〵と動いてゐた私の胸が一度に凝結したやうに感じた」とも記している。なぜ「はつと思つた」かといえば、「下　先生と遺書」には収録されていない「最初の一頁」を読んでいたからである。「中　両親と私」にしか引用されていない「最初の一頁」の末尾には「口で云ふべき所を、筆で申し上げる事にしました」と書き記されていた。

「先生」は「私」と直接会って、自らの「過去」について「口で云ふ」つもりであったのだ。もし「私」が「先生」の最初の「電報」に応じて会いに行っていれば、「先生」は「自殺の決心」をしなかったかもしれない、という悔恨の情が「私」の中に湧きたったとしても不自然ではない。

なぜなら対面的な音声言語による「私の過去」の告白であれば、その場において「私」は、いくらでも「先生」の意味付けと解釈に対して、疑問を投げかけ、反論することもできたはずだからだ。「先生」が「自然」という言葉で、暗に「故意」を暗示するようなことを言えば、そのような二項対立ではなく、それはあくまで「先生」に「取つての自然」であり、「私に取つての自然」にはなりませんと言えたはずなのである。

そのような「先生」との音声言語による対面的コミュニケーションの機会を永遠に失うきっかけをつくってしまったのが、「私」の書いた「長い手紙」だったのだ。

「私」が卒業論文を「本式に書き始め」る前の、「先生」との次のような会話を想起して手記に書きつけているのもそのためだ。

「然し人間は健康にしろ病気にしろ、どつちにしても脆いものですね。いつ何んな事で何んな死にやうをしないとも限らないから」

「先生もそんな事を考へて御出ですか」

「いくら丈夫の私でも、満更考へない事もありません」先生の口元には微笑の影が見えた。

「よくころりと死ぬ人があるぢやありませんか。自然に。それからあつと思ふ間に死ぬ人もあるでせう。不自然な暴力で」

「不自然な暴力つて何ですか」

「何だかそれは私にも解らないが、自殺する人はみんな不自然な暴力を使ふんでせう」

「すると殺されるのも、やはり不自然な暴力の御蔭ですね」

「殺される方はちつとも考へてゐなかつた。成程左右いへば左右だ」
其日はそれで帰つた。帰つてからも父の病気の事はそれ程苦にならなかつた。先生のいつた自然に死ぬとか、不自然の暴力で死ぬとかいふ言葉も、其場限りの浅い印象を与へた丈で、後は何等のこだわりを私の頭に残さなかつた。

この「先生」とのやりとりを、とりわけ「自然に死ぬとか、不自然の暴力で死ぬとかいふ言葉も、其場限りの浅い印象を与へた丈で、後は何等のこだわりを私の頭に残さなかつた」という形でしか受け止められなかったのが、「私」の「若」さの限界だったのだ。

だからこそ、「先生」の「長い手紙」を最後に引用するために書き始められた「私」の手記の冒頭において、「私」という書き手は、音声言語と文字言語とのゆらぎの中に、「先生」という言葉を位置づけようとしたのである。冒頭の五つめの文を読んだ読者が、「先生」が「私」という一人称的表現によって書き綴っている「長い手紙」を読む際に、その「私」という一人称的表現に対して、「先生」と声を発して呼びかけながら、疑問を投げかけ、あるときは反論をしていくような読み方をするように。なぜなら、瀕死の父を家に残し、「三等列車」に「飛び乗」り、「先生」の「長い手紙」を「袂から」「出して、漸く始から仕舞迄眼を通した」「私」は、そのような読み方を実践したに違いないからである。

注1◆『心』という小説テクストの人称性を漱石の小説全体の中で位置づけた論に、佐藤泉「『こゝろ』に至る六単位の一人称圏――須永の談話から先生の手紙まで」(「日本の文学」第10集　一九九一・一二)がある。

注2◆高田知波「『こゝろ』の話法」(「日本の文学」第8集　一九九〇・一二)は、「「私」が、叙述方法そのものの中に埋め込んでいる批評意識を読み取っていくことが可能なはずである」と指摘している。

注3◆玉井敬之「『こゝろ』をめぐって」(「日本文学」一九五九・三)は、「漱石の『こゝろ』には、六つの、厳密にいって五つの死がえがかれている。明治天皇の死、乃木大将の死、父の死、Kの死、先生の死」と述べ、「この五つの死がわかちがたく結ばれている」と指摘している。

注4◆田中実「『こゝろ』という掛け橋」(「日本文学」一九八六・一二)は「「先生」の書簡は「私」によって編集されていたものであった」とし、「編集者「私」は引用した「先生」の遺書の末尾と「手記」の冒頭との間に、ある際立った対応関係をつくり出したのである」と指摘している。

注5◆戸松泉「『こゝろ』論へ向けて――「私」の「手記」の編集意図を探る――」(「相模女子大学紀要」一九九三・三)は、「こうして「筆を執」る際に「世間を憚かる遠慮」から「余所々々しい頭文字」「K」を「使」ったのは他ならない「私」であったとも読める」と指摘している。

注6◆関谷由美子「『心』論――〈作品化〉への意志――」(「日本近代文学」一九九〇・一〇)は、「『心』は二人の「私」が書いた二つの手記によって構成される作品である」と述べ、「両手記の等価性を重視し、それぞれの表現主体における心的位相及び統合意識の比較・検討を通じて浮んでくるのは〈告白〉とその〈証言〉としての両者の内的緊張関係であ」ると指摘している。

また松澤和宏「『心』における公表問題のアポリア――虚構化する手記」(「日本近代文学」一九九九・一〇)は「「中国のある資産家の息子で金に不自由のない男」が「金の工面に二三日を費」さなければならない「私」を避暑地に呼ぶこの挿話は、「金に不自由のない」(下十)若き「先生」が、困窮生活を送っている友人Kを下宿に呼び寄せる遺書の展開を思わせるものがある。「私」がそこで「先生」と運命的な出会いをしたように、Kもまた「御嬢さん」と出会うことになる……虚構化する手記にはいかなる物語にも収斂しえないエクリチュールの遊戯的律動が刻印されている」と指摘する。

注7◆松下浩幸「『こゝろ』論――〈孤児〉と〈新しい女〉――」（「明治大学日本文学」一九九二・八）は「『精神的向上心のないものは馬鹿だ』という言葉が、まさに「K」に対して致命的なアイロニーとして作用し、「K」の「学問（修業）」との同一化を攪乱させ、さらに「先生」そのものの「K」との同一化をも背理させることになる」と指摘している。

注8◆松澤和宏「沈黙するK――『こゝろ』の生成論的読解の試み」（季刊「文学」一九九三・夏）

注9◆藤井淑禎「天皇の死をめぐって『こゝろ』その他」（「国文学解釈と鑑賞」一九八二・一一）は、「『こゝろ』（大3・4〜8）という作品を解く鍵は、私の回想のなかの最終時点である大正元年九月末（先生の自殺を知った私の上京）と、おそらくは作者の執筆時点とも重なる私の回想時点＝大正三年四月とのあいだに横たわる二年足らずの歳月のなかに隠されている」とし、明治天皇の死と乃木希典の殉死とあわせて「二年前の天皇崩御の折の再現の観がある」、明治天皇の妻昭憲皇太后が「狭心症の発作をおこした」「大正三年三月二十六日」から、「崩御（四月十一日）に至るまでの新聞紙面」について指摘している。『こゝろ』の連載はこの年の四月二〇日から始まっている。

漱石深読

十二

道草

健三が遠い所から帰つて来て駒込の奥に世帯《しよたい》を持つたのは東京を出てから何年目になるだらう。彼は故郷の土を踏む珍らしさのうちに一種の淋し味《み》さへ感じた。

彼の身体には新らしく後に見捨てた遠い国の臭《にほい》がまだ付着してゐた。彼はそれを忌んだ。一日も早く其臭を振ひ落さなければならないと思つた。さうして其臭のうちに潜んでゐる彼の誇りと満足には却つて気が付かなかつた。

彼は斯うした気分を有《も》つた人に有勝《ありがち》な落付のない態度で、千駄木から追分へ出る通りを日に二返づゝ規則のやうに往来した。

ある日小雨が降つた。其時彼は外套も雨具も着けずに、たゞ傘を差した丈で、何時もの通りを本郷の方へ例刻に歩いて行つた。すると車屋の少しさきで思ひ懸けない人にはたりと出会つた。其人は根津権現の裏門の坂を上つて、彼と反対に北へ向いて歩いて来たものと見えて、健三が行手を何気なく眺めた時、十間位先から既に彼の視線に入つたのである。さうして思はず彼の眼をわきへ外させたのである。

彼は知らん顔をして其人の傍を通り抜けやうとした。けれども彼にはもう一遍此男の眼鼻立を確かめる必要があつた。それで御互が二三間の距離に近づいた頃又眸《ひとみ》を其人の方角に向けた。すると先方ではもう疾くに彼の姿を凝《じつ》と見詰めてゐた。

息の詰まるような緊張した視線の交錯が記されているにもかかわらず、読者には健三という作中人物のことしか知らされず、相手は「男」であることがようやく判明するだけだ。何とも不得要領な書き出しである。知らされているかに思える、健三についての情報も、実は一つひとつを吟味してみると、そのどれもがやはり確定的な意味を結ぶことのない言葉で記されていたことに気付かされる。

第一文で安定しているのは、「健三」という作中人物の名と、「駒込」「東京」という地名だけである。いずれも固有名詞。固有名詞は、普通名詞のように意味と交換することはできない。人名としての「健三」については、小説全体を読んでみなければ、その唯一性について認識することはできないだろう。「東京」と「駒込」については実在する地名として、とりあえずの認知は可能となる。この「東京」の「駒込」を起点にして「遠い所」が位置づけられるわけだが、それがどこであるかは一切不明だ。

意味を結ぶのは、どこだかわからない「遠い所から帰つて来て」ということだけなのだが、「東京」と「駒込」が「遠い所」への同一の出発点だったかどうかは確定できない。「駒込」は「帰つて来て」から「世帯を持つた」場所であり、この文の現在時において、健三が生活しているところである。したがって「駒込」は帰着点であり、その後の定着点でもあるのだが、その「駒込」が属する「東京」は逆に出発点として位置付けられているのだ。

「東京を出てから」という時点は、この文章の中だけでは、「遠い所」へ旅立った時点と同じだと特定することはできない。何故なら「遠い所」という言葉の対義語としては、「近い所」がただちに想定可能であり、「東京を出てから」、「近い所」へ行った可能性を否定できないからだ。つまりあえて「遠い所」という表現を選ぶ以上、それは「近い所」との対比においてそのように選択されている、ということになる。普通名詞を意味と交換しようとすると、ただちに意味は二つ以上に分裂してしまう。こうした、意味の不確定性をいっそう助長するのが、文末の「何年目になるだらう」という推量形である。この推量表現は地の文の書き手によって選択されている。地の文の書き手は、小説の世界に対して全知であることを、まず最初に放棄している。健三という作中人物の記憶の曖昧さに寄り添いながら、「東京を出てから」の年月を推量する位置を選んでいるのである。

第二文で「東京」が、健三にとっての「故郷」であったことが明らかにされる。「故郷の土を踏む」という言い方によって、「東京」が健三の「故郷」に連結され、同時にそれが「遠い所から帰つて来た」ことの言い換えであることも明らかになる。すると健三は、「遠い所から帰つて来て」、「故郷の土を踏」んだときの「珍らしさ」と「一種の淋し味」が癒合した「感じ」は憶えているのだが、それ以前の、「故郷」である「東京」を初めて出てからの記憶はさだかではないということになる。

『道草』の地の文の書き手は、言葉の意味の微妙な曖昧化によって、健三の記憶していることと、忘却したこととを書き分けようとしているのである。『道草』は記憶と忘却の物語なのだ。

しかし、記憶も忘却も、内的意識や心理としてだけ現象しているのではないことが、第三文で示される。「遠い所」が「遠い国」と言い換えられ、異国である可能性が仄めかされたうえで、「身体に」「付着してゐた」「臭」という比喩によって、身体的であると同時に、「遠い国」で外側から内側に浸み込み、その「国」を「後に見捨て」「帰つて来て」からも、今だ内側から滲み出てくる「臭」という生理現象として記憶が表象されることになる。そして「帰つて来て」からの健三は、「遠い国」の記憶を禁忌のように避け、好ましくないものとしてきらい、拒絶しようとして毎日その「臭」を「振ひ落さなければならないと思つ」てきたことが、第四文と五文で明らかにされてくる。

ここまで健三の意識、記憶、感情、身体に寄り添いながら地の文を綴ってきた書き手は、第六文において、健三が「気が付かなかつた」、「遠い国」で「付着」させてきた「臭」の「うちに潜んでゐる」、「誇りと満足」について読者に指摘してみせる。もちろん「遠い国」で「身体」に「付着」させた「臭」に「誇りと満足」を抱くということがいったいどういうことかは判然としない。地の文の書き手は健三が意識しえていないことを、要所要所で比喩的に読者に開示する。その意味で『道草』は、意識と無意識をめぐる物語でもある。

だからといって、地の文の書き手は読者に対して、作中人物の意識を超えて、明確な意味伝達をしようとしているわけではない。むしろその逆に、明確な意味伝達を堰き止め、言葉が意味を確定する方向に流れるのを滞留させ、いくつもの意味作用の可能性を読者が想起するように、言葉を意識と記憶の中で対流させようとしているかのようでさえある。[注1] その典型が第七文であろう。

まず「斯うした気分」という指示語で示される「気分」を、いったい読者はどのように想定すればよいのだろうか。「斯うした」が直前の文を指すと限定したとしても、「臭」という比喩に対する「誇りと満足」の意味を確定できていない以上、判断停止するしかない。前の文に遡れば遡るほど、意味の確定はよりいっそう困難になる。したがって、意味確定できない「気分」を「有つた人」を想定することは不可能だし、さらに「有勝な」と一気に世の中によくあることとして一般化されてしまえば、最早言葉を意味と交換すること自体を読者は断念するしかない。

意味確定のために読者がすがりつくことができるのは、「千駄木から追分へ出る通り」という地名ぐらいだ。東京市本郷区の駒込千駄木町から、駒込追分町へ出る「通り」は、そのまま南へ進むと西須賀町の西端を通って第一高等学校の北側にいたり、向ヶ岡弥生町の西側に出て、東京帝国大学にたどり着く。しかし、その「通りを日に二返づゝ規則のやうに往来」するとはどういうことなのか。もしかして通勤しているのか。そうだとすれば健三なる作中人物は第一高等学校か東京帝国大学の教師かもしれない[注2]……。読者は解釈に解釈を重ねるが、その落とし所を見出すことはできないまま放置される。

しかし、ここまで来て、「東京」「駒込」周辺の地名を意識と記憶の中で操作できる特権性を持っている読者は、一つの安心を得ることができる。冒頭の第一文で「駒込の奥」と、「奥」という文字を書きつけた地の文の書き手は、本郷区駒込地域を認識する際に、その地域の南側に位置し、東京帝国大学から本郷の交差点あたりに居て、北側を「奥」と認知していることがようやく明確になったのだ。地の文の書き手の〈ここ〉を確定することができたのである。

つまり『道草』の読者にとっての読書行為は、ただちに意味との交換が成立しない言葉、いや正確にいうと文字の認知を負債のように溜め込んで行き、先へ読み進めたテクストのある段階で、ようやくそれらの文字のいくつかを意味と交換する。しかし、すべてを意味に交換して決済することはかなわず、また先へと読み進め、負債は増えつづけているのだが、しかし、次第にそのことに気がつかなくなる、という文字の運動に巻き込まれていくのだ。

実際、第七文までは「遠い所から帰つて来」た健三の、日々反復されている日常が記されていただけで、地の文の書き手の位置する〈ここ〉はようやく特定できたとしても、〈いま〉を決定することはできない。なぜなら第八文の「ある日」という反復される日々の中の特定の日の確定は、健三を中心とした物語内容の時間の中においてのことであって、地の文の書き手の〈いま〉ではないからだ。[注3]

健三以外の作中人物である「思ひ懸けない人」は、何者であるか不明のまま、「其人」と二度指し示され、「此男」と言い換えられ、再び「其人」となった瞬間に息詰まるような視線の果たし合いを、健三との間で演じることになる。「ある日」における「此男」との突然の再会から、曖昧であった健三の過去の記憶が、『道草』の物語内容の現在時に即して断片的に想い起こされていく。

「彼は此男に何年会はなかつたらう。彼が此男と縁を切つたのは、彼がまだ廿歳《はたち》になるかならない昔の事であつた。それから今日迄に十五六年の月日が経つてゐる」（傍点引用者、以下同様）とあるように、「帰つて来て」からの反復の中の一日でしかなかった「ある日」が、「今日」という言い換えによって物語内容の現在時として位置づけられていく。この日を基点に流れ始める『道草』の物語内容の現在時に発生する事件を契機に、健三が忘却していた、「東京を出」る前の過去の記憶が蘇っていくことになる。

健三は、まず姉の家を訪れ、「此男」との関係を確かめる。読者は「此男」が島田という固有名を持つ、健三が子ども時代まで養育されていた養父であったことを容易に知ることになる。その意味では、「思ひ懸けない人」という文字は、『道草』という小説テクストの早い段階で安定的な意味に交換されることになる。

けれども「遠い所」あるいは「遠い国」という文字についてはそうはいかない。姉の家を訪れた際に、彼女の口から「御前さんが外国へ行く時なんか、もう二度と生きて会ふ事は六づかしからうと思つてた」（第四節）という述懐がもれることで、日本国内ではない異国であることはすぐわかるのだが、それがどこの国であるかは容易に読者に明かされない。それは、物語内容の現在時における健三が、「外国」で「付着」させた「臭」を「振ひ落さなければならないと思」い、この「外国」をめぐる過去の経験の記憶を抑圧しているからにほかならない。

繰り返し「外国」とだけ表象されていた「遠い所」（「遠い国」）が、どこの国かを読者が推量できる情報を得ることができるのは、第五十六節まで待ってのことである。島田が仲介者を通じて当初は養子縁組の復縁を要求したのだが、それを断られ、健三との「交際《つきあひ》」の復活を申し入れ、健三がそれを受け入れ、島田は「ちよい〳〵健三の所へ顔を出す」ようになる。健三が与えた小遣いをあてにしての訪問である。その小遣いは、いつも健三が自らの「紙入」から直接渡していた。

「好い紙入ですね。へえゝ。外国のものは矢っ張り何処か違ひますね」

島田は大きな二つ折を手に取つて、左も感服したらしく、裏表を打返して眺めたりした。

「失礼ながら是で何の位します。彼方《あちら》では」

「たしか十志《シリング》だつたと思ひます。日本の金にすると、まあ五円位なものでせう」

「五円？——五円は随分好い価《ね》ですね。浅草の黒船町に古くから私の知つてる袋物屋があるが、彼所《あすこ》ならもつとずつと安く拵へて呉れますよ。こんだ要る時にや、私が頼んで上げませう」

健三が「外国」で購入した「紙入」の値段が「十志」であることが明らかにされることによって、読者は「遠い所」（「遠い国」）としての「外国」がイギリス、すなわち大英帝国であったことを確定できる。しかも健三はただちに外国為替相場に従って、「十志」を「五円」に換算しているのである。それは一八九七（明治三〇）年から、日清戦争の戦争賠償金を準備金として、大日本帝国も大英帝国を中心とした金本位制の国際通貨制度に参入したからである。おそらく大英帝国にいた頃の健三の頭の中では、常に外国為替相場に基づく計算が行われていたのであろう。

健三の「紙入」を値ぶみした後から「島田の態度」は「積極的」になり、「二十三十と纏つた金を、平気に向ふから請求し始め」る。当時この金額は一家五人が一ヶ月生活できるだけのものであった。健三は「細君」からさえ「貴夫《あなた》が引つ掛るから悪いのよ」と真向から批判されてしまう。島田に金を渡し始めたことを、健三は「細君」に語らずにいたのだが、「紙入」に金を補充するのは「細君」の役割であったため、最初から気づかれていたのだ。健三としては当初は「金は始めから断つちまつた」と「細君」に伝えていたにもかかわらずである。

この「紙入」の中身をめぐる夫婦の微妙な関係は、島田が初めて訪問した月末に、「細君」が「会計簿」を健三に見せて、収入が足りず「自分の着物と帯を質に入れた顚末を話した」ことに始まる。「健三はもう少し働らかうと決心」して、「月々幾枚かの紙幣」を「新たに受取」るようになり、それを「洋服の内隠袋《うちかくし》から出して封筒の儘畳の上へ放り出」すようにしていた。だから「細君」も黙ったまま「紙入」に「紙幣」を補充するようになったのである。そして健三が「其余分の仕事を片付けて家に帰るときは何時でも夕暮になつた」ころから、島田が足しげく出入りするようになったのだ。

この中身ではなく、「紙入」それ自体を島田に値ぶみされ、それを大英帝国で購入したときの値段を記憶から蘇らせた一件のあと、突然健三の精神は失調する。第五十七節では「健三の心は紙屑を丸めた様にくしや〳〵」になり、「肝癪の電流」を「外へ洩らさなければ苦しくつて居堪まれなくなつ」てしまう。縁側に置いてある、「子供が母に強請《せび》つて買つてもらった草花の鉢」を、「無意味に」「下へ蹴飛ばして見たり」、「保険会社の勧誘員などの名刺を見ると、大きな声をして罪もない取次の下女を叱つた」りするようになるのだ。

そしてそのように「肝癪」を爆発させる際に、健三の「腹の底」には「何時でも」、「己《おれ》の責任ぢやない。必竟こんな気違じみた真似を己にさせるものは誰だ。其奴《そいつ》が悪いんだ」という「弁解が潜んでゐた」。「己」すなわち自我の統御に従わない、「其奴」というしかない何者かが暴れ狂っているという「弁解」である。[注4] それまで抑圧してきたはずの「其奴」が暴れ出すようになると、健三は「みんな金が欲しいのだ。さうして金より外には何にも欲しくないのだ」と思い始め、同時に封印してきた「遠い所」(「遠い国」)における記憶が第五十八節で蘇って来るのである。

健三は外国から帰つて来た時、既に金の必要を感じた。久し振にわが生れ故郷の東京に新らしい世帯を持つ事になつた彼の懐中には一片の銀貨さへなかつた。

この第五十八節冒頭の二つの文は、第一節の冒頭の二つの文と正確に対応している。「外国から帰つて来た時」の自分の、「懐中」に「一片の銀貨さへなかつた」経済的窮状を想い起したくないという抑圧が、第一節の冒頭において健三の記憶を曖昧にしていたのである。そのことが、五十八節でようやく明確に意味確定するのである。この経済的窮状は、しかし一人健三だけのことではなかった。

留守中の「妻子」を託した「官吏」であった「細君の父」は、急激な政権交代の中で「崩壊の渦の中に捲き込まれ」、「自分の位地を失つた後」に「相場に手を出して、多くもない貯蓄を悉く亡くして仕舞つたのである」。その結果「細君は夫の留守中に自分の不断着《ふだんぎ》をこと〴〵く着切つてしまつた」のである。

しかたがなく健三は、渡英前の「自分の職を辞し」、その退職金で「駒込の奥」に持つ「世帯」に必要な「家具家財を調へた」のだ。そして退職金を遣い果たした後、「外国にゐる時」、「金」を「借りた」「同宿の男から」「催促状が届」く。

その同宿の男は、健三と「同じ学校の出身」で、「卒業の年もさう違はなかつた」にもかかわらず、「立派な御役人として」「官命で遣つて来た」ため、その男の「財力」と「健三の給費」は、「殆んど比較にならない程の懸隔があつた」のである。この男は健三に同情し、食事やお茶によく誘ってくれた。そのように「懇意になった時」、健三は「衣服を作る必要に逼《せま》られて」「金」を「借りた」のである。

其時彼は反故でも棄てるやうに無雑作な態度を見せて、五磅《ポンド》のバンクノートを二枚健三の手に渡した。何時返して呉れとは無論云はなかつた。健三の方でも日本へ帰つたら何うにかなるだらう位に考へた。

健三のことを気づかっての「反故でも棄てるやうに無雑作な態度」ではあったのだろうが、そこには決定的な収入の格差、階級の違いによる金銭感覚の落差が刻まれている。この「五磅《ポンド》」という大英帝国の貨幣の単位にこそ、「遠い所」(「遠い国」)において健三に刻まれた屈辱の記憶の源があったのだ。「日本へ帰つたら」外国為替相場で円に換算しなければならない。一ポンドは二〇シリング。「十志」が「五円」であるなら健三の借金は百円である。

金額と署名を入れた「バンクノート」が現金に交換され得るのは、金融資本主義の信用の論理に基づいている。「反故」が「百円」で買われるのが、この後の島田と健三の交換の物語にほかならない。

退職金を使い果たした健三は「仕方なしに、一人の旧い友達」に「要る丈の金を」用立ててもらった。「彼は早速それを外国で恩を受けた人の許へ返しに行つた」のである。借金を返済するためのさらなる借金。それが帰国して「駒込の奥に世帯を持つた」ときの、「遠い国の臭」の中に入り込んでいたのである。「新らしく借りた友達へは月に十円宛《づゝ》の割」で返済することにした。十ヶ月間、健三は借金を返し続けたことになる。

「外国」における借金も、「外国から帰つて来た」後の借金も、あくまで個人的な信頼関係に基づく、「利子」のつかない借金であった。しかし、島田と再会した後の健三が、彼への対応を相談するために頻繁に「交際《つきあひ》」出す姉とその夫としての比田夫婦、健三の「生家の跡を襲」いだ兄も、「利子」のついた借金にまみれつづけていたことが、島田とのかかわりの中で見えてきてしまう。[注5]

さらに、健三の血縁家族の借金に比べて、はるかに多額の、殆ど返済することが不可能な負債を抱え込んでいるのが、健三と姻族関係にある「細君の父」である。[注6]「健三が外国から帰つて来た時」には、「細君の父」は「千円位出来」て、「それを私に預けて」おくと「一年位」で「ぢき倍にして上げます」と豪語していた。「何うして一年のうちに千円が二千円になり得るだらう」という「疑問の解決」が出来なかった健三は、「細君の父にのみあつて、自分には全く欠乏してゐる、一種の怪力」を認めていたのだが、それは「相場」で利鞘を得ようとする、金融資本主義の幻想にとらわれた、没落した元高級官僚の大言壮語でしかなかったのである。

「細君の父」の経済的な実情は、まったく違っていた。

彼は在職中の関係から或会の事務一切を管理してゐた。侯爵を会頭に頂く其会は、彼の力で設立の主意を綺麗に事業の上で完成した後、彼の手元に二万円程の剰余金を委ねた。官途に縁がなくなつてから、不如意に不如意の続いた彼は、つい其委託金に手を付けた。さうして何時の間にか全部を消費してしまつた。然し彼は自家の信用を維持するために誰にもそれを打ち明けなかつた。従つて彼は此預金から当然生まれて来る百円近くの利子を毎月調達して、体面を繕ろはなければならなかつた。自家の経済よりも却つて此方を苦に病んでゐた彼が、公生涯の持続に絶対に必要な其百円を、月々保険会社から貰ふやうになつたのは、当時の彼の心中に立入つて考へて見ると、全く嬉しいに違なかつた。

明らかに公金横領であり、委託された元金を使ってしまい、「保険会社」からの顧問料の「百円」で「利子」だけが入っているかのように見せかけるところまで、「細君の父」は落ちていたのである。「保険会社」とは人の命や危険を商品化して利鞘をかせぐ、金融資本主義の典型である。健三が「保険会社の勧誘員」に過剰反応したのも理由のないことではなかったのだ。健三との言い合いの中で「えゝ、泥棒だらうが、詐欺師だらうが何でも好いわ。たゞ女房を大事にして呉れゝば、それで沢山なのよ」という「細君」の言葉の中には、こうした実家の実状が屈折した形で刻みこまれていたことがこのやり取りからわかって来るのである。

島田との「交際」が再開した頃、「細君」は「三番目の子を胎内に宿」す。その「細君が産をする十日ばかり前に、彼女の父が突然健三を訪問」する。その時健三は留守だった。「細君」は「健三の記憶から消えかゝつてゐる位古」い、「七八年前」から「五六年前」まで結婚したばかりの夫婦が暮していた「地方」の「田舎の洋服屋で拵えた」「外套」を父に貸したと言う。彼女は自分の父について、「外套どころぢやない、もう何にも有つちやゐないんです」と健三に打ちあける。

「中一日置いて」再訪した「細君の父」は、借金をするために、連帯保証人になってもらおうとしていたことを健三に伝える。しかし、健三はこれまで「証書を入れて他から金を借りた経験のない男であつた」のだ。彼は、イギリスから帰国したときと同じように「友達」をあてにするが、その「友達の金は、みんな電鉄か何かの株に変形してゐた」。ここでも金融資本主義の網の目に現金が搦めとられてしまっている。結局健三は、その「友達の妹婿」の「病院を開いて」いる男から「四百円」「借り受け」て、「細君の父」に「それから四五日経つて後」に手渡す。「外套」を借りていったのが「細君」の出産の「十日ばかり前」だとすると、「細君の父」に健三が「四百円」渡したのは、出産三日前ぐらいということになる。金融資本主義にどっぷりとつかり切った親族たちをめぐる金銭の流れは、「細君」の出産予定日に隣接するように、とりあえずの支払い期限をむかえているのだ。

ここで改めて、なぜ第五十八節で、『道草』という小説のテクストは、その第一節の冒頭に回帰する形で、意味と交換することのないまま、負債のように残ってきた一連の言葉に、一定の意味を付与したのかを問い直してみる必要がある。それは第五十七節末尾の健三の自我の崩壊を書き記した一節と深くかかわっている。

彼は金持になるか、偉くなるか、二つのうち何方かに中途半端な自分を片付けたくなつた。然し今から金持になるのは迂闊な彼に取つてもう遅かつた。偉くならうとすれば又色々な塵労《わづらひ》が邪魔をした。其塵労の種をよく〳〵調べて見ると、矢つ張り金のないのが大源因になつてゐた。何うして好いか解らない彼はしきりに焦れた。金の力で支配出来ない真に偉大なものが彼の眼に這入つて来るにはまだ大分間があつた。

地の文の書き手が位置する〈いま〉が確定できない理由が、ここで明示されている。地の文の書き手は、物語内容の現在時より「まだ大分間があ」る未来に、その認識の位置を据えているのである。その位置を確定するには健三自身が「金の力で支配出来ない真に偉大なものが彼の眼に這入つて来る」まで待たなければならない。つまり「金持になるか、偉くなるか」「何方かに」「片付けたくな」るという、二項対立的思考を健三が脱構築しなければ、「真に偉大なもの」は彼の「眼に這入つて来」ることはないのである。

健三が「偉くなる」ということは、「金力を離れた他の方面に於て自分が優者であるといふ自覚」を、現実化することである。すなわち、彼が当初は自覚していなかった「遠い所」（「遠い国」）に留学したことによって持ち得ていた「誇りと満足」を、「仕事」として実現することに他ならない。それは「読みたいものを読んだり、書きたい事を書いたり、考へたい問題を考へたり」することであったはずだ。しかし健三が「始終机の前にこびり着いて」やっていることは、大学の講義の準備でしかない。しかし、それが「仕事」であり、彼の収入の源なのだ。だから健三は「活字に眼を曝したり、万年筆を走らせたり、又は腕組をしてたゞ考へたり」し続けたのである。講義のない「極暑の頃」は、「細君に向つて生家へ帰れと云つた」ため、たった一人で「ノート」に「暑苦しい程細かな字で」、「蝿の頭といふより外に形容のしやうのない」「草稿」を「成る可《べ》くだけ余計拵え」ようとしたのである。

出産後、「細君」には「視力を悪く」しないように本を読むなと文句を言いながら、健三の「ノートは益《ますます》細かくなつて行」き、「最初蝿の頭位であつた字が次第に蟻の頭程に縮まつて」しまうのである。彼は「何故そんな小さな文字を書かなければならないのかとさへ考へて見なかつた」と地の文の書き手は、健三が意識しえていないことに立ち入った指摘をする。「暇さへあれば彼の視力を濫費し」、「細君に向つてした注意をかつて自分に払はなかつた」、「それを矛盾とも何とも思はなかつた」と、地の文の書き手は健三を批判するのである。

出産後の「三週間を床の上に過すべく命ぜられた細君」の「床が上げられた時」、彼女は「赤ん坊」のための「着物」を縫うために、「裁《たち》もの板の前に坐」ることになる。健三は「細君の膝の上に置かれた大きな模様のある切地」に眼を止めて、それが「姉から祝つて呉れた」ものだということに気づく。自分が姉に月々渡している小遣いで買われたその布地に対して健三は、「つまり己の金で己が買つたと同じ事になるんだからな」という、近代資本主義の交換原則に基づく感想をもらす。[注7] それに対して「細君」は、「でも貴夫に対する義理だと思つてゐらつしやるんだから仕方がありませんわ」と反論する。そして「細君は健三の顔を見て突然斯んな事を云ひ出した」のである。

「十のものには十五の返しをなさる御姉さんの気性を知つてるもんだから、皆な其御礼を目的《あて》に何か呉れるんださうですよ」

「細君」が開示するのは、近代資本主義の交換の原則に対峙する、前近代的な「贈与の原則」に他ならない。しかも前近代社会を永い間貫いていた社会的贈与の論理である。社会を構成する人間の集団が、贈与、すなわち与える義務と、受け取る義務と、返す義務という三位一体の義務によって成り立っていた世界の論理である。

この「贈与の原則」を突き付けられた健三は、「今から一ヶ月余り前」の出来事を記憶から蘇らせる。ここで初めて、地の文の書き手と健三の「今」が一致する。その出来事とは、「ある知人に頼まれて其男の経営する雑誌に長い原稿を書いた」ことである。「それ迄細かいノートより外に何も作る必要のなかつた」健三にとって、「此文章は、違つた方面に働いた彼の頭脳の最初の試み」だったのだ。

給与などの金銭との交換はもとより、「偉くなる」こととの交換をも意図しなかった「此文章」を書くとき、健三は「たゞ筆の先に滴る面白い気分に駆られた」だけだったのである。このとき「彼の心は全く報酬を予期してゐなかつた」。つまり、「此文章」を書くときだけは、健三はずっと縛られていた「交換の原則」から自由になりえていたのだ。

けれども健三の意識には、姉が保持していた「贈与の原則」は存在していなかった。だから彼は原稿料で自分の欲しい「物を買ひ調へた」のだ。「彼は毫も他人に就いて考へなかつた」し、「新らしく生れる子供さへ眼中になかつた」のであり、ましてや「自分より困つてゐる人の生活などはてんから忘れてゐた」のだ。ここに健三の記憶と忘却をめぐる、そして意識と無意識をめぐる最も根源的問題が表象されている。なぜなら彼は、姉と自分を対比しながら、「ことによると己の方が不人情に出来てゐるのかも知れない」と思うからだ。

健三は「此文章」と交換するように、「三十円」の「原稿料」をもらっていた。それを「懸額」や「花瓶」に使い、たまたま「紙入」に残っていた「五円」を、かつて島田の妻であった養母御常に贈与したのである。

その後の健三は、島田に対する贈与を一切拒絶し、彼の代理人が要求する「実父より養育料差出候に就ては、今後とも互に不実不人情に相成ざる様心掛度と存候」と文字で記された「反故」同然の「書付」を、「百円」で買い取るために、「新らしい仕事の始まる迄」の「十日の間」を利用して、「洋《ペ》筆《ン》を執つて原稿紙に向」い、「書いたものを金に換へ」てしまうのだ。

「交換の原則」に刺し貫かれた、「原稿料」目当の書きものに、最早「筆の先に滴る面白い気分」はやどらない。「予定の枚数を書き了へ」て、「筆を投げて畳の上に倒れた」健三のなしえたことは、「他を屠る事が出来ないので已を得ず自分の血を啜つて満足した」のである。この状態こそが、すべての人間の営みを、「交換の原則」で支配し、人間そのものを労働力という商品に換えてしまう、近代資本主義とりわけ金融資本主義時代の現実なのだ。

この「原稿」を書く直前まで、健三は同じ「洋筆《ペン》」を「赤い印気《いんき》」に浸し、「丸だの三角だのと色々な符徴を附けるのに忙がしかつた」のである。これも意味に交換されることを拒む文字の羅列である。一言で言えば〈試験の採点をしていた〉ということになるはずなのだ。

この「赤い印気」を飛び散らせる健三の作業の視覚的像は、「細君」の「出産」のイメージと重ねられている。「予期より早く産気づいた細君」に寄り添いながら、「産婆」の来る前の出産を健三は介助することになった。「細君」は「今迄我慢に我慢を重ねて怺へて来たやうな叫び声を一度に揚げると共に胎児を分娩した」のである。

この「細君」の「叫び声」と、「百円」のための「予定の枚数を書き了へた時」の健三の「あゝ、あゝ」という「獣と同じやうな声」は、まったく相反する意味において重ねられている。

人間が子どもを出産し、まったく無力な赤ん坊を育てていく営みは、原理的に「贈与の原則」にのっとっている。「不実不人情」で赤ん坊を生き延びさせることはできない。

性と出産と育児の結合は市場の外部にある。「不実不人情に相成ざる様心掛度と存候」という「反故」同然の「書付」を、「百円」という「原稿料」で買い取る「交換の原則」を貫いてしまった健三は、「筆の先に滴る面白い気分」という、性的な比喩としても読みとれる文字の喚起する意味の可能性を、永遠に手放してしまったのかもしれない。

しかし、資本主義の発祥地大英帝国仕込みの「交換の原則」に貫かれた健三であっても、「細君」と赤ん坊の関係については「贈与の原則」に基づく思いを抱かざるをえなかったのだ。「子供を有つた御前は仕合せである。然し其仕合を享ける前に御前は既に多大な犠牲を払つてゐる。是から先も御前の気の付かない犠牲を何の位払ふか分らない。御前は仕合せかも知れないが、実は気の毒なものだ」という健三の「心のうち」の「細君」への言葉は、「贈与の原則」で貫かれている。

だからこそ、「書付」を「百円」と交換してもなお、健三は「世の中に片付くなんてものは殆んどありやしない」と言うのである。それに対し、「赤ん坊を抱き上げ」「赤い頬に接吻」する「細君」は、言葉を理解することのない赤ん坊相手に、「御父さまの仰やる事は何だかちつとも分りやしないわね」と語りかける。言葉は決して「交換の原則」には従わないからだ。

注1◆吉田凞生「『道草』の時間——記憶と現在」(『國文學』一九八六・三)に、「漱石は健三の「記憶」を彼の「現在」の中に組み込むことで、両者を相対化する装置を調えた」という指摘がある。

注2◆吉田凞生「『道草』——作中人物の職業と収入」(『夏目漱石Ⅱ』有精堂　一九八二)

注3◆石原千秋「叙述形態から見た「道草」の他者認識」(『成城国文』一九八〇・一〇)に、「健三が回想した時期・場面を、語り手が健三の思い出し方に似せて語っている」という指摘がある。

注4◆芳川泰久『漱石論――鏡あるいは夢の書法』（河出書房新社　一九九四）に次のような指摘がある。「では、いったい漱石の「其奴」は何に近いのかと言えば、フロイトのいう「エス」であり、それ以上に、フロイト自身が「エス」の概念を形成する際に参照したグロデックやニーチェのいう「それ《エス》」にほかならない。「其奴」を翻訳し得るのは、ニーチェやニーチェに依拠するグロデックの「それ」であろう。「それ」、ドイツ語の非人称主語Es。非人称主語である以上、「それ」という訳語に含まれる指示参照性は希薄だが、ほとんどそれ以外に訳しようがない」。

注5◆蓮實重彦「修辞と利廻り――『道草』論のためのノート」（『別冊國文學　夏目漱石事典』学燈社　一九九〇・七）は、『道草』に「資金と利廻りという主題」を見出している。

注6◆吉田凞生「家族＝親族小説としての『道草』」（『講座夏目漱石』第三巻　有斐閣　一九八一）に、「『道草』における家族＝親族は、社会的には「互恵的交換作用」と呼ばれる相互扶助作用の系《システム》である」という指摘がある。

注7◆柴市郎「『道草』――交換・貨幣・書くこと――」（『日本近代文学』49　一九九三・一〇）に、「〈貨幣〉によって媒介される〈交換〉こそ、それが本質的に孕む不条理をこのテクストにおいて象徴的に示すものに他ならない」という指摘がある。

漱石深読

十三

明暗

医者は探りを入れた後で、手術台の上から津田を下した。

「矢張《やつぱり》穴が腸迄続いてゐるんでした。此前探つた時は、途中に瘢痕の隆起があつたので、つい其《そ》所《こ》が行き留りだとばかり思つて、あゝ云つたんですが、今日疎通を好くする為に、其奴をがり〳〵掻き落して見ると、まだ奥があるんです」

「さうして夫《それ》が腸迄続いてゐるんですか」

「さうです。五分位だと思つてゐたのが約一寸程あるんです」

津田の顔には苦笑の裡に淡く盛り上げられた失望の色が見えた。医者は白いだぶだぶした上着の前に両手を組み合はせた儘、一寸《ちよつと》首を傾けた。其様子が「御気の毒ですが事実だから仕方がありません。医者は自分の職業に対して嘘《うそ》を吐く訳に行かないんですから」といふ意味に受取れた。

津田は無言の儘帯を締め直して、椅子の脊《せ》に投げ掛けられた袴を取り上げながら又医者の方を向いた。

「腸迄続いてゐるとすると、癒りつこないんですか」

「そんな事はありません」

医者は活潑にまた無雑作に津田の言葉を否定した。併せて彼の気分をも否定する如くに。

「たゞ今迄の様に穴の掃除ばかりしてゐては駄目なんです。それぢや何時迄経つても肉の上《あが》りこはないから、今度は治療法を変へて根本的の手術を一思ひに遣るより外に仕方がありませんね」

第一文は奇妙で複雑な比喩表現になっている。[注1]

「探りを入れ」るという日本語は、相手の心の中に隠されている意向や思いをそれとなく尋ねて、相手の反応を見て状況判断することを意味する慣用句だ。医者は「手術台」に津田をのせていたのだから、何らかの診察をしていたはずで、慣用句としての「探りを入れ」るは、診察という医療行為の比喩になっている。身体的な医療行為が、なぜ心理的な駆引きを表す慣用句で表現されなければならないのか。読者は即座に判断することはできない。

欧米の医療技術を日本が取り入れて以後、「探り」という日本語は、ドイツ語でゾンデという医療器具の別称としても使われてきた。ゾンデとは、先端が丸みを帯びていて容易に曲げることのできる、柔い金属などで作られた細い棒状の医療器具である。[注2] 体腔や瘻孔《ろうこう》などに差し込みその深さや曲がり方などを探るために使用する。

「探り」をゾンデの意味にとれば「探りを入れ」という言葉は、文字通りの身体的医療行為を表象していることとなり、比喩性は消去される。しかし、同じ言葉が慣用句として一度意味を結んでしまった以上、読者の記憶に残り続けてしまう。

ここでは津田の身体的病をめぐる表象が、常に彼の精神的な病の比喩として機能し、同時に言葉の意味が奇妙に宙吊りにされるという、『明暗』というテクストの基本的な運動が仕掛けられているのである。結果として、その後の医者と津田の診察結果をめぐるやり取りも、単なる痔瘻《じろう》の診断という意味作用を超えた、比喩的な意味を読者に喚起するように作用していくことになる。

肛門周囲炎が自壊した「穴」が、それ自体が「穴」である「腸迄続いてゐる」という、複数の「穴」。その「穴」の「行き留り」だと「此前」まで思っていたのだが、それは実は「瘢痕の隆起」、すなわちかつての外傷が一度治癒した後の皮膚の変性部分が盛り上がったものであり、それを「がり〳〵掻き落して見る」と、さらに、その「奥」があり、「穴」の長さは「五分」ではなく「一寸」という倍の長さとして認定されていく。[注3] 同時に医者と津田との間だけで共有されている「此前」と「あゝ云つた」という指示語は、読者にとって、何時のことでありどのような診断であったのか定かにならない。指示語の意味は宙吊りにされたままである。

すると会話場面に続く地の文の在り方も、やはり奇妙で複雑な比喩表現になっていることに読者は気づかされていくことになる。津田と医者は、言葉ではなく「苦笑」と「失望の色」という表情と、「両手を組み合はせ」「一寸首を傾けた」という身体的動作を交わし合っているだけなのだが、地の文の書き手は、医者の態度に対し、津田の側から過剰な意味付けを行っている。

ここで微妙なのは、「失望の色が見えた」と地の文の書き手が判断する際、その判断が医者にも共有されていたかどうかが明示されていないことだ。そうである以上「一寸首を傾けた」医者の動作が、津田の「顔」の表情の「失望の色」に応答したものかどうか、ましてや地の文の書き手が津田に即して叙述した「意味」になるかどうかは決定できない。

津田は医者に対して慣用句の字義どおりに「探りを入れ」ていることにもなり、その津田に即して地の文の書き手も医者に「探りを入れ」ているにすぎない。地の文の書き手は超越的ではなく、作中人物と同程度に相対的なのだ。したがって、読者は医者に対しても、津田に対しても、そして地の文の書き手に対してまでも「探りを入れ」ながらテクストを読まなければならなくなる。しかも「探りを入れ」るだけでは言葉の意味は確定しない。「探りを入れ」ることで可能になるのは診察と診断であって、それで病が治癒するわけではない。

「失望の色」を「瘢痕の隆起」のように自らの表情に「淡く盛り上げ」ていた津田は、「癒りつこないんですか」とその「失望」の内実を医者に問う。医者は「津田の言葉を否定」する。地の文の書き手は、その行為を「彼の気分をも否定する如くに」という比喩で読者に対して意味付けていく。この医者と津田のやりとり自体が、医者が行った「瘢痕の隆起」を「がり〳〵掻き落して見る」という直前までの身体に対する医療行為と比喩的な関係におかれていることは明らかだ。

そして、この比喩に続く医者の言葉によって、先程まで宙吊りのまま二つの「穴」があいたようになっていた「此前」と、「あゝ云つた」に意味が付与されることになる。「此前」とは津田がこの医者に痔瘻の治療を受け始めたときであり、そのときは「穴の掃除」、すなわち糞便で汚れる瘻孔をきれいにする治療法が提案されたのであろう。しかし医者は、「今度は治療法を変へて根本的の手術を一思ひに遣る」ことを提案する。

津田はこの時幾重にも自分自身から隔てられている。自分の身体でありながら、その症状を自ら見ることはできない。自ら見ていない以上、その身体の症状について自ら判断することもできない。自分で判断できない以上、その治療法についても自分で判断することも選ぶこともできない等々。すべては医者にまかせるしかない。一つの選択について、幾重にも主体化の契機を奪われてしまった人間として、「手術台」から「下」される、目的語にされた主人公として津田が読者の前にあらわれるのは、こうした在り方の比喩にもなっていたのである。

一八八節で中断された『明暗』という長篇小説は、津田が「根本的の手術」を受け、その術後の療養のために温泉に出かけるという出来事の連鎖を物語内部の現在時の時間軸としている。現在時において与えられた刺激をとおして、作中人物が、突然忘却していた痛みの伴う記憶、すなわち精神的外傷となった出来事を、「瘢痕」を「がり〳〵掻き落して見る」ように知覚感覚的に、すなわち身体的なフラッシュバックのように想起するという形で、過去が同時に開示されることにもなる。

去年の疼痛があり〳〵と記憶の舞台に上つた。白いベッドの上に横《よこた》へられた無残《みじめ》な自分の姿が明かに見えた。鎖を切つて逃げる事が出来ない時に犬の出すやうな自分の唸り声が判然《はつきり》聴えた。それから冷たい刃物の光と、それが互に触れ合ふ音と、最後に突然両方の肺臓から一度に空気を搾り出すやうな恐ろしい力の圧迫と、圧された空気が圧されながらに収縮する事が出来ないために起るとしか思はれない劇《はげ》しい苦痛とが彼の記憶を襲つた。

視覚的記憶は変調をきたし、自分の姿を外側から見たものになっており、聴覚的記憶もあたかも外側から自分の声を聴いたかのようになり、呼吸器の内臓感覚の苦痛が想起されている。この突然「襲」いかかってくる知覚感覚的記憶は、「肉体」と「精神」の両方にかかわっていることを津田は自覚する。「此肉体はいつ何時《なんどき》どんな変に会はないとも限らない。それどころか、今現に何んな変が此肉体のうちに起りつゝあるかも知れない。さうして自分は全く知らずにゐる。恐ろしい事だ」。これは「去年」、すなわち一年前の春「荒川堤へ花見に行った帰り途」に発生した痔瘻による「疼痛」の記憶についての意味付けであると同時に、直前の医者の診察が突きつけた現実によってもたらされた認識である。そしてただちに「精神界も全く同じ事だ。何時《いつ》どう変るか分らない。さうして其変る所を己《おれ》は見たのだ」ということに津田は気付く。この「精神界」における突然「変る所」の記憶は「彼の女」という、意味を欠落させた、同じ指示語で指し示される「穴」でしかない二人の女と結びついていた。

何うして彼《あ》の女は彼所《あすこ》へ嫁に行つたのだらう。それは自分で行かうと思つたから行つたに違ない。然し何うしても彼所へ嫁に行く筈ではなかつたのに。さうして此己《このおれ》は又何うして彼の女と結婚したのだらう。それも己が貰はうと思つたからこそ結婚が成立したに違ない。然し己は未だ嘗て彼の女を貰はうとは思つてゐなかつたのに。

この津田の内的独白の中で設定された「何うして」という複数の問いかけによって穿たれた「穴」を埋めるのが、『明暗』という長篇小説の終らなかった言葉の運動なのである。そしてその運動は、津田という目的語にされてしまった主人公と他の登場人物たちとの「探り」の「入れ」合いに、地の文の書き手と読者自身が参入していく過程でもあるのだ。

二つの「穴」の一方である、津田が「結婚した」「彼の女」は次の節で「細君」としてすぐに登場する。「細君」であるお延と津田との間で「探りを入れ」合うことになるのは、京都にいる津田の父親からの「送金」をめぐる問題である。津田はお延と結婚した後、「毎月の不足を、京都にゐる父から塡補して貰ふ事」になっていた。その「送金」については「盆暮の賞与で、その何分かを返済するといふ条件」がついていた。しかし津田は「盆」の「賞与」が出た「此夏その条件を履行しなかつた」のである。この約束違反に対して、父はこの月の「送金」を断ってきたのだ。

半年前に結婚してからの津田の家計には、もともと「穴」があいていたことになる。その「穴」は父からの「送金」でとりあえずは埋めていたのだが、それが止められたばかりか、緊急に手術のための入院費が必要となったのだから、津田の家計には同時に二つの「穴」があいてしまったことになる。

津田はお延に、「返済する条件」は秘密にしていた。それは津田が「黄金の光りから愛其物が生れると迄信ずる事の出来る」男だったからであり、結婚するにあたって「何うかしてお延の手前を取繕はなければならないといふ不安」を抱いていたからである。

「富を誇りとしたがる津田は」、「自分を成る可く高くお延から評価させるために、父の財産を実際より遥か余計な額に見積つた所を、彼女に向つて吹聴した」結果が、このような事態を生み出してしまったのである。人間としての価値だけでなく、「愛」までもが「黄金の光り」によって決定されると考えるほど、津田の感覚は、人間をめぐるすべてを金銭によって表象しうる交換価値、すなわち価格化してとらえる資本主義の論理に刺し貫かれていたのである。

資本主義的な交換価値の論理に絡め取られていたのはもちろん津田だけではない。「十年ばかり前に」「官界を退いた」津田の父は、「実業に従事」している間に貯蓄をし、京都に土地を買い、そこに家を建てたのであり、自分の息子への「送金」に対する返済を求めているわけで、これは親子関係の中に資本主義的な交換と契約の論理を持ち込んでいることにほかならない。

この交換と契約の論理を提案したのは、津田の妹お秀の夫の堀であった。だから津田が父との約束を履行しなかったことに対して、父は堀に「詰責に近い手紙」を送り付け、その責任を追及したのである。

ではなぜ「盆」の「賞与」をもらったにもかかわらず、津田は「送金」の「返済」をしなかったのか。その理由を突き止めたのは妹のお秀だった。「同時に津田の財力には不相応と見える位な立派な指輪がお延の指に輝き始めた。さうして始めにそれを見付け出したものはお秀であつた」。

お秀は「お延の指輪を賞め」ながら「探りを入れ」る。「津田と父との約束を丸で知らなかつたお延は」、「自分が何の位津田に愛されてゐるかを、お秀に示さうと」して「有の儘を」「物語つた」のだ。お延もまた「愛」の程度を「指輪」の値段で数量化する枠組みに取りこまれているのである。

お秀はこの事実を、「お延が盆暮の約束を承知してゐる癖に、わざと夫を唆のかして、返される金を返さないやうにさせたのだといふ風な手紙の書方」をして、「京都へ報告した」。ここで問題になるのは「津田の財力には不相応と見える位な立派な指輪がお延の指に輝き始めた」理由である。「指輪」はお延の「津田に愛されてゐるか」どうかをめぐる心の「穴」と深く結びついていたのだ。

津田の手術が行われた日、お延は結婚するまで育てられた岡本の叔父と叔母から芝居見物に誘われていた。当初は断ると津田には言っていたのだが、手術が終った後、お延は人力車で劇場に駆けつける。しかし、それは単なる芝居見物ではなく、お延の従妹の継子の見合いを兼ねたものであった。相手は津田の会社の上司である吉川夫妻が「紹介者」となっている三好という、「戦争前後に独乙《ドイツ》を引き上げて来た」男であった。『明暗』の背後には、第一次世界大戦が位置づけられている。

『明暗』においては戦争の比喩が繰り返し使用されている。お延との「夫婦生活」を津田は「愛の戦争といふ眼で眺め」ているし、その際「敗者」、「征服」、「帰服」、「愛の擒《とりこ》」といった戦争用語が使用されている。

あるいはお秀とお延が「愛」について論争する際には「伏兵」、「自然弾丸を込めて打ち出すべき大砲」という比喩があらわれてくる。

また岡本の家の小学生の一《はじめ》は、突然「お父さま、僕此宅《うち》が軍艦だと好いな」と口走ったりする。お延が継子の見合いに同席させられたのは、翌日の岡本の叔父の話では、継子の依頼によるものだった。それはお延が継子に「女は一目見て男を見抜かなければ不可《いけな》い」と自らの男に対する「眼力」を自慢し、その言葉を証明するかのように津田と彼女との間に起った「相思の恋愛事件」が「恰も神秘の焔の如く、継子の前に燃え上」り、お延の言葉は「継子にとつて遂に永久の真理其物になつた」からである。

しかし、皮肉なことに「結婚後半年以上を経過した今のお延の津田に対する考へは変つてゐた」。実際この日、お延は「結婚後始めて」朝寝坊をし、「毎日夫と寐起を共にしてゐながら、つい心にも留めず、今日迄見過ごしてきた窮屈といふものが、彼女にとつて存外重い負担であつたのに驚ろかされた」のでもあった。継子に自慢してきたような、「天の幸福を享け」た「果報者」としての自己像が、この日、お延の中では崩れてしまっていたのである。

お延は、津田とはまた別な形で、自らの過去を「余儀なく記憶の舞台に躍らせ」ざるをえないところに追い込まれていく。そして、「今迄気の付かなかつた或物に、突然ぶつかつたやうな動悸がし」て、「昨日の見合に引き出されたのは、容貌の劣者として暗に従妹の器量を引き立てるためではなかつたらうか」と気付き、叔父の前で泣き出してしまうのである。

それに対して叔父の岡本は、お延に小切手を渡し、「是は先刻お前を泣かした賠償金だ。約束だから序《ついで》に持つてお出で」と言う。「賠償金」がやはり戦争用語であることは言うまでもない。

同時に「岡本の小切手は、お延の芝居見物と継子へのアドバイスを、娯楽や「親切」ではなく、一日の労働として交換原理に組み込む機能を果たしてしまっているのだ。彼女は、もう誰に対しても身内ではない」[注4]。

だからこそ岡本と別れて電車に乗ったお延の「眼の前」には「昨日からの関係者の顔や姿」が「廻転する丈」だったが、お延はそれらの「目眩《めまぐる》しい影像《イメジ》」と「断片的な影像《イメジ》」を「一貫してゐる或物」を必死で見つけ出そうとするのである。身体的な知覚感覚的「影像《イメジ》」としてしか浮かんでこない記憶。しかしお延は「個々を貫いてゐる」「或物」をつかみつつある。

この夜お延の留守中に、津田の友人の小林が来訪していた。翌朝再び訪れた小林は「自分が今度地位を得て朝鮮に行く事を話」し、「津田と一所」に、津田が育てられた藤井の叔父の家からの帰り道、「社会主義者として目指されて」「探偵に跟《つ》けられた」ことを「自慢」する。そして津田の「外套」を貰いに来たと来意を告げる。

このとき小林はしきりに津田が「生れ変つた」ことを強調する。お延は過剰にその言葉に反応する。「愛する人が自分から離れて行かうとする毫釐《ごうりん》の変化、もしくは前から離れてゐたのだといふ悲しい事実」に気づきはじめた自分の「秘密」を、小林から指摘されたかのようにお延は感じたのだ。小林は繰り返し津田が結婚によって変わったことを強調する。注5

「奥さんは結婚前の津田君を御承知ないから、それで自分の津田君に及ぼした影響を自覚なさらないんでせうが、――」

「わたくしは結婚前から津田を知つて居ります」

「然し其前は御存じないでせう」

「当り前ですわ」

「所が僕は其前をちやんと知つてゐるんですよ」

「行き留り」だと思った「瘢痕」を取り除いてみるとさらに「奥」があるという、冒頭の構図がここでも現れてくる。小林が帰った後、お延は二階の津田の書斎の机の「上に突ッ伏してわつと泣き出した」のだ。その後お延はそこら中を家捜しするが、小林がほのめかした過去の「秘密」の手掛かりになるものは何も出てこない。しかし、「津田宛」の「手紙」を「一々調べ出した」ときフラッシュバックが襲ってくる。

突然疑惑の焔が彼女の胸に燃え上つた。一束の古手紙へ油を濺《そそ》いで、それを綺麗に庭先で焼き尽してゐる津田の姿が、ありくと彼女の眼に映つた。其時めらくと火に化して舞ひ上る紙片を、津田は恐ろしさうに、竹の棒で抑へ付けてゐた。それは初秋の冷たい風が肌《はだえ》を吹き出した頃の出来事であつた。さうしてある日曜の朝であつた。

そのときお延は、「何でそれを焼き捨てるのか」と尋ねたが、津田は「嵩ばつて始末に困るからだ」と答えただけであった。「何故反故にして、自分達の髪を結ふ時などに使はせないのか」という問いには、沈黙したままだった。そして「津田は烟に咽ぶ顔をお延から背けた」のである。

「初秋」といえば、「盆」の「賞与」が出た後。「探りを入れ」れば、このとき不審を抱いたお延をなだめるために、津田が「指輪」を買い与えたのではないかということは容易に推論することができるだろう。その「指輪」に「愛」の証を認めたからこそ、お延の記憶からは、この「初秋」の「日曜日」の朝の、手紙を焼く津田の姿は欠落させられていた。

けれども、この記憶が小林の残していった謎掛けを媒介にして「疑惑の焔」としてお延の「胸に燃え上つた」ために、彼女は数日ぶりに津田の病室を訪れることになる。そして玄関に「一足の女下駄を認めた」お延は、「小林から受けた疑念で胸が一杯に」なりながら「猛烈にそれを見た」のである。

しかし、病室から聞こえてきたのはお秀の声であった。そして「お秀の口から最後の砲撃のやうに」、

「兄さんは嫂さんより外にもまだ大事にしてゐる人があるのだ」という言葉が出た瞬間、お延は「わざと静かに病室の襖を開けた」のだった。

津田に「岡本の貸して呉れた英語の滑稽本」を渡すとき、お延の「指の先」に、「お秀が始終腹の中で問題にしてゐる例の指輪が光つてゐた」と地の文の書き手は指摘する。同時にお延は、津田の「京都の父」からの手紙も手渡している。それを読んだ津田は、「お父さんはいくら頼んでももうお金を呉れないんださうだ」と、その内容をお延に伝える。「京都でも色々お物費《ものいり》が多いでせうからね」とそれに応じたお延の言葉の後に、地の文の書き手は「お秀には此時程お延の指にある宝石が光つて見えた事はなかつた」と叙述する。

この時お延自身は、津田の過去に自分の「外にもまだ大事にしてゐる人がある」という疑念までは抱いているが、その疑念と「指輪」は結びついていない。津田から「愛」されていることの象徴として、お秀に対して「指輪」を誇示しているのだ。

そして、お秀が持ってきた入院費について津田が「兄さんはお前の親切を感謝する。だから何うぞ其金を此枕元へ置いて行つて呉れ」と懇願した直後に、「良人《うち》に絶対に必要なものは、あたしがちやんと拵へる丈なのよ」と、勝ち誇ったように、お延は「岡本の叔父に貰つて来た小切手を帯の間から出した」のである。これに対抗してお秀も「紙入の中から白紙で包んだものを抜いて小切手の傍へ置」くことになる。お秀は津田を「お金は欲しい」が「親切は不用だと仰やるのでせう」と指摘し、お延に対しては、「此お金を断ることによつて、併せて私《わたくし》の親切をも排斥しようとなさる」と批判する。お秀の言う「親切」とは贈与の論理にほかならない。肉親である妹としての、見返りを求めない善意のことである。しかし、お秀の論理は徹底した資本主義的な交換の論理を生きてしまっている津田とお延には通じない。

津田とお延は、皮肉なことにお互いに「嘘を吐」き合うことで「何時になく融け合つた」のである。[注6]しかもお延の方は、前日岡本へ行ったのは、入院費のための「小切手」を調達するため、という「嘘」。しかもその「小切手」は、「叔父さんにはあたしに指輪を買つて呉れる約束があるのよ」というもう一つの「嘘」を呼び込んでしまう。その瞬間「津田はお延の指を眺め」、「其所に」「自分の買つて遣つた宝石がちやんと光つてゐ」ることを認知する。その宝石の明るい光の裏に、幾重にも積み重ねてきた津田の「嘘」の堆積の闇が横たわっているのである。

「小切手」と一緒に手渡された本の中の、「嘘付」の笑話を読んだ津田について、地の文の書き手は、「彼は腹の中で、嘘吐な自分を肯がふ男であつた。同時に他人の嘘をも根本的に認定する男であつた。それでゐて少しも厭世的にならない男であつた」と意味付けている。なぜなら、お延との結婚も含めて、津田はすべてを「利害の論理《ロジック》」で考えているからだ。

「お延を鄭寧に取扱ふのは、つまり岡本家の機嫌を取るのと同じ」であり、岡本と上司の吉川は「兄弟同様に親しい間柄」であり、津田の会社内での地位は、「お延を大事にすればする程確かになつて来る道理」だったからだ。[注7]「吉川夫妻が表向の媒酌人」だったからこそ、津田はお延と結婚したのである。ここでようやく第二節の「何うして彼の女と結婚したのだらう」という問いかけの「穴」に意味が充塡されたことになる。

それだけではない。父からの「送金」分と入院費分の、家計に穿たれそうであった二つの「穴」も、その額を上回る形で充塡されたのである。

しかし、着延が津田に渡した岡本からの「小切手」は、彼女が継子の引き立て役として「見合」に同席させられた代償にほかならなかった。吉川夫人は継子にばかり話しかけ、お延をことさらに無視していた。その度ごとに「すぐ彼女と自分とを比較したくなるお延の心には羨望の漣漪《さざなみ》が立った」（傍点引用者、以下同様）のである。「比較は、『明暗』を構成する登場人物の思考原理であると同時に、語り手の説明原理でもあるのだ。そして、すでに明らかなように、この小説はそのことを隠すというより際立たせているのだ[注8]」。

「比較」は私的な「利害の論理」で人間が生きざるをえなくなった、資本主義的な競争原理の中で、その個人がどのような価値を持っているのかを測定する唯一の方法となる。なぜなら「利害の論理」で個人が生きている社会の中で、自分の存在を評価しようとすれば、他の個人の運命と「比較」するしか術がないからである。絶え間のない自己と他者の、あるいは他者と他者との「比較」の中で、それぞれの個人の固有の意味ではなく、数量化され計量可能な数値としての価値が与えられていくのである。

お延は劇場で、「廊下で出逢ふ多数の人々は、みんなお延よりも継子の方に余分の視線を向け」ているることを強く意識し、「忽然お延の頭に彼女と自分との比較が閃めいた」のである。「比較」というフラッシュバック。お延は継子に「服装《なり》や顔形で是非ひけを取らなければならなかつた」のであり、結果として「処女としては水の滴たる許《ばかり》の、此従妹を軽い嫉妬の眼で視た」のである。

そのお延は、夫である津田にも、徹底して「比較」されることになってしまう。地の文の書き手が、「もう一皮剝いて奥へ入ると、底にはまだ底があつた」と前置きしながら「有体にいふと、お延と結婚する前の津田は一人の女を愛してゐた」ということを読者に明らかにするのは、第一三四節においてである。[注9]第二節のもう一人の「彼の女」、「彼所へ嫁に行つた」女の存在に、ようやく意味が充塡されはじめるのだ。

吉川夫人は、清子が「流産後の身体《からだ》を回復する」ために、温泉に「静養」に行っていることを津田に伝え、旅費まで出して清子に会うことを勧めたのである。そして吉川夫人から託された見舞の果物をもって、「身を翻へす」ように津田を捨て、友人の「関と結婚した」頃のことを想起しながら津田は清子と再会する。一八三節では「反逆者の清子は、忠実なお延より此点に於て仕合せであつた」、「わざと縁側の隅から顔を出したものが、清子でなくつて、お延だつたなら」、一八四節では「お延ならすぐ姿勢を改めずにはゐられないだらうといふ所を、彼女は寧ろ落付いてゐた」、一八五節では「もし相手がお延だとすると」、「然し相手は既にお延ではなかつた」とある。津田の記憶はことさらに清子とお延を競争原理の中に追い込んでいるようでさえある。[注10]

絶筆となった一八八節で津田と清子は次のようなやりとりをする。

「ちつとも変な事はありませんよ。僕は僕で独立して此所へ来ようと思つてる所へ、奥さんに会つて、始めて貴女の此所にゐらつしやる事を聴かされた上に、ついお土産迄頼まれちまつたんです」

「さうでせう。さうでもなければ、何う考へたつて変ですからね」

「いくら変だつて偶然といふ事も世の中にはありますよ。さう貴女のやうに……」

「だからもう変ぢやないのよ。訳さへ伺へば、何でも当り前になつちまふのね」

津田はつい「此方《こつち》でも其訳《わけ》を訊きに来たんだ」と云ひたくなつた。

この「偶然」という言葉こそ、二つの「穴」として意味の欠落を穿たれた二人の「彼の女」について、第二節において津田が記憶を蘇らせる契機となっていた。すなわち先の引用部から欠落していたのは、「偶然？　ポアンカレーの所謂複雑の極致？　何だか解らない」という津田の内的独白であった。

「偶然」が、一八八四年から第一次世界大戦が勃発する一九一四年までの帝国主義時代の、一つの重要な概念だということをハナ・アーレントは強調している。

おおやけの事柄が国家によっていかにもこうなるのが必然であるというように動かされるようになってしまうと、競争者の社会生活、それもその個人的内容においては幸運や不運と呼ばれる力によって大体が決められてしまっている社会生活は、偶然という装いをとるようになる。生れながらに皆が同じ強さと権力を得る能力を具え、国家によって平等に相互の安全を保証されている個人から成り立つ社会においては、偶然だけが成功者を選び出し、幸運な者を社会の頂点にまで運び上げることができる。偶然が自分自身の人生の意味と無意味を決める最後の基準にまでのし上るとともに、市民社会的運命概念が成立する。この運命概念は小説において社交界の本来の芸術形式となったが、それは小説が個人と社会の相互作用を描くものだからである。

（『全体主義の起原2　帝国主義』大島通義、大島かおり訳　みすず書房　一九八一）

そのように考えるなら、競争社会において失敗した人間は、決定的に不運な人間として社会そのものから排除されてしまうことになる。私たちがこの国で、九〇年代から二〇〇〇年代にかけて、許してきてしまったのは、こうしたイデオロギーが跳梁跋扈する社会だったのではないか。

だからこそ「もと〳〵無能《やくざ》に生れ付いたのが悪いんだから、いくら軽蔑されたつて仕方がありますかまい。誰を恨む訳にも行かないのでせう。けれども世間からのべつにさう取り扱はれ付けて来た人間の心持を、あなたは御承知ですか」という小林のお延に対する言葉は、比喩ではない生々しい現実の言葉として響き続けているのである。

そして小林が送別会のとき津田に突きつける手紙の中の「此苦痛の幾分が、貴方の脈管の中に流れてゐる人情の血潮に伝はつて、其所に同情の波を少しでも立てて呉れる事が出来るなら、僕はそれで満足です。僕はそれによつて、僕がまだ人間の一員として社会に存在してゐるといふ確証を握る事が出来るからです。此悪魔の重囲の中から、広々した人間の中へ届く光線は一縷もないのでせうか。僕は今それさへ疑つてゐるのです。さうして僕は貴方から返事が来るか来ないかで、其疑ひを決したいのです」という一説。

この手紙の書き手に「返事」を出すか出さないかは、小林に問われているだけではなく、私たち読者一人ひとりの応答責任としてあるのではないだろうか。

注1◆伊豆利彦「『明暗』の時空」(「日本文学」一九八四・一)は、冒頭の一文を引用しながら「この小説の世界は、見えるもの(明)の世界の背後に見えないもの(暗)の世界を探るものとして展開する。津田の過去はお延にとって見えないだけでなく、津田にとってもその真相はわからない。津田もお延も、そしてその他の作中人物も、自分の他の人物について、その本当の姿は決して知ることができない」と指摘している。

注2◆高山宏「「擬《まが》いの西洋館」のト（ロ）ポロジー――『明暗』冒頭のみ」（「漱石研究」第18号　二〇〇五・一一）に、「目で見る文化、「不可視なものの影像化」という巨大な趨勢の、重要不可欠な一領域が医のヴィジュアリテイ、即ち「診察術（diagnostics）」である」という指摘がある。

注3◆十川信介「地名のない街――『明暗』断章――」（「文学」一九九三・夏）に、「日常生活では見えない世界に対して明視力を持ったことがさらにその「奥」を想像させ、逆に新たな不透明さを呼び起こすわけである」という指摘がある。

注4◆石原千秋『反転する漱石』（青土社　一九九七）

注5◆寺田透「明暗」（『文学講座　作品論』筑摩書房　一九五一）に、「『明暗』の漱石のしていることは、人間が他の人間と関係を持つやいなや忽ちそのうちに生ずる変化、それが第三者のうえに生じさせる反応、そういうものへの寸分の隙もない厳粛な関心の行使ということである」という指摘がある。

注6◆飯田祐子『彼らの物語』（名古屋大学出版会　一九九八）に、「言葉の使用を考えるにあたって注目したいのは、『明暗』の二人の主人公が、ともに〈嘘〉つきだということである。／主人公は津田由雄と津田延子という夫婦であるが、二人の間の「暗闘」（百十三）の原因となる二つの事柄は、両者とも、津田のお延への〈嘘〉という形式をとって語られている。二つの事柄の一つは津田の実家との送金をめぐる経済的な関係、もう一つは津田がもともと結婚するつもりだった女性、つまり清子との関係である」という指摘がある。『明暗』のプロットはこの二つの〈嘘〉が引き起こしている問題と、その解説によって構成されているといえる。

注7◆藤尾健剛「御住がお延になるとき（『道草』『明暗』）」（「國文學」一九九七・五）に、「津田がお延を「大事に」し、彼女の自由を黙認しているのは、この商品が彼の欲望をそそってやまない貴重な剰余価値を生み出す魔力を秘めているからである」という指摘がある。

注8◆藤森清『資本主義と〝文学〟――『明暗』論」（「漱石研究」第18号　同前）

注9◆松澤和宏「「仕組まれた謀計《はかりごと》」――『明暗』における語り・ジェンダー・エクリチュール」（「國文學」二〇

〇一・一）に、「語り手は清子という津田にとっての最大の謎の解明に向かって物語を組織していくのであり、その語りはいやがおうにも津田に寄り添うような共犯関係を帯びてくる」という指摘がある。

注10◆藤森清は前掲論文で、同じ引用箇所を指摘しながら「語り手は津田と清子との対面場面を語りながら、そこにいないお延を比較の対象として呼び出すことをやめられない」と指摘している。

あとがき

本書に収録した「漱石深読」を文芸雑誌『すばる』（集英社）に連載していたのは、二〇〇九年一月から二〇一〇年一月までであった。夏目漱石の主要な小説を、冒頭部を引用して、その徹底分析によって小説全体を、それぞれ同じ文字数で論じるという基本方針であった。

そろそろ新しい漱石論をまとめた方が良いと助言してくださったのは、井上ひさし（以下呼び慣れた「ひさしさん」を使用する）氏であった。石原千秋氏と雑誌『漱石研究』を一九九三年から始めて、第七号「漱石と子規」の特集の鼎談（一九九六・九）に、ひさしさんをお招きした。その翌年から、ひさしさんと私は『すばる』で「座談会昭和文学史」をはじめることになった。

また、井上ひさし、梅原猛、大江健三郎、小田実、奥平康弘、加藤周一、澤地久枝、鶴見俊介、三木睦子氏九人の方たちの呼びかけで、二〇〇四年六月一〇日に「九条の会」が発足した。「この国の主権者である国民一人ひとりが、九条を持つ日本国憲法を、自分のものとして選び直し、日々行使していくことが必要です」と主権者としての国民すべてに呼びかけたのである。

「九条の会」を結成した九人の方々と、様々な因果関係で知己であった私が、事務局長を担うことになった。雑誌『漱石研究』を続けていくことは不可能になり、二〇〇五年一〇月に終刊した。

雑誌『漱石研究』の版元は翰林書房であった。二葉亭四迷の研究者であった私に、漱石研究を強いたのは翰林書房社長の今井肇さんであった。独立する前の出版社の企画として、関西の漱石研究者と共同研究の機会をつくって下さり、漱石の奥深さを私に啓蒙してくださったのが肇さんである。「啓蒙」とは「無知蒙昧な状態を啓発して教え導くこと」(広辞苑)。

その肇さんが、夏目漱石をめぐる研究書を出版するということを主な目的として、自ら翰林書房を設立されたのである。漱石の『心』をめぐる論争で、二葉亭四迷研究者であった私は、にわかに「漱石研究者」の責任を負わざるをえなくなった。それが雑誌『漱石研究』発刊の契機であった。『漱石研究』発刊から継続刊行の過程で、肇さんは重い病いに倒れられた。お連れあいの静江さんが、その後の出版社としての業務を担われていった。その意味で「九条の会」の事務局長を引き受けたことで、雑誌『漱石研究』を終刊せざるをえなくなったことは、今井夫妻に対する私の深い負い目となっていた。

その意味で「漱石深読」の連載は、肇さんに対して、私が漱石研究をつづけていることの身の証しを立てるような実践でもあった。通常文芸雑誌『すばる』に掲載されたものは、集英社の出版となる。けれども「漱石深読」については、『漱石研究』という雑誌での一連の実践が無ければ、形成されない文学的認識をもとにした執筆だったので、本書は翰林書房からの出版とさせていただいた。

夏目漱石の長篇小説の多くは、新聞連載小説であった。きわめて厳しい言論統制と権力による情報弾圧の中で、最も広い読者層に言葉を渡すことの出来る、新聞小説という領域において、漱石夏目金之助が、どのような言語的文学的実践をしたのかを、今の時代において読者のみなさんとの有効な共通体験としたいというのが本書の願いである。

連載の時点から、野網摩利子氏には研究文献の情報整理や注釈の確認も含めて、大きな助力を得たことをここで改めて感謝したい。

本書の連載をひさしさんは毎月雑誌面で読んで下さり、適切な批評をいただくことが出来た。本書の出版をひさしさんの歿後十周年にささげる。

翰林書房に心より感謝する。

二〇二〇年三月三日

【著者略歴】
小森　陽一（こもり　よういち）

1953年東京都に生まれる
東京大学名誉教授
【主要著書】『構造としての語り』（新曜社、1988年）、『夏目漱石をよむ』（岩波ブックレット、1993年）、『漱石を読みなおす』（ちくま新書、1995年）、『出来事としての読むこと』（東京大学出版会、1996年）、『子規と漱石』（集英社新書、2016年）、『戦争の時代と夏目漱石 明治維新150年に当たって』（かもがわ出版、2018年）【共同編集】『漱石研究』第1~18号（翰林書房、1993~2005年）、『漱石辞典』（翰林書房、2017年）

漱石深読《そうせきしんどく》

発行日	2020年4月22日　初版第一刷
著　者	小森陽一
発行人	今井　肇
発行所	翰林書房
	〒151-0071 東京都渋谷区本町 1-4-16
	電話　(03)6276-0633
	FAX　(03)6276-0634
	http://www.kanrin.co.jp
	Eメール ● kanrin@nifty.com
装　釘	須藤康子＋島津デザイン事務所
印刷・製本	メデューム

落丁・乱丁本はお取替えいたします

ISBN978-4-87737-447-1